Sexe, mensonges et quiproquos

Du même auteur
aux Éditions J'ai lu

Tyne O'Connell

Sexe, mensonges et quiproquos

Traduit de l'anglais
par Nathalie Vernay

J'AI LU

Titre original :

SEX, LIES & LITIGATION

1

Seule une bonne copine peut te dire
que tu as du rouge à lèvres sur les dents

Un de mes talons aiguilles Manolo Blahnik à deux cents livres – c'est-à-dire les deux cents premières livres que je n'avais pas encore gagnées – venait de se casser. Au moment où je quittais la chaleur étouffante du taxi, je sentis le deuxième talon s'enfoncer dans le goudron chaud de Notting Hill. Je me crus un instant entrée tout droit dans un film de James Ivory : de hautes demeures style George III d'un blanc éclatant entouraient un grand jardin qui croulait sous les roses. J'étais complètement stressée.

Je devais commencer mon école d'avocat la semaine suivante, j'étais à découvert (pour un peu, je me serais engagée dans la Légion étrangère) et je ne savais pas où dormir. Et ce n'était que le début. La seule personne que je connaissais à Londres, c'était mon ex-copain, Giles le-gros-salaud.

Vous voyez le genre : gueule d'amour, brillant, un rien B.C.B.G. et génétiquement programmé pour briser les cœurs. Il me tartinait de la chantilly sur le ventre pour le plaisir de me lécher la peau. J'avais même envisagé l'idée du mariage, mais ça, c'était avant de découvrir que je n'étais pas la seule à lui servir d'assiette à dessert.

J'appuyai sur la sonnette de l'interphone avec mon talon cassé. Une voix féminine et nasillarde à l'accent cockney répondit sur fond de rires et de voix étouffées.

– C'est bien ici, pour l'appartement ? demandai-je.

Un nouvel éclat de rire retentit dans l'interphone en même temps qu'un bip. Je poussai la porte et me retrouvai dans un grand hall en mosaïque qui sentait le vieux champagne, la vodka et le moisi, un peu comme dans les coulisses d'un théâtre.

J'avais trouvé l'annonce sur le panneau d'affichage de la bibliothèque du tribunal, au Temple : « Deux femmes de profession libérale cherchent autre femme pour partager grand appartement sur Notting Hill – ouverture d'esprit indispensable. » C'était pour moi : mon ouverture d'esprit est abyssale.

J'ai beau être assez désordonnée (ma conception du ménage se limite à secouer ma couette et mes oreillers), je n'avais jamais vu un tel fatras de sacs, chaussures, magazines, vêtements, lingerie, bijoux et maquillage. On aurait demandé à deux cents chochottes de vider leur sac à main que ça n'aurait pas été pire.

Un effluve de Jean-Paul Gaultier me chatouilla les papilles olfactives tandis que la musique grunge d'Elastica m'enveloppait comme un justaucorps. Pas de doute, c'était un appartement de filles.

Depuis que j'avais surpris Giles au lit avec Boucle-d'Or, je m'accrochais à ma haine pour la gent masculine comme une mamie à son déambulateur. « Regarde-les ! me disais-je tous les matins en me réveillant, le cœur au bord des lèvres et les larmes aux yeux. Tous des salauds, tous des menteurs, tous des égoïstes qui oublient de rabattre le siège des W.-C. après avoir pissé. Les hommes, c'est fini ! concluais-je chaque fois que mon entrejambe avait l'air de vouloir sortir de son coma. À partir de maintenant, je me débrouille toute seule. »

– Assieds-toi, ordonna Charles en m'indiquant un sofa en forme de bouche, perdu sous une avalanche de magazines et de chaussures.

Elle s'assit face à moi, sur un des deux fauteuils en velours rouge qui ressemblaient étonnamment à des vulves. Elle parlait posément avec un accent bourgeois qui jurait quelque peu avec ses cheveux courts décolorés et son minishort en satin noir. Elle avait ces quelques centimètres supplémentaires qui donnent un avantage certain dans la vie (elle portait des talons incroyablement hauts).

– Et retire tes chaussures ! ajouta Sam, celle qui m'avait répondu à l'interphone.

– Excuse le bazar, mais on... commença Charles.

– On avait une femme de ménage, mais elle est partie, interrompit Sam.

Sam était plutôt menue, bien faite. Elle avait aussi les cheveux courts. Elle portait un jean coupé aux genoux et un tee-shirt, et elle parlait à toute vitesse entre les interruptions languissantes de Charles.

– Alors si tu es maniaque, Evelyn, c'est pas la peine, débita Sam (on aurait dit Lois Lane croisée avec Tank Girl). On en a vu passer, des acharnées du plumeau, mais elles supportent pas. Ça m'énerve, ces bonnes femmes qui nettoient tout avant que la femme de ménage se pointe. Comme ta mère, hein, Charles ? « Charlotte ! La femme de ménage va venir aujourd'hui, n'oublie pas de ranger ta chambre ! »

« Les préliminaires de cette entrevue ne se passent pas trop mal », pensai-je en m'installant un peu plus confortablement dans le canapé, histoire de donner l'impression que je me sentais à l'aise. J'aimais bien l'assurance mesurée de Charles ; et puis, elle était avocate depuis quatre ans. Et ça, c'était un sacré atout.

Sam, en revanche, me faisait plutôt penser à une pièce d'artillerie lourde, et j'étais un peu effrayée à l'idée de me retrouver sur le passage de ce char d'assaut ravageur. Elle avait l'intelligence vicieuse d'une bombe qui n'explose que s'il y a danger.

Tandis que Sam préparait du thé, Charles me parlait des cancans du barreau. Elle me raconta que son chef lui avait proposé de coucher avec lui si elle voulait s'assurer une place dans le cabinet d'avocats où elle travaillait, et que, comme par hasard, elle l'avait surpris à califourchon sur Anita, la réceptionniste.

— Il saute sur tout ce qui bouge, conclut-elle.

— Si vous voulez vraiment du scandale, allez voir du côté de la Bourse ! s'écria Sam depuis la cuisine. Des vrais malades ! ajouta-t-elle comme s'ils méritaient plus d'être traités de « malades » que les cinglés du tribunal.

Plus tard, alors que nous étions assises jambes croisées au milieu du capharnaüm en train de siroter un breuvage qu'elles avaient baptisé Red Zinger et qu'un léger courant d'air nous rafraîchissait, je me dis que j'aimerais bien habiter là. Et c'était tant mieux car j'avais méchamment besoin d'un appartement. C'est alors que Sam, sans crier gare, posa la question qui tue.

— Evelyn, il y a un homme dans ta vie ?

Je faillis m'étouffer : mon ouverture d'esprit venait de se refermer d'un coup. J'entendais bien une petite voix intérieure m'ordonner de garder mon calme, mais c'était plus fort que moi, je n'arrivais pas à me contrôler. Quand vous vous rendez compte que l'homme que vous portiez aux nues, celui-là même que vous laissiez manger de la chantilly sur votre ventre, vous trompe, ça ne vous aide pas beaucoup à garder votre sang-froid.

C'est alors que mon androphobie se mit à jaillir de mon corps comme la bile d'un possédé. Je leur expliquai que non seulement il n'y avait pas d'homme dans ma vie, mais que si un de ces amputés de la côtelette s'avisait de mettre les pieds dans mon univers, il en ressortirait les couilles en moins.

J'avais lu beaucoup de livres au sujet des rites castrateurs pratiqués dans certaines sociétés matriarcales et, à l'époque, je ne trouvais rien d'étrange à ces coutumes. « Seule une bonne copine peut te dire que tu as du rouge à lèvres sur les dents ou quelque chose de pire », disait toujours ma grand-mère, mais des bonnes copines, je n'en avais pas.

Charles et Sam me regardèrent comme si elles venaient de s'apercevoir que j'étais entrée sans passer par le détecteur de métaux, tandis que je pérorais sur les vertus de la profanation des parties génitales. Pire encore, je ne pouvais m'empêcher d'entrer dans les détails ; je leur racontai l'histoire de cette ancienne tribu dont les hommes étaient envoyés au sommet d'une montagne où on enduisait leurs bijoux de famille d'un onguent aux herbes dans le but d'attirer les oiseaux de proie pour qu'ils viennent leur becqueter le...

— Ça va, ça va, on a compris ! s'écria Sam. Il n'y a que des filles ici, hein, alors calme-toi !

Histoire de me ressaisir, je lui souris d'un air candide depuis le fond de la tranchée où je venais de m'enterrer moi-même. Qu'est-ce qui m'avait pris de m'emporter comme une féministe primaire ? Sam et Charles cherchaient quelqu'un pour partager les factures, le ménage et éventuellement les parties de rigolade, pas un Pol Pot femelle.

— Tu as l'air d'en vouloir aux hommes, Evelyn. Tu sais, nous, ce n'est pas qu'on les déteste... expliqua Charles d'un ton calme. Mais c'est juste que... nous... enfin...

— On est homos, coupa Sam en se dirigeant vers le balcon.

— C'est ça, approuva Charles.

Elle rejoignit Sam et l'enlaça, au cas où je n'aurais pas bien compris.

— Alors, tu imagines, poursuivit-elle, les hommes... comme on est homos... On n'est pas... féministes ni rien de tout ça. Remarque, on n'a rien contre les féministes, hein... Zut à la fin, c'est pire qu'un jeu de démineur, ça... Bon, disons qu'on n'a rien contre les hommes mais...

— Ils n'occupent pas une grande place dans notre vie, interrompit Sam en faisant un nœud à son tee-shirt.

Elle avait une boucle d'oreille au nombril.

Charles passa la main dans ses cheveux blonds à la recherche d'une réponse.

— Exactement. Surtout leurs... euh... je veux dire...

— Leurs couilles, expliqua Sam.

Assise là devant ces vulves de velours rouge qui me bâillaient au nez, je me dis que c'était exactement ce qu'il me fallait. Y avait-il un meilleur moyen d'éviter les hommes que de vivre avec un couple de lesbiennes ? C'est vrai : si elles avaient été célibataires, à coup sûr les hommes n'auraient pas arrêté de défiler dans cet appartement. Et puis, j'aimais bien l'atmosphère que cet endroit dégageait. D'accord, tout était sens dessus dessous, mais ce désordre-là me plaisait.

C'est alors que je fus prise d'une épouvantable quinte de toux. J'avais bu une grosse gorgée de thé pour faire passer le biscuit que j'avais avalé de travers. Dieu que j'étais gênée ! Je dus leur faire l'effet d'une petite femme de pasteur coincée dans sa morale bien-pensante, alors qu'en fait je n'étais pas choquée le moins du monde. On ne passe pas douze ans dans une école de bonnes sœurs sans découvrir les mystères lesbiens. Mais je voyais bien qu'elles pensaient que j'étais offusquée.

Charles courut me chercher de l'eau tandis que Sam me dévisageait avec une haine non dissimulée.

– Excusez-moi... balbutiai-je. Euh... j'espère que vous n'avez pas cru que... je suis désolée... j'ai avalé de travers.

Sam me regardait toujours, l'air aussi exaspéré qu'un fermier devant une vache folle.

– C'est pas grave, dit-elle sur un ton faussement rassurant. Tout le monde réagit comme ça.

– Eh bien, tu te trompes.

Je reprenais un peu d'assurance, mais j'étais agacée tout de même : nous, les Hornton, nous n'aimons pas être jugés de travers. C'est vraiment le pire qu'on puisse faire à des catholiques.

– Ce qui se passe, repris-je, c'est que je viens de rompre avec mon copain. C'est pour ça que j'ai déblatéré toutes ces horreurs tout à l'heure. Mais je n'ai pas l'intention de vous faire la morale ni rien. Et en plus, j'ai vraiment envie d'habiter avec des filles. Tu l'as sans doute remarqué, les hommes n'ont pas tellement la cote en ce moment.

Charles me tendit le verre d'eau. Elles échangèrent un regard qui me rassura. On aurait dit deux infirmières qui, d'un coup d'œil, se mettent d'accord pour retirer enfin les bandages d'un grand blessé.

C'était il y a deux ans. J'ai pris l'appartement, et j'y vis encore.

2

Elle avait les ovaires qui la démangeaient

Il y aurait beaucoup à dire sur la cohabitation avec un couple d'homosexuelles. Outre le maquillage, les soirées et les fringues, Charles, Sam et moi avions un point commun : le sens de l'humour, que je baptisai « l'humour à la Salomé » parce que chaque fois la tête d'un pauvre type finissait sur le plateau de la rigolade.

Surtout, nous nous complétions. Nous étions à la fois semblables et différentes. Charles avait grandi dans le Gloucestershire, et Sam dans l'Essex. Charles avait étudié à Rodean, Sam à Billericay et moi, dans une école catholique en Australie.

Elles me parlaient de la condition des lesbiennes dans l'Angleterre provinciale et moi, je leur racontais mes baignades dans des eaux infestées de requins d'un mètre quatre-vingts (bipèdes, si vous voyez ce que je veux dire) et mes aventures avec ces hommes dont le seul contact physique se limite à celui de leur surf. Mon exotisme et le leur se faisaient écho.

Tandis que je pataugeais lamentablement entre les examens, les stages et la recherche d'un cabinet d'avocats, j'étais bien contente que les filles soient là pour me rappeler qu'il n'y avait pas que la réalité dans la vie. Je ne suis pas sûre que je m'en serais aussi bien sortie sans leur assistance quasi médicale, celle que seules les amies savent prodiguer.

Depuis que je vivais avec Charles et Sam, je n'avais pas cessé de disserter sur la stupidité, l'infidélité et la goujaterie des hommes, et elles hochaient la tête d'un air compréhensif. J'avais besoin de soutien psychologique, peut-être même d'un exorciste.

Le dimanche matin, les filles étaient encore au lit lorsque je m'éclipsais à l'église de Brompton pour assister à la messe en latin. J'appréciais encore plus ma religion lorsque je ne comprenais rien et j'adorais cette odeur d'encens un tantinet attrape-touriste. L'un de mes plus grands regrets était de ne pas avoir été enfant de chœur. Mais il y avait pire encore que cela, pire que mes déboires avec les hommes, pire que le rouge à lèvres orange : mon sens de la culpabilité. C'était l'un de mes traits de caractère fondamentaux, dont les secousses n'étaient pas sans rappeler celles d'un séisme.

Après l'office, je rentrais à la maison, pratiquement ivre de béatitude et de repentir. Les filles étaient en train de prendre ce qu'elles avaient nommé le « petit déjeuner réparateur », à base de muesli, de fruits frais, de yaourt et de capsules de vitamines. Vautrées par terre au milieu de leur pique-nique, elles me dévisageaient à travers leurs lunettes de soleil comme si elles avaient oublié mon existence et qu'elles se demandaient ce que je pouvais bien fabriquer chez elles avant de me proposer, allez fais comme chez toi, un verre de vitamines.

Pour elles, le petit déjeuner dominical était un véritable rite, une cure de désintoxication destinée à purifier leur corps des péchés du vendredi et du samedi soir. Je ne leur reprochais pas de se droguer ni rien. C'étaient juste des Londoniennes typiques, habituées à vivre sur le fil du rasoir et à se défouler un peu dangereusement.

Et pendant que je faisais de sérieuses crises de culpabilité, elles se shootaient, c'était aussi simple que cela. Elles prenaient surtout de la coke et de l'ecstasy, tous les week-ends. Elles avaient leur dealer attitré. Il faut dire qu'à Londres la drogue était devenue un accessoire de mode au même titre qu'un vélo d'appartement. Mais le dimanche, à l'heure où les stupéfiants disparaissaient et où les tailleurs revenaient du pressing, rien ne comptait plus que ce fameux petit déjeuner.

Ce dimanche matin-là justement, nous venions de finir de manger. Sam et Charles récupéraient tant bien que mal des excès du week-end tandis que je me remettais tout doucement de ma naissance, de ma condition féminine, du catholicisme et d'à peu près tout le reste.

J'étais allongée sur le canapé-bouche. Je venais de me mettre du vernis sur les orteils, un beau rose fuchsia assorti à mes nouveaux escarpins aux talons en acier chromé, ce qui m'avait encore valu de me retrouver dans le rouge. Je lisais avec délectation le classement des vendeurs les plus désagréables de Bond Street publié dans *Vogue*, en imaginant déjà la journée du lendemain, les querelles habituelles dans le bureau du clerc d'avocat pour qu'on me donne plus de travail, etc.

Comme à l'accoutumée, les filles étaient installées sur les chaises en forme de vulve, qu'elles avaient suffisamment rapprochées pour pouvoir s'enlacer. J'éprouvais parfois un peu de jalousie à les voir aussi à l'aise devant moi. Oh, il n'y avait rien de scandaleusement sexuel dans leur comportement, seulement une sorte de complicité sensuelle dont je me sentais exclue.

Je n'ai jamais rien dit. Parfois (certainement en période de stress prémenstruel), à les voir se blottir l'une contre l'autre de la sorte, ma poitrine se serrait sous le coup de la jalousie comme si un chirurgien vicieux me charcutait le cœur.

Ce que j'appréciais le plus dans nos relations, c'est qu'elles respectaient mon total dégoût des hommes et qu'elles ne ramenaient jamais le sujet sur le tapis.

Jamais, jusqu'à ce jour-là.

C'est Sam qui ouvrit la boîte de Pandore. Je la revois encore avec son air de gamine dans son bermuda blanc et son tee-shirt à fleurs. On lui aurait donné le bon Dieu sans confession. Ce qui me mit le plus hors de moi, c'est qu'elle n'eut même pas la décence d'ôter le casque de son Walkman pour me balancer son napalm.

– Alors, Evelyn, tu as bientôt l'intention de te remettre à fréquenter des... hommes ?

Vous l'aviez certainement compris, la délicatesse va aussi bien à Sam que des talons aiguilles à l'hommasse de base.

Interloquée, je me tournai vers Charles. Nous étions sur la même longueur d'onde, toutes les deux. Et puis, elle m'avait sauvé la mise plus d'une fois : je ne comptais plus le nombre de nuits blanches qu'elle avait passées à me faire entrer dans le crâne les règles de procédure, la preuve par présomption et la liberté du sujet jusqu'à ce que je sois capable de les réciter dans mon sommeil en plusieurs langues.

À trois heures du matin, Sam débarquait au salon, tombant de sommeil.

– Alors, Charles, tu viens te coucher ou quoi ?

Et nous lui sautions dessus en l'accusant de manquer cruellement de diplomatie. Et puis, c'était Charles qui m'avait emmenée acheter ma perruque d'avocate. C'était Charles qui m'accompagnait au kick-boxing et qui m'escortait dans le métro en rentrant. Et c'était à Charles que je faisais le plus confiance pour ne jamais aborder le sujet en question. Il était donc naturel que je me tourne vers elle.

Mais cette fois, elle n'était pas de mon côté. Toutes mes sirènes intérieures se mirent à hurler en même temps.

– C'est vrai, quoi, tu vas finir par attraper des toiles d'araignée, ma fille ! lança-t-elle.

Mais quelle mouche les avait piquées ? Elles connaissaient pourtant bien le premier commandement : ne jamais mentionner le mot en « H » à Evelyn.

Je leur jetai un regard noir à tour de rôle. Quand j'avais emménagé, nous avions tout de suite mis les points sur les i : elles ne devaient sous aucun prétexte me questionner sur ma sexualité (ou manque de sexualité, en l'occurrence). On ne peut pas dire que cela devait leur demander un gros effort, étant donné qu'elles ne parlaient jamais des hommes.

Sam les détestait de la même manière que les femmes détestent les frottis vaginaux. Et même pour Charles, pourtant plus modérée, faire l'amour avec un homme relevait d'une vague expérience médicale.

Qu'est-ce qui leur arrivait ? L'été avait beau nous submerger d'une vague de passion méditerranéenne, je sentis l'air se glacer tout à coup.

— Ce n'est pas à cause de nous, tout de même, que tu es dégoûtée des... hommes ? demanda Charles d'une voix nonchalante.

Évitant soigneusement mon regard, elle s'appliquait à aplatir les faux plis de la robe qu'elle venait d'acheter avec le fruit de sa première affaire criminelle (elle appelait ça l'argent du sang).

— Oui, quoi, il faudra bien que tu les regardes en face un jour, non ? défia Sam.

— Les regarder en face ? m'écriai-je. À t'entendre, on dirait que c'est un crime de sortir avec des hommes.

Elle prit enfin la peine de retirer le casque de son Walkman et se leva pour prendre un nouveau CD dans notre collection (unique havre d'organisation dans le chaos de notre appartement).

Je les regardais l'une après l'autre. Manifestement, il s'agissait d'une attaque planifiée.

— Si encore tu avais trouvé un moyen de les remplacer... persifla Sam.

Elle s'assit par terre et commença à se peindre les ongles. Une goutte de vernis prune vint échouer sur son tee-shirt.

Mon corps se vidait de sa patience comme un hémophile de son sang.

— Allez vous faire foutre ! criai-je.

— Evelyn ! s'exclama Charles sur le même ton que le curé de l'école à confesse, avant de m'infliger six mille *Je vous salue Marie* pour pénitence.

« Allez, ne te laisse pas décourager par ces salauds, recommanda-t-elle.

Je croisai les bras, essayant de me rappeler si mon horoscope avait prévu quelque trahison de la part de mes proches.

– Que je ne me laisse pas décourager par ces salauds ! répétai-je, furieuse. C'est la meilleure, celle-là ! Alors vous les traitez de salauds, mais surtout ça ne doit pas me rebuter, hein ? Ce que je fais ou pas avec les mecs, ça ne regarde que moi, pigé ?

Je balançai mes grandes pattes sur l'accoudoir du sofa avant de replonger le nez dans le classement de *Vogue* qui décernait la palme d'or aux vendeurs de chez Yves Saint Laurent.

Après une demi-heure de messes basses conspiratrices dans la cuisine, elles revinrent à l'attaque au salon avec un bol de tisane.

– Evelyn... ? miaulèrent-elles en chœur.

Charles vint s'asseoir à côté de moi sur le sofa et reprit la parole sur un ton plus doux, plus conciliant.

– Écoute, ma petite Evelyn, on pense juste que tu... que tu devrais peut-être... il est temps que tu... bafouilla-t-elle en grattant la vulve en velours à côté d'elle tandis que Sinead O'Connor mêlait à la conversation sa mélopée aux accents celtiques.

– Remonte sur le ring, quoi ! ajouta Sam en admirant ses doigts fraîchement vernis.

– C'est ça, sur le ring ! approuva Charles. Allez, sois raisonnable, Evelyn. Ce n'est pas comme si tu étais devenue homo, alors fais une croix sur ton passé, mets-toi au boulot !

Sam s'approcha de moi et s'accroupit.

– Oui, vis un peu, Evelyn. On sait que ton Giles, c'était un salaud, mais bon... Allez ! Ils ne sont certainement pas tous comme ça !

Elle essayait de me raisonner, les yeux plantés dans les miens. Elle souffla sur ses ongles et je m'aperçus que le tee-shirt sur lequel elle avait renversé du vernis était à moi.

Je n'allais certainement pas me laisser sortir aussi facilement de ma résistance acharnée aux hommes. Je levai les yeux au ciel, telle une femme fatale devant deux ingénues en train de lui faire un cours sur les choses de la vie.

– Et qu'est-ce que vous en savez, vous, d'abord ? Votre situation ne permet pas franchement d'en juger, que je sache ! Enfin... ce que je veux dire, c'est que vous n'êtes pas franchement « sur le ring » non plus, comme vous dites. Hein ? Alors pourquoi vous tenez tellement à ce que je sorte avec des hommes, comme ça, subitement ?

– Ben dis donc ! siffla Sam. Au moins, on sait à quoi s'en tenir.

– Parfaitement ! rétorquai-je. Et en plus tu m'as piqué mon tee-shirt préféré !

Un ange passa. Sinead O'Connor poursuivait son bouleversant soliloque. C'était clair, tout cela cachait quelque chose. Nous étions en train de nous tromper de discussion ; celle-là n'était qu'une couverture, comme ces bars à hôtesses qui n'ont pas la franchise de s'appeler « bars à putes ».

En fait, les filles avaient des problèmes. Des problèmes de sperme. En me faisant comprendre qu'il était temps que je me remette à fréquenter des hommes, je les soupçonnais d'utiliser un code secret : par « homme », il fallait entendre « sperme » et par « remonter sur le ring », « trouve-nous un donneur ».

Charles et Sam voulaient un enfant.

Après avoir goûté aux joies du sexe, de la drogue et des soirées rave, elles aspiraient à celles des biberons nocturnes, des couches sales et des nounous. Surtout Sam. C'était certainement normal. Beaucoup de couples de lesbiennes passent par là. En y réfléchissant bien, beaucoup de couples d'hétéros aussi. Le besoin de se reproduire est irrépressible (ayons une pensée émue pour Abraham).

Elles étaient ensemble depuis plus de cinq ans, elles gagnaient très bien leur vie, elles étaient propriétaires de leur appartement et maintenant elles voulaient un bébé. Le problème, c'est qu'il n'y avait pas l'ombre d'un spermatozoïde à l'horizon. Sam ne se décourageait pas pour si peu, d'ailleurs elle souffrait déjà de nausées matinales fantômes. Et j'avais remarqué depuis quelque temps l'apparition de plus en plus fréquente de petites peluches dans notre appartement. Pas de doute : Sam avait les ovaires qui la démangeaient.

Elles avaient recherché un donneur pendant plusieurs semaines, mais sans succès. Le sperme n'est pas la marchandise la plus facile à acquérir. On croit bêtement que c'est à la portée de tout le monde, mais il n'en est rien : à Notting Hill, c'était plus difficile de s'en procurer que de l'héroïne.

Bêtement, je pensais qu'il s'agissait d'une simple lubie, comme le jour où Sam nous avait annoncé qu'elle était bouddhiste – une toquade qui lui avait passé dès qu'elle s'était aperçue que les tuniques orange ne l'avantageaient pas. Mais je me trompais.

– Tout ce qui vous intéresse, c'est d'avoir un gosse, hein ? Que je déteste les hommes, ça, ce n'est pas votre problème ! Pourvu que je puisse faire une petite collecte de sperme, tout va bien. C'est ça ?

J'étais hors de moi.

Et elles, elles me faisaient les yeux doux.

– Il n'y a personne qui pourrait vous dépanner, au boulot ? raillai-je. Pourquoi ce serait à moi de faire le sale travail ?

Je regrettai aussitôt mes propos. Il faut dire que « sale boulot » n'est pas le terme le plus politiquement correct pour désigner un service à rendre à ses amies, même si le service en question consiste à recueillir le fruit d'une éjaculation.

– Ben voyons ! s'écria Charles.

Elle jeta à travers la pièce le nounours en peluche avec lequel elle s'amusait depuis un moment.

– C'est sûr, on n'en a rien à faire de ce que tu ressens, reprit-elle, et des hétéros, on en connaît à la pelle ! Alors qu'est-ce qu'on est bêtes, hein, d'avoir cru qu'on pouvait te demander, à toi, notre meilleure amie, de nous rendre un service !

Le pauvre nounours gisait le nez dans la soupe au cresson et à la cardamome de la veille.

– Je sais, il suffirait sans doute que je demande à mes collègues, continua Charles sur un ton sarcastique que je ne lui connaissais pas.

Mais je dois avouer qu'elle s'y prenait à merveille pour me culpabiliser.

– Tu me vois, entre deux procès : « Excusez-moi, les gars, je suis un peu à court de sperme en ce moment, alors si quelqu'un voulait bien se dévouer pour me remplir un petit bocal, je lui en serais très reconnaissante. » Je suis sûre que ça leur plairait autant que si je leur proposais de se faire stériliser. Pardon de t'avoir posé la question, Evelyn, mais le problème, c'est qu'on veut un bébé et qu'on est bien obligées de compter sur nos copines hétéros pour faire le sale boulot, comme tu dis.

Elle me dévisageait avec le même dégoût que le mien lorsque je surprenais un homme en train de loucher sur mes mollets dans le métro.

– Mais pourquoi vous ne le faites pas vous-mêmes, à la fin ? Vous avez un vagin, non ?

Elles avaient l'air agacées.

– Oui... on y a bien pensé. Mais on ne peut pas, Evelyn. C'est impossible. Toi, tu sais ce que c'est que de coucher avec un mec, tu y prenais même goût, avant. Mais moi, rien que l'idée... Non, je ne peux pas.

Charles tressaillit, comme s'il s'agissait d'un acte aussi répugnant que d'avaler un verre d'urine, puis elle se laissa tomber sur une des chaises-vulves. Sam se retrouva toute seule au milieu de la pièce.

– Ne me regardez pas comme ça, supplia-t-elle.

Nous avions les yeux rivés sur elle.

– Ah... oh... gémissait-elle en hochant la tête. Si vous croyez que je vais laisser ces minables petits boursiers me passer sur le corps... Je m'en voudrais de porter la semence d'un de ces cochons ! Le gamin naîtrait sûrement avec un téléphone mobile greffé dans l'oreille.

– Et moi, là-dedans ? demandai-je. Si c'est bon pour vous, c'est bon pour moi, c'est ça ?

– Toi, c'est différent. Ça n'a rien à voir. Tu es hétéro !

– Et alors ?

Je n'appréciais guère sa façon de faire rimer hétéro avec gogo.

– Tu es... tu sais faire ça, toi, dit-elle dans un mouvement de bassin peu élégant. Oh, tu vois bien ce que je veux dire, Evelyn. Ce n'est pas pareil, pour toi. Avant Giles, tu baisais bien comme ça, pour le fun, bordel de merde ?

– Je ne vois pas le rapport !

Mais si, je voyais très bien où nous allions en venir. Cette idée-là ne tomberait pas aux oubliettes. C'était une de ces idées qui brillent encore dans le noir comme une étoile fluorescente.

Je me levai pour aller rincer le nounours dans l'évier.

– Ne me dites quand même pas que vous avez l'intention d'élever un gamin dans ce foutoir !

Mais il y a des choses que des amies n'ont pas besoin de se dire. À leur manière de me prendre par la taille en disant « Oh, Evelyn, ce n'est pas si terrible... On te demande juste de trouver un mec sympa et de nous filer les capotes une fois que tu auras fini », je savais que je n'aurais pas le dernier mot.

C'est ainsi que tout a donc commencé. C'est le destin, j'imagine. Une minute auparavant, j'étais une célibataire androphobe dont l'unique but dans la vie était d'éviter les vendeurs les plus puants de Bond Street, et maintenant j'acceptais de devenir un réceptacle à spermatozoïdes. Je me demandais comment tout cela allait finir.

Mais est-ce que j'avais le choix ? Je passai la nuit à

réfléchir dans mon lit. Je ne pouvais pas leur tourner le dos au moment où elles avaient besoin de moi. J'étais leur instrument de reproduction, leur unique lien avec les hommes, avec le zygote. Je ne pouvais tout de même pas leur refuser cela, n'est-ce pas ? Pas avec ma culpabilité catholique.

Seigneur Jésus, c'était une véritable quête spirituelle, certainement de la même nature que celle du roi Arthur pour retrouver le Saint-Graal ou de Noé pour faire son arche. Au cours des deux années passées, Sam et Charles étaient devenues mes sœurs, et pour ainsi dire ma seule famille en Angleterre. Maintenant, elles voulaient que je les aide à avoir un enfant... Cela ferait-il de moi une mère par spermatozoïde interposé ?

Il fallait à tout prix que je raconte cette histoire à quelqu'un. Le soir même, j'écrivis à mes parents en Australie, en prenant soin de leur épargner les détails : j'avais le sentiment que mes dernières lettres (où il était essentiellement question des affaires que je défendais au tribunal de Snaresbrook et de la déplorable météo londonienne) ne les avaient guère préparés à ce genre de nouvelles.

Je n'arrivais même pas à prier. Pour demander quoi ? Mon Dieu, viens-moi en aide en cette heure difficile. J'ai besoin de... euh... de sperme pour mes copines.

Et ce n'étaient pas un *Notre Père* et trois *Je vous salue Marie* qui allaient faire l'affaire.

3

Erreur fatale sur le rouge à lèvres

Deux semaines plus tard, ce fut le jour du rouge à lèvres orange.

– Jamais de drogue avant le petit déj', m'avertit Charles en étalant de la confiture sur sa tartine.

Malgré ses lunettes de soleil, on percevait aisément les excès du week-end.

– Ça rend fou, insista-t-elle, l'air pas très lucide elle-même.

C'est le genre de truisme qu'affectionnait ma grand-mère quand j'étais enfant. Grand-Mère adorait la confiture, les truismes et, réflexion faite, la drogue. Elle exaspérait toujours notre médecin de famille en se référant à lui en public sous le terme de « revendeur ».

Pourquoi ne l'avais-je donc pas écoutée ?

Tout avait commencé la veille, lorsque le dealer de Charles et de Sam était venu leur rendre visite.

– On a décidé de devenir parents, lui expliquèrent-elles sur le ton avec lequel on licencie un employé. On est vraiment désolées, mais on ne pourra plus t'acheter de drogue. On arrête toute cette came de merde avant de faire un bébé.

Albert prit la nouvelle avec philosophie. Il redoubla d'attentions à mon égard, moi, miss-je-ne-mets-pas-les-deux-pieds-dans-le-même-sabot qui trouvais excessif de prendre deux aspirines en même temps.

– Et toi, Evelyn, tu as l'intention de tomber enceinte aussi ? avait-il demandé pour me taquiner.

D'accord, c'était un peu bête de ma part de prendre de l'ecstasy juste avant mon premier procès à Old Bailey. Mais que fait une fille en pleine crise de nerfs lorsqu'un adonis noir débarque dans sa cuisine pour lui proposer quelque chose qui la rendra « sereine » ? Eh bien, comme un car de Japonais dans un duty free, elle achète.

Les problèmes commencèrent quand j'ingurgitai le truc. Mais pourquoi diable avais-je avalé ?

Toujours est-il que Charles partit pour le tribunal de Snaresbrook avec toutes ses facultés, me laissant dans un indéniable état de démence pathologique. Au lieu de me mettre en condition pour Bailey, je me lançai dans la folle entreprise de laver la vaisselle qui s'était accumulée dans l'évier depuis le départ de la femme de ménage portugaise deux ans auparavant, ce qui prouve bien que ma santé mentale n'était pas au mieux de sa forme.

Moi qui ne faisais jamais la vaisselle ! Je croyais entendre un des dictons de Grand-Mère : « Montrez-moi une femme qui fait la vaisselle, je vous montrerai un homme infidèle. » J'avais toujours été absolument d'accord. Mais ce n'était tout de même pas parce que j'avais rayé les hommes de ma vie que j'allais passer mon temps derrière l'évier, n'est-ce pas ? Moi en tablier, les mains plongées dans le Palmolive... Il s'agissait là d'une erreur génétique.

Des années de féminisme pour en arriver là ! Si nous ne l'avions pas fait incinérer, Grand-Mère se serait retournée dans sa tombe.

Quelques minutes plus tard, mes mains ressemblaient à des vessies de porc gonflées et toutes tailladées. « Quoi ? pensai-je en lisant l'étiquette, ce produit est spécial pour peaux sensibles ? » La radio braillait un de ces funestes chants à la mode sur le désespoir du millénaire. Mais qu'est-ce qui m'avait pris d'avaler de l'ecstasy trois heures avant le procès ?

J'affrontai enfin l'horloge, pour m'apercevoir qu'il ne me restait plus qu'une demi-heure. Le souvenir de la pilule s'infiltrait dans ma conscience comme du sang dans une seringue. C'est alors que je me rendis compte que toute cette histoire d'ecstasy n'était peut-être pas très positive pour ma carrière.

Compte tenu des circonstances, je choisis un petit tailleur discret Dolce Gabanna. Très tribunal, pensai-je, essayant d'utiliser toutes les capacités de mon Q.I. pour m'assurer que je l'enfilais à l'endroit. Je me sentais idiote ; inutile d'en avoir l'air aussi. Je me voyais déjà... « Si Votre Honneur veut bien attendre deux minutes que je me rhabille correctement. »

Cinq minutes plus tard, j'en étais encore à chercher les manches, et quand je les trouvai enfin je m'aperçus que la veste était à l'envers. Puis j'essayai de me souvenir de cette affaire. Qui est-ce que je défendais, d'abord ? L'avais-je déjà rencontré, ce salaud ? Avais-je au moins reçu le dossier ? Mon cerveau s'était mis sur « Pause ».

Et la fonction « Play » était bloquée par un embrouillamini de recommandations, entre mon père qui m'avait répété d'avaler un solide petit déjeuner avant d'aller au tribunal (il ne faisait nullement mention d'ecstasy), ma mère qui m'avait conseillé de bien dormir la veille (j'avais passé une bonne partie de la nuit au Ministry of Sound, la boîte branchée de Londres) et l'avocat qui avait insisté pour que j'arrive au tribunal une demi-heure avant le procès afin de m'entretenir avec mon client (j'étais en retard d'une demi-heure).

Et pour couronner le tout, Albert, le dealer noir qui m'avait garanti avec son sourire rassurant que l'ecstasy était tellement doux qu'il en faudrait au moins deux pilules pour me remettre les idées en place ! J'allais traîner ce salopard en justice pour publicité mensongère.

Dans le taxi, au beau milieu des embouteillages, j'eus l'étrange impression que quelque chose d'effroyable allait se produire, exactement ce que doit éprouver un mystique en montant dans le téléphérique qui va le précipiter vers la mort. Je n'étais pas devin, même pas intuitive, mais j'avais la sensation désagréable d'être dans ce téléphérique-là.

Le chauffeur n'arrangeait pas mes affaires. On l'avait efficacement initié à l'art de taper sur les nerfs. L'oreille collée à la radio, il devait guetter le flash sur les embouteillages afin de s'y rendre au plus vite. On a fait le tour de Londres. De Kensington High Street à Marble Arch en passant par Kings Cross, il n'y a pas un bouchon que nous ayons manqué ce matin-là.

Il saluait chaleureusement les chauffeurs de bus qui s'écartaient pour nous éviter. Il calait à chaque passage pour piétons, même quand il n'y avait personne en vue. Il fumait le cigare et riait immodérément de ses petites blagues intérieures. Dire que j'avais pris un taxi uniquement parce que je suis parano dans le métro. Maintenant, même les loubards de la ligne principale qui crèvent les yeux à coups de couteau me semblaient préférables aux unités qui défilaient sur le compteur. Je lui proposai de le payer pour griller quelques feux rouges. Il referma la vitre de séparation.

Je sentis mon sang-froid me quitter quand un type punk truffé de boucles d'oreilles nous demanda le chemin de Gray's Inn Road tandis que le feu passait au vert. Mon chauffeur lui fournit des indications explicites et ridiculement détaillées jusqu'à ce que le feu repasse au rouge.

Ce n'était pas possible. Je devenais dingue, dans ce taxi. Pour faire diversion, je me focalisai sur le cendrier ; je l'ouvris, le refermai, me demandant comment m'en servir d'arme contre l'un de nous trois. À regarder cet orifice béant et dégoulinant doté de gencives poussiéreuses et de dents de lapin, je regrettai soudain de ne pas fumer.

« Il n'y a que les criminels et les femmes au foyer qui

fument », disait Grand-Mère. Pour elle, il n'y avait pas si grande différence entre les deux ; elle ne les aimait ni les uns ni les autres. C'est pour cette raison qu'elle avait lancé sa dynastie juridique. En fait, il s'agissait d'un plan visant à débarrasser son univers des criminels et des femmes au foyer.

Elle avait épousé un avocat à Londres en 1935 et n'avait pas tardé à engendrer quatre filles et un garçon, tous nés avec une perruque d'avocat sur la tête. Puis, un beau jour elle décida d'émigrer à Sydney avec le plus jeune, mon père, sous prétexte que l'Angleterre était morte. Et je ne pouvais que l'approuver. Elle aimait le soleil, la mer et les yachts qui dansaient dans le port – moi aussi. Je voulais rentrer dans mon pays.

C'est alors que la mémoire me revint. L'homme que je devais défendre était un certain M. Keith Conan du quartier de Shepherds Bush. Outre la paranoïa et le stress, je commençais à avoir la nausée.

L'audience qui avait eu lieu avant le procès me tomba dessus comme mes premières règles. Je revis ce Keith Conan traiter le juge de branleur et menacer de castrer un magistrat. J'étais assise à l'ombre de son avocat, cachée dans ma robe, espérant que personne ne ferait appel à mes services, surtout pas Keith. Allez, quoi, je roulais encore avec mes petites roues de débutante, et j'étais trop jeune pour les cas de coups et blessures. C'était la faute de Candida, tout ça.

Où était-elle, maintenant ? J'aurais parié qu'elle était encore chez le coiffeur. Personne n'était coiffé comme Candida à Old Bailey.

– C'est du gâteau, cette affaire, mon petit. On a gravement provoqué ce pauvre M. Conan. N'importe quel avocat un peu malin est capable de prouver ça ! avait-elle conclu en me tendant le dossier.

On l'a gravement provoqué, lui ? Je n'en revenais pas. C'était moi qu'on provoquait, oui ! Il suffisait de jeter un coup d'œil à ce Keith de Shepherds Bush pour s'apercevoir que son charme n'était que superficiel, et que ce n'était pas le genre de type qu'il fallait défendre sous l'influence de l'ecstasy. Keith n'avait pas seulement un « dossier », il était à lui tout seul une section de l'administration criminelle. C'était moi qu'il fallait défendre, pas lui !

La situation était pire que je ne le pensais. Mais pourquoi avais-je donc mis ce rouge à lèvres orange ? Orange givré, en plus !

Je compris alors que c'était une de ces journées où j'allais finir sur les dents.

4

*Notre rôle n'est pas de demander pourquoi,
mais de défendre, accuser, plaider et mourir !*

Tandis que le taxi approchait de Old Bailey, je sortis la perruque de l'attaché-case et me la posai sur la tête comme une auréole. C'était la perruque de mon grand-père, une perruque qui avait vu des milliers de divorces, et parmi les plus litigieux de Mayfair, tout empesée d'un bienséant sens de vénération ancestrale et encore embaumée de tous ses procès triomphants.

Mon A.D.N. se gonfla de fierté, puis retomba dans le malaise au moment où je tentai consciencieusement de fabriquer des circonstances atténuantes à mon client passé maître dans l'art du coup de tête. Pourquoi fallait-il que ce soit une affaire de coups et blessures ? En entrant à l'école d'avocat, je voulais condamner des propriétaires foireux ou défendre les droits des fragiles retraités qui s'étaient fait surprendre en train de voler des saucisses chez Marks et Spencer pour leur chat. J'entendais la voix de Grand-Mère, teintée de l'atmosphère de l'école Sainte-Marie d'Ascot : « Notre rôle n'est pas de demander pourquoi, mais de défendre, accuser, plaider et mourir ! »

C'était donc à cela que ma vie m'avait si soigneusement préparée ? Mes parents avaient-ils déboursé autant d'argent pour que j'en arrive là ? Depuis les sœurs de Lorette à Kirribilli, jusqu'à l'école d'avocat en passant par Oxford ?

J'aurais voulu appeler le destin sur mon mobile pour demander d'ajourner ma vie, parce que je n'étais pas vraiment prête, que je n'étais pas certaine d'être faite pour la carrière d'avocate, que je commençais à avoir des envies de cigarette et de vaisselle, que j'avais malencontreusement avalé de l'ecstasy quelques heures auparavant, et que je pensais que Keith Conan, le spécialiste du coup de boule, méritait mieux qu'une avocate aux lèvres orange givré qui détestait les hommes et qui n'était pas fichue d'enfiler ses vêtements à l'endroit !

Je sautai du taxi. Il me restait à peine dix minutes. Je payai la course, tandis que cette chère Justice me regardait depuis le dôme de la cour d'assises. Grande et sculpturale... voilà une femme faite pour porter du Lacroix ! Dans sa robe classique, elle incarnait la Donatella de Versace, la Loulou de la Falaise d'Yves Saint Laurent, la muse du système judiciaire. Elle pesait mes chances, et en tant que femme elle savait bien que ce rouge à lèvres les réduisait de moitié.

En déboulant à toute allure au tribunal, je ressemblais plus à quelqu'un qui venait d'avaler du speed que de l'ecstasy ! Même stone, j'avais conscience de manquer de dignité. Sœur Conchilio n'aurait pas été surprise. Ma note en cours de maintien avait été la plus désastreuse de l'histoire de l'école de filles de Lorette. Il était inscrit sur mon bulletin final que j'avais une « allure d'animal de proie ».

Ma démarche rapace fut ralentie par la patiente et traînante file d'attente au détecteur de métaux. Quand arriva mon tour, le garde vit en moi la petite bêcheuse d'avocate qu'il rêvait d'humilier. Il me demanda de vider mes poches.

Je passai et repassai devant le détecteur, et chaque fois l'alarme se mettait à hurler bien que j'aie déposé montre, bagues, clés et monnaie sur le tapis. Nous finîmes par admettre que c'étaient certainement les armatures de mon soutien-gorge qui déclenchaient la machine. Ce type d'humiliation était insupportable. J'implorai les cieux de me faire mourir sur-le-champ.

Seul le souvenir de mes ancêtres, dont la lignée remontait aux martyrs de la colline des suppliciés de Tyburn, parvint à me faire redresser la tête.

Arrivée dans le sanctuaire de marbre, je passai entre des noyaux de témoins agglutinés les uns aux autres, intimidés par l'environnement. Avocats et juristes discutaient, accrochés à l'indispensable Code pénal dont les pages cruciales étaient signalées par des Post-it jaunes. Ils parlaient de meurtres et de vols à main armée avec l'insouciance des professionnels.

Policiers et gardes du Securicor traînaient leur ennui ensemble, attendant désespérément qu'un attentat suicidaire ou qu'un ex-malade psychiatrique en réinsertion sociale viennent troubler leur quiétude.

Le problème qui se posa tandis que je scrutais les visages dans la foule fut de savoir comment j'allais retrouver l'avocat de Keith Conan. Le problème était d'autant plus aigu que je ne savais pas à quoi il ressemblait. M. Dobbs, le gentil petit vieux avec qui j'avais travaillé jusque-là, était mort subitement la semaine précédente. Un présage qui aurait dû me mettre la puce à l'oreille. Un signe lumineux clignotant sur mon avenir : DEMI-TOUR, TU FAIS FAUSSE ROUTE !

J'aurais dû retrouver Julian Summers, le successeur de M. Dobbs, vingt minutes plus tôt au détecteur de métaux, mais il ne m'avait certainement pas attendue. Je décidai de mettre à profit mon mètre quatre-vingt-sept (avec talons) pour parcourir la foule du regard. Comme l'opération se révéla inutile, je me replongeai dans l'océan de costumes rayés, espérant qu'il me reconnaîtrait à mon désespoir.

Je crus tout d'abord que c'était mon affolement qui attirait le regard de tout le monde, mais je dus me rendre à l'évidence lorsqu'une petite mèche de cheveux me tomba sur l'œil. Seigneur, cette maudite perruque se retrouvait le devant derrière.

J'avais glissé mon dossier sous le bras pour la remettre à l'endroit lorsque j'aperçus, au fond du hall d'entrée, à travers les volutes de fumée de cigarette, serrant des papiers contre son costume anthracite Armani, l'homme le plus sexy que j'aie jamais vu.

Pourtant, je vous assure qu'à Bailey les costumes Armani ont l'air aussi absurdes que des Américains coiffés de casquettes à la Sherlock Holmes. C'était le royaume des rayures et des menottes, des uniformes et des fusils. Mais il avait une tête à pouvoir porter un kilt Jean-Paul Gaultier au ras des fesses sans avoir l'air ridicule.

Me vinrent à l'esprit des mots tels que superbe, point G et pâmoison. Il était grand, avec des cheveux blonds à la dandy qu'il avait essayé, sans grand succès, de dompter avec du gel. Euphémiquement parlant, cet homme était magnifique d'un point de vue génétique. Comme aurait dit Sam, un donneur de première classe !

Je ne pouvais le lâcher des yeux mais, chose beaucoup plus inquiétante, il ne me quittait pas du regard non plus. On aurait dit qu'il ne voyait que moi. Toutes sortes de questions se télescopaient dans mon esprit, tels des pilotes kamikazes. Qu'est-ce qu'il pouvait bien me vouloir ? Qu'est-ce que je devais faire ? À part sous la forme d'un fantasme ou d'une statue de marbre à Florence, je n'avais jamais vu cet homme de ma vie.

Il me sourit tout à coup, exactement comme un ex-malade psychiatrique en réinsertion sociale, en agitant frénétiquement les bras. Il se dirigea vers moi. C'était tout moi, ça, j'attirais irrésistiblement les cinglés.

Je récitai une rapide neuvaine alors qu'il se frayait un chemin au milieu de la foule dans le brouillard d'un millier de Marlboro. Il avait toujours le regard rivé sur moi. Du revers de la main, il dégagea la mèche de cheveux qui lui tombait sur les yeux. Je jetai un coup d'œil désespéré autour de moi pour appeler à l'aide. Et si c'était un tueur en série particulièrement beau ? Mais où sont les gardes du Securicor quand on a besoin d'eux ?

Était-ce mon rouge à lèvres, ma robe ou ma perruque qui l'excitaient à ce point ? « Ah, ça y est, pensai-je, c'est sans doute le conseil vestimentaire de Old Bailey qui vient m'accuser d'ineptie esthétique. Je sais que c'est moche, mais c'est du Dolce Gabanna ! » voulais-je crier. J'étais à deux doigts de lui montrer l'étiquette. Dieu merci, je me retins à temps. Avais-je donc dépensé en vain tant d'argent non encore gagné ?

Je sentis mes aisselles s'humidifier. Je sentis mon téton gauche passer sous mon soutien-gorge. Je sentis mon dossier s'échapper de son ruban rose pour tomber par terre, entraînant dans sa chute le peu d'assurance qui me restait.

Les feuilles s'éparpillèrent sur le sol. Moi, je restais plantée là à trembler tandis que tous les membres du système judiciaire me prenaient pour une folle.

Je m'accroupis dans cette mer de jambes rayées et moissonnai mes feuilles d'un geste dément. En regardant mes mains s'agiter autour des chaussures des gens, je m'attendais presque à voir apparaître des stigmates. J'étais une martyre de la fin du siècle.

Puis la lucidité me tomba dessus comme une crampe. Bien sûr... c'était l'avocat de Keith Conan, Julian Summers !

– Evelyn ! Eh bien, je commençais à paniquer ! s'exclama-t-il tandis que je ramassais la dernière feuille de mon dossier.

Je me relevai pour lui faire face. Quoi ? Lui, il commençait à paniquer ? Pour ce qui est des hommes qui ont un seuil de panique au ras des pâquerettes, il se posait là... Mais Dieu qu'il était appétissant ! Ma mâchoire s'ouvrit puis se referma juste avant de laisser échapper un son, c'est-à-dire un glapissement insignifiant comme si je venais d'avaler mon alarme antiviol ou quelque chose du genre.

– Julian ? Merde... Je suis désolée. J'ai été... euh... c'est mon estomac. Les nerfs, un ulcère, quoi.

Je me frottai le ventre en essayant d'avoir l'air aussi adorablement digne de pardon que peut l'être une fille surmontée d'une vénérable perruque.

D'après sa voix au téléphone, j'avais imaginé un petit blanc-bec boutonneux du sud de Londres, frais émoulu de l'université, encore mouillé derrière les oreilles. Pas ce dieu félin. Pas ce sexe sur pattes. Je commençai à ressentir des orgasmes rétrospectifs, comme si j'avais été en train de faire l'amour au téléphone depuis des lustres.

— Joli costume ! Armani, n'est-ce pas ? demandai-je.

Mais je savais déjà que j'avais brisé la glace et que toute trace de l'agacement qu'il avait peut-être éprouvé contre moi avait fondu.

Il rejeta la tête en arrière et se mit à rire, d'un rire rauque, assuré et terriblement sensuel.

Ma pauvre libido commença à relâcher un peu ses muscles.

5

Un tempérament romantique

Qui aurait eu envie de défendre un criminel ? Certainement pas une avocate novice venant d'ingurgiter de l'ecstasy, si elle en avait eu le choix. Mais tout le problème était là : je n'avais pas eu le choix. Les suffragettes s'étaient fait piétiner par les chevaux du roi, elles avaient brûlé leurs soutiens-gorge et signé des pétitions depuis un siècle pour avoir le droit de choisir. Alors, pourquoi mes choix à moi étaient-ils si incroyablement infimes ? Aller au travail, ou ne pas y aller... et mourir de faim ?

Mais, sincèrement, est-ce que ça vaut la peine de se jeter sous les sabots d'un cheval ? J'avais envie de repêcher mon soutien-gorge dans les cendres et de courir à la maison pour faire un peu de ménage.

– Allons-y, suggéra Julian en avançant.

Je le suivis comme un chien suit son maître.

Au sous-sol, un garde du Securicor en uniforme vert pomme se curait le nez tout en recherchant M. Keith Conan dans un registre aussi épais qu'un livre de Dickens. Si j'avais été à deux doigts de dévier de ma haine contre la gent masculine, c'était le mec idéal pour me remettre sur le droit chemin. Il avait son nom brodé sur la poche, ce qui à mon avis en dit long sur un homme.

Alors que nous attendions que Tom-gros-crado-Betts trouve notre client dans son registre, je remis à jour l'affaire Conan dans mon esprit, en méditant sur les conséquences de plaider non coupable avec ce rouge à lèvres orange alors que trois témoins crédibles, dont un prêtre, étaient tous prêts à jurer sur la Bible, le Coran, la Torah et leur allocation chômage qu'ils avaient vu l'accusé s'approcher de la victime et, sans la moindre provocation de la part de cette dernière, lui assener un coup de tête qui l'avait plongée dans trois semaines de coma.

Quand je pense que Candida m'avait dit que c'était du gâteau, une affaire comme ça ! C'était du gâteau, oui, et je voyais déjà les miettes sur ma robe.

Finalement, un garde nous ouvrit plusieurs grilles cadenassées pour nous conduire dans une petite pièce. Il griffonna le nom de Keith Conan sur la porte, puis disparut dans le couloir en cliquetant de toutes ses clés pour aller chercher notre homme – celui qui financerait pour quelques semaines ma consommation de rouge à lèvres et de vernis à ongles.

Julian et moi attendions, l'air triste et angoissé, tandis que les odeurs et les sons provenant des cellules péné-traient tous les orifices de mon corps. C'était à des moments comme ça que je regrettais de ne pas avoir de passe-temps, une activité qui ne m'aurait pas abîmé les ongles autant que de les ronger. « Concentre-toi, me dis-je. Tu es avocate et tu es responsable de ton client. »

Je regardai Julian. Il sourit avec le même air béat que s'il mangeait un chou à la crème en regardant mes jam-bes. Normalement, quand un mec me jetait des regards comme ça, je lui envoyais un coup de pied bien placé.

Avant, je n'arrêtais pas de faire ça – de décocher des coups de pied dans l'entrejambe de types comme Julian. C'était quand j'avais commencé à faire du kick-boxing et que je pensais que c'était mon devoir de femme moderne de mettre fin à des millénaires de harcèlement masculin. Si un mec faisait une remarque à mon sujet, ou si un de ces gros porcs dans le métro pensait que ça

me ferait plaisir de me faire pincer les fesses, VLAN !
Mon talon aiguille lui volait dans les gonades.

Mais, en songeant à l'entrejambe de Julian, je me
mordis la lèvre. Pour penser à autre chose, je me mis à
lire les graffitis très vulgaires sur les footballeurs de
Manchester United et les obscénités qu'ils faisaient
subir à leurs adversaires.

– À la longue, on doit s'habituer à l'odeur, hasarda
Julian.

Il faisait allusion à la puanteur des bandits parqués
dans les cellules et à leurs crimes contre l'hygiène. Mais
tout ce que je remarquai fut qu'il avait des yeux vert
clair tachetés de brun et des cils si longs et recourbés
qu'ils me rappelaient des griffes de siamois.

J'approuvai d'un ton plaisant, en repensant à tous les
hommes que je côtoyais à cette époque-là, c'est-à-dire
les collègues du tribunal et le type qui venait relever le
compteur de gaz. Je ne savais pas de quelle couleur
étaient leurs yeux. Mais aucun d'entre eux n'avait des
cils recourbés comme des griffes de siamois.

Julian commença à arpenter l'inarpentable. La pièce
qui mesurait à peine quatre mètres carrés était désespérément étouffante malgré la cloison de verre. J'eus
encore une sorte de prémonition... un homicide, peut-
être ?

Mais au moment où on amena enfin Keith, je sentis
que mon taux d'adrénaline montait. Il était exactement
tel que je me le rappelais, l'air méchant et la tête rentrée
dans les épaules. C'était le genre de type qui me faisait
regretter de ne pas avoir mis mon casque de V.T.T. J'aurais parié qu'il n'était pas d'un tempérament romantique. Et si j'avais été chasseur de têtes en donneurs de
coups de boule, Keith aurait été mon homme.

J'avais entendu dire qu'il y avait des voyous qui se
faisaient placer des feuilles d'acier dans le crâne pour
donner encore plus de vigueur à leurs coups. Je sentis
ma tête ramollir subitement. Je remis mes yeux dans
leurs orbites et tentai de regarder mon front.

Keith et Julian me considéraient, troublés par mon interprétation de la crise d'épilepsie.

– Ah, dis-je avec sagesse pour attirer leur attention sur autre chose, vous êtes venu, monsieur Conan.

– Ben ouais, chérie, j'ai vu de la lumière, alors je suis entré, plaisanta Keith en donnant un grand coup de coude dans les côtes de Julian.

Celui-ci chancela en faisant la grimace. Je jouai à pile ou face avec l'idée de m'enfuir tout de suite, tant qu'il était encore temps, et de jeter ma perruque et ma robe dans la première poubelle venue. À qui est-ce que je mentais ? Je n'étais pas faite pour ce métier. Ce n'était pas ce que sœur Conchilio voulait dire quand elle parlait d'un ton rêveur de « vocations ».

Je me débrouillai finalement pour faire les présentations nécessaires. Et, comme je l'expliquai au successeur de M. Dobbs, je réalisai qu'il y avait de la lumière au bout du tunnel, finalement. Pas une lumière à proprement parler, plutôt une allumette mouillée, mais j'essayai de l'allumer tout de même.

Je suggérai à Keith que, s'il voyait une objection à ce changement d'avocat de dernière minute et s'il pensait que cela pouvait lui porter préjudice, il pouvait par exemple demander l'ajournement du procès et exiger un autre avocat. J'insistai bien sur ce dernier point, consciente de l'avantage incontestable que représentait la décision du juge de remettre le procès à plus tard, voire à jamais.

Julian avait l'air stupéfait. Le problème n'était pas exactement là. Je voyais qu'il essayait de calculer quelle quantité de vache folle j'avais consommée au cours de mon existence. Ses joues prirent une teinte orange vif ; il ressemblait plus que jamais à Ken, le copain de Barbie.

– Nan, laisse tomber, ricana Keith. Je vais pas moisir ici à attendre qu'ils me trouvent un autre avocat de merde.

Je crus que Julian allait se mettre à pleurer. En enfilant son costume Armani ce matin-là, il avait certainement pensé qu'il avait pris toutes les précautions nécessaires pour éviter ce genre de sarcasme. Ce qui n'avait rien empêché. Il faut prendre les choses comme elles viennent, dans le monde de la justice. Il se ressaisit rapidement et tendit la main vers Keith.

– Monsieur Conan.

Sa tentative de sympathie fut rejetée avec dédain.

– Fous-moi la paix, toi, d'accord ? J'ai rien à te dire !

Il pointa son index et son auriculaire vers Julian, comme les vampires lorsqu'on s'approche d'eux un crucifix à la main. Il se tourna vers moi et me fit un grand sourire édenté.

– Il doit rester avec nous, ce con-là ?

Je souris de mon plus beau sourire orange et haussai les épaules.

Julian se pelotonna dans un coin en feignant de trier ses notes comme un enfant qu'on vient de gronder.

Avec du recul, je m'aperçois que je faisais tout ce qu'il fallait pour me fabriquer un ennemi, mais je ne m'en rendais pas compte. À court de mots, je me dis qu'il était temps de créer des liens affectifs.

– Une cigarette, Keith ?

Je lui tendis le paquet de Marlboro que Charles m'avait donné pour l'occasion. Keith était sans doute le genre de type à passer sa journée devant les séries télévisées ; je décidai donc de tirer parti de mon accent, en exagérant sur les intonations typiquement australiennes en fin de phrase.

– Merci, poupée. T'es sympa, toi.

Il sourit affectueusement. Quelque chose me disait que nous allions nous entendre à merveille tandis que j'allumais sa cigarette et que je me lançais dans mon laïus d'encouragement pour l'audience. En entendant ma voix rebondir sur les murs, je fus surprise de voir à quel point j'avais l'air de contrôler la situation.

– Alors, Keith, on plaide non coupable ?

– Non coupable, ouais. T'es intelligente, toi. Eh, Julie, le juge va l'adorer, hein ? fit-il en envoyant un nouveau coup de coude dans les côtes de Julian.

– Malheureusement pour nous, Keith, ils ont de bons arguments, dis-je sur un ton sévère.

Je ne voulais pas perdre le contrôle de ce rapprochement affectif.

– Eh, Julie, le juge va saliver quand il va la voir, hein ? demanda-t-il, tout agité.

Je faisais la sourde oreille.

– Ils ont trois témoins importants, Keith. L'un d'entre eux est curé, lui rappelai-je sans ménagement. Tandis que nous n'avons pas beaucoup de témoins de notre côté. Euh... aucun, en fait !

Je croisai les jambes. Keith commença à pencher la tête, mais j'enchaînai.

– Bon, je sais que vous voulez plaider non coupable. Je ne pense pas que... que vous ayez l'intention de changer d'avis et de plaider coupable. Je veux dire, savez-vous que si vous plaidiez coupable, le juge serait obligé de vous infliger une peine moins lourde ?

Je caressais toujours l'espoir qu'il changerait d'avis pour me rendre les choses plus faciles. Mais c'est vrai, j'étais droguée !

Keith ne répondit pas, ses yeux étaient rivés sur ma poitrine.

– Je pense que M. Dobbs, qui nous a malheureusement quittés, vous a sans doute dit que je cherchais toujours à arranger les choses, dis-je en bonne menteuse.

Je n'aurais même pas pu m'arranger pour ressortir d'un sac en papier, vu l'état dans lequel j'étais.

– Putain, il a foutu un coup de pied à mon chien ! hurla Keith en tapant du poing dans la paume de son autre main.

Il avait de grosses paluches frustrées et énervées qui cherchaient quelque chose à faire, avec les mots TUER et HAÏR tatoués sur les phalanges.

Je fouillai dans mes papiers à la recherche de la preuve que quelqu'un aurait frappé son chien. Le seul mot de « chien » aurait été un soulagement. Julian regardait Keith d'un air méfiant. Les instructions que j'avais reçues semblaient nager sur la feuille comme des vers de terre dans un bocal plein d'eau. Je ne voyais de chien nulle part. J'avais l'impression que tout le dossier était écrit en gaélique. La pièce me faisait penser à une boîte de conserve pleine de nicotine.

Je levai les yeux. Julian tirait sur la couture de sa veste comme s'il cherchait des puces. Il était en train de me faire le coup de la vengeance passive, comme on dit, pour avoir tenté un peu plus tôt de l'évincer de l'affaire.

Tranquille sur sa chaise, Keith me fixait en se tripotant une oreille.

Julian et Keith, c'était le jour et la nuit. Si j'avais pu demander à Tom Betts de les rejoindre, ça aurait été la nuit noire. Nous restâmes plongés dans nos pensées jusqu'à ce que, vaincue par mon environnement, je me persuade finalement que j'étais en train d'étouffer et que la seule solution était de trouver une poche d'air.

Je m'imaginai que celle-ci se trouvait justement entre mes cheveux et ma perruque. Mais j'étais devant un dilemme : qu'est-ce que Keith penserait de son avocate en la voyant défaire sa perruque pour se la mettre sous le nez ?

Il écrasa sa cigarette avec les doigts sur le sol en béton. L'espoir me recrachait comme si j'avais été un vieux chewing-gum.

Je vissai fermement ma perruque sur le sommet de mon crâne en essayant de faire disparaître toute trace de panique de ma voix.

– Vous n'avez jamais parlé du chien, Keith ? hululai-je.

Julian bougea sur son siège comme s'il avait l'intention de pondre un œuf.

Keith se leva devant moi. Quelque chose était en train de mijoter derrière ces yeux injectés de sang. J'en aurais mis ma main au feu.

Puis je m'entendis pousser un petit cri aigu comme si j'avais encore avalé mon alarme antiviol. Julian serrait ses jambes l'une contre l'autre comme dans un exercice de rééducation en gériatrie. Il pressait mon Code pénal sur ses genoux. Pendant ce temps, mes glandes lymphatiques en profitèrent pour me décharger des tonnes de toxines sous les aisselles.

« Nous sommes dans la mouise », pensai-je tandis que Keith commençait à déboutonner sa braguette avec une sinistre détermination. Nous étions en train de nous propulser dans le royaume d'une criminalité beaucoup plus profonde que celle des livres de droit.

J'espérai qu'il ne s'agissait que d'un phénomène hallucinatoire. Mon cerveau avait peut-être gonflé ? L'idée de sombrer dans le coma me paraissait vaguement séduisante par rapport à tout ça. Julian regardait Keith d'un air terrorisé. Il n'avait plus tellement l'air d'avoir envie de pondre.

Keith grogna.

« Ô Seigneur Jésus mon Dieu, pensai-je. Il va chier. »

J'ai toujours eu beaucoup de chance. Une nanoseconde plus tard, j'avais sous mes yeux un énorme pénis avec un prépuce qui ressemblait à un tuyau d'écoulement. Mais qu'est-ce qu'il voulait, bordel ? Une pipe ?

Je n'ai pas ce qu'on appellerait une gorge profonde, ni dans le meilleur des cas, ni avec le meilleur des hommes. Des hommes qui se lavent, même ! Je rejetai la tête en arrière, puis sur le côté, de la même manière qu'un poulet quand il voit venir la hache. L'infatigable pénis, qui semblait équipé d'un dispositif d'affûtage électronique, s'approcha encore plus.

J'avais l'impression de jouer dans un de ces mauvais thrillers pornographico-morbides, et mon rôle était celui de l'actrice qui mourait avant de recevoir son cachet. Mais qu'est-ce qu'elle fabriquait, la censure ? Il fallait que cette scène passe par la salle de montage !

Le prépuce s'arrêta juste sous mon nez et se décalotta pour faire apparaître un petit carré humide qui ressemblait étrangement à la pilule d'ecstasy que j'avais avalée quatre heures auparavant. Je regardais l'organe pendre tristement de la braguette, tel un garde du Securicor avachi à son poste de travail après avoir trop bu, lorsque Keith déplia le petit carré de papier et me le tendit.

Comme il aurait été très impoli de ma part de refuser, je saisis le papier aussitôt en essayant de réfléchir. J'espérais qu'il serait inscrit « JE DÉTESTE LES PIPES » ! Mais ce n'était pas le cas.

Je le tins à bout de bras en tentant d'ignorer l'odeur nauséabonde qui s'en dégageait. C'était la photo d'un pitbull.

Je n'avais pas besoin d'une licence en droit pour ça, merde ! Il me fallait des tranquillisants. Une bonne cure de Prozac. Je suppliai la Vierge Marie de me faire disparaître dans l'enfer osseux de ma chaise en plastique. Tout ça à cause de cette maudite pilule d'ecstasy ? Qui était censée me rendre « sereine » ? Si ça, c'était de la sérénité, alors c'était comment, une crise d'hystérie ? Même une lobotomie me semblait plus douce.

– Mon chien, Vomi ! lança Keith avec une fierté paternelle.

Julian se pencha pour jeter un coup d'œil.

Keith ne semblait pas vraiment pressé de ranger son sexe. Il était vraiment énorme. Il aurait pu être acteur porno, s'il avait voulu. C'était un agent qu'il lui fallait, pas un avocat.

Je revins à la photographie.

Vomi avait l'air, et l'odeur, d'avoir passé un bon moment caché dans le prépuce de Keith. Je pensai à mes parents qui devaient être installés sur leur terrasse pour contempler le port.

Ils regardaient sans doute les yachts en sirotant un bon Hunter Valley rouge ; mon père pensait à moi, essayant de m'imaginer à Old Bailey. Il demandait à ma mère si elle pensait que je m'en sortais bien, et j'aurais parié mon découvert qu'elle ne répondait pas : « Oh, elle est certainement en train de regarder l'appendice de son client de plus près, chéri. » Le soleil disparaissait déjà derrière l'horizon à Sydney. À Londres, cette journée d'enfer commençait à peine.

Je tenais le cliché ramolli dans une main tandis que

de l'autre j'appuyais sur la zone vulnérable au-dessus de mes narines. Le chien ressemblait beaucoup au sexe de son maître, avant qu'il ne se dresse de façon aussi inquiétante.

Keith rit à gorge déployée au moment où son pénis se transforma en arme turgescente.

– Un bon chien, putain.

Je levai les yeux vers lui.

– Merde, Keith, je ne sais pas si ça pourra nous aider.

Même moi, je me rendais compte que l'heure n'était pas au conseil. Il était trente ans trop tard pour Keith. Alors je retirai ma perruque et la respirai de toutes mes forces.

Julian joua les imperturbables et poursuivit à ma place.

– Vous voyez, Keith, c'est un peu trop tard maintenant pour apporter de nouvelles preuves, à moins qu'elles n'aient pas été disponibles plus tôt, et même si tel était le cas, vous auriez dû le mentionner.

Le sexe de Keith commença à dégonfler. Il saisit la photographie d'un air arrogant, la replia méticuleusement et la replaça sous le prépuce de son organe mollissant. Je me sentis coupable. Peut-être l'avions-nous offensé ?

Mais j'avais sous-estimé ses ressources. Il était philosophe. Il haussa les épaules.

– Eh ben... J'avais juste pensé que... Enfin, ça valait le coup d'essayer, non ?

J'approuvai vigoureusement.

– Bien sûr ! Absolument ! C'est toujours une bonne idée. Et puis, Vomi est vraiment un beau chien, Keith. Avez-vous déjà songé à le présenter à des concours ? (Là, j'étais vraiment en train de perdre la boule.) Non ? Bon, alors on essaie de plaider non coupable ? On va leur dire que vous êtes au chômage depuis un moment... euh... depuis toujours, en fait. Que vous avez subi une grande pression, que sans le vouloir, vous n'avez pas bien interprété les événements et que vous vous êtes senti agressé.

Julian me regardait d'un air ravi.

– D'accord, c'est toi le chef ici, approuva Keith. Allez, tope là !

« Il m'aime bien », pensai-je. À des moments comme ceux-là, en l'absence de tout rapport amical, on prend ce qu'on peut. J'avais complètement oublié à quoi ressemblait la vie en dehors de cette cellule. J'avais fini par me détendre quelque peu dans ces murs froids. C'était un monde simple avec des lois simples. Je savais comment réagir. « Le pire est passé », murmurai-je en mon for intérieur.

Mais Keith se dirigea vers la porte et hurla de tous ses poumons quelque chose qu'aucune avocate au monde ne veut entendre une fois qu'elle a décidé comment elle allait dépenser ses honoraires.

– FAITES-MOI UN NOUVEAU DOSSIER !

Des gardes accoururent de partout alors que je venais de m'effondrer par terre dans un fatras de chiffons noirs. Si chez Dolce Gabanna ils s'étaient douté de la fin de cet ensemble en habillant avec amour leurs mannequins, ils auraient congédié leur équipe marketing.

Keith baissa les yeux vers moi et sourit.

– C'était pour rire, expliqua-t-il alors que les gardes l'emmenaient à coups de pied aux fesses.

Julian me releva de mon tas de désespoir couturier. Ses cheveux caressèrent mon visage et Armani Pour Homme (ce ne pouvait être que ça) cautérisa mon intelligence de toutes ses notes épicées. Sous les plis de son costume, je pressentis des pectoraux qui méritaient bien que je sorte un petit bocal à sperme.

C'était sans doute une réaction chimique à l'ecstasy. À moins que ce ne soient Charles et Sam qui m'aient jeté un sort ? Mais en prenant sa main, j'eus l'impression que ce type allait d'une façon ou d'une autre semer la panique dans mes biorythmes.

Le désir me tenait par les trompes de Fallope.

Mais était-ce ce que je voulais ? Non ! Cher lecteur, ne perdez surtout pas cela de vue. Ce n'était pas ce que je voulais. Je voulais lutter contre mon destin. Les hommes, c'était fini pour moi, souvenez-vous-en. J'étais vulnérable, je me pâmais sous l'influence d'une drogue de première qualité et mon client venait de me livrer les secrets de son prépuce. Sans oublier mes amies... qui ne parlaient que de sperme depuis un mois.

C'était une machination, forcément.

6

Désastre à la Cour !

La salle d'audience du Troisième Tribunal était déjà au complet. Les sons, les odeurs et le sombre bois verni de cet édifice juridique me picotaient toutes les terminaisons nerveuses et apaisaient mes craintes. Ça y était, nom d'un chien, j'étais à Old Bailey ! Bien sûr, j'étais déjà venue à la cour d'assises quand j'étais en stage, mais mince, Old Bailey, tout de même... et c'est moi qui la portais, la perruque, cette fois ! J'avais du mal à dissimuler mon excitation. J'avais une folle envie de brandir le poing en criant « victoire » !

L'assistant du procureur général avait l'air complètement idiot, mais ça fait partie du profil de l'emploi. À côté de lui, l'avocat général feuilletait des papiers d'un geste assuré. « Je l'ai déjà vu quelque part, celui-là... » pensai-je. Ce teint parfait qui criait « Je ne suis jamais allé sur la Costa del Sol, moi », ce regard sexy que soulignaient des lunettes en écaille qu'il remontait sans cesse sur ce superbe nez aristocratique ? Ou est-ce que j'étais encore en train d'halluciner ? Je franchissais les frontières entre la réalité et la panique comme un champion olympique de saut de haies. Je ravalai péniblement ma salive.

– Ça va ? demanda Julian d'un ton prévenant.

Il avait un petit poil qui lui sortait de la narine gauche.

J'aurais voulu le lui arracher avec les dents. Il faut dire qu'après deux ans de célibat j'avais un peu perdu la notion de la séduction.

– Je crois que j'ai besoin d'un verre d'eau, expliquai-je.

– C'est vrai que vous êtes un peu pâlotte, confirma-t-il en versant l'eau trouble du pichet dans un verre. Ma pauvre...

Pâlotte ? Avait-il lu sur mon visage le désir de mordre un petit coup dans ses follicules nasaux ? Je me passai la main sur la figure, à la recherche d'une preuve de ma pâleur. On aurait dit du caoutchouc. J'avalai une gorgée d'eau trouble. Elle avait un goût d'infection virale. Une boule dans la gorge m'empêchait d'avaler. Je me tournai vers Julian, complètement affolée.

– Ça va ? répéta-t-il, l'air non moins affolé et les yeux exorbités.

Je voyais bien qu'il n'avait guère envie de voir son procès partir en eau de boudin.

L'eau glougloutait dans ma bouche comme dans une cuve de W.-C. quand la chasse d'eau est en panne. Puis l'avocat général me fit un signe. Était-ce un mirage, ou étais-je devenue folle ?

Secoue-toi, ma fille ! Un mince filet d'eau me dégoulinait sur le menton. Les avocats ne se font pas signe, au tribunal, que je sache. Certes, c'est écrit nulle part, mais l'usage veut qu'on ne se salue pas. L'avocat général leva alors les sourcils et l'espace d'une nanoseconde je crus le voir faire un clin d'œil.

Je respirai un bon coup, et l'eau descendit.

– Ça va ? demanda encore Julian en cherchant de l'aide autour de lui. Vous voulez sortir ?

– Je ne me sens pas... euh... pas très bien. Mais ça va passer.

Je souris courageusement pour le rassurer. Dieu, qu'il était beau ! « Ai-je sérieusement l'intention de me transformer en banque de sperme ambulante pour mes lesbiennes de colocataires ? » pensai-je.

« On te demande juste de nous filer les capotes une fois que tu auras fini », avaient-elles dit.

Fantastique ! Exactement ce que rêve d'entendre une catholique déboussolée qui envisage un éventuel rapport sexuel pour la première fois depuis deux ans. Mais, de toute façon, Julian était-il homme à laisser ses spermatozoïdes faire des galipettes avec l'œuf d'une lesbienne par pipette interposée ?

Je n'en avais rien à faire. Tout ce que je voulais, c'était lui arracher sa chemise Yves Saint Laurent pour lui caresser le torse. Si j'avais été dotée d'un pénis, il m'aurait bien trahie à ce moment-là. Mais je ne comprenais pas : nos phénotypes respectifs étaient pourtant incompatibles. Que les choses soient claires : j'ai un faible pour les hommes vulnérables (avec des lunettes, de préférence), pour les maigrichons fragiles qui ressemblent aux chanteurs des groupes de rock anglais. C'est inscrit dans mes gènes : « Tu ne fréquenteras point d'hommes indépendants. »

Et plus je regardais Julian, plus je trouvais que Robocop ressemblait à un ustensile de cuisine.

Je fus interrompue dans mes rêveries lorsque Keith fut amené par quatre gardes. Menottes en avant, il se secouait et se tortillait à tel point qu'on avait l'impression que sa peau n'était pas attachée à ses os. Les gardes le poussèrent sans ménagement sur le banc des accusés. Il donna un grand coup d'épaule à l'un d'eux mais un autre garde lui fit quelque chose qui ressemblait fort à une manœuvre d'Heimlich et qui le fit tomber sur son siège.

Je regardai Julian. Il serrait les dents. Un petit nerf tressautait sur sa joue. Mon Dieu, comme j'aurais voulu l'embrasser !

– Messieurs, la Cour ! beugla soudain l'huissier du tribunal.

L'huissier était une femme. Je la reconnus tout de suite : je l'avais vue la semaine précédente à Soho, dans un bar à touffes où Charles m'avait emmenée. La dernière fois, elle avait les seins à l'air, les tétons transpercés de petits anneaux en or. J'avais du mal à me concentrer.

– L'audience est ouverte ! Veuillez vous asseoir ! cria-t-elle avant de réciter le petit laïus habituel.

Il ne lui restait plus qu'à sortir un bâton avec des grelots et à nous faire une petite danse folklorique. C'est le genre de spectacle auquel on a droit quand on a commis un crime suffisamment grave pour passer à Old Bailey. Très tentant...

La procédure se déroula selon le protocole, mais j'eus très vite l'impression que cet équilibre n'allait pas durer. En voyant l'expression de Keith changer peu à peu, je compris que ma belle assurance ne tarderait pas à voler en éclats. Lorsque l'avocat général se leva pour présenter l'affaire, un sac de bile éclata dans mon estomac.

Je n'en pouvais plus. C'était un psychanalyste que j'aurais dû payer pour me rendre « sereine », pas un dealer. Quelques minutes plus tôt, j'avais cru que l'ecstasy perdait de sa vigueur, mais je m'étais trompée. L'effet commençait seulement à se faire sentir. Je serrai les poings tandis qu'un reste de confiture mariné dans la bile me remontait le long de l'œsophage.

Alors que l'avocat général s'évertuait à séduire les jurés avec son discours, il devenait impossible de ne pas remarquer que Keith s'énervait de plus en plus contre quelque chose, ou quelqu'un, dans la salle d'audience. Au début, son agitation s'était manifestée par des mouvements d'épaules comme ceux des lutteurs pour s'échauffer avant un combat, mais il était devenu verbalement belliqueux, et exhortait Dieu sait qui à venir « prendre sa raclée ».

– Allez, viens. Ouais, viens ! Je vais t'en foutre une ! Allez, viens ! C'est ça, je vais me le faire ! Tout de suite ! rugissait-il.

Keith ne manquait pas d'éloquence. Personne ne doutait de la signification de ses propos, mais nous ne voyions pas à qui il pouvait bien s'adresser. Tout le monde se dévissait le cou à regarder dans la salle. J'entendis quelque chose craquer au niveau de ma colonne vertébrale. Il faudrait que je repense à demander à Lee si je pouvais faire passer la facture de mon ostéopathe homo sur mes honoraires d'aide juridictionnelle.

Le juge Camp avait l'air tantôt ennuyé, tantôt agacé. Il jeta un coup d'œil à sa montre et me conseilla de dire à mon client qu'il était dans son intérêt de se tenir tranquille. Je fis signe à Keith de s'asseoir et de se calmer. Comme cela n'avait servi à rien, le juge jeta un regard de mépris glacé vers Julian et moi-même et brandit la menace d'outrage à la Cour. Mais Keith était bien décidé à venir à bout de son invisible persécuteur.

Les quatre gardes du Securicor qui entouraient Keith avaient l'air plutôt content. Ils me rappelaient ces femmes qui font leurs courses avec des gamins insupportables et qui veulent que le monde entier comprenne toute la difficulté de leur sort. Ils restaient impassibles, échangeaient entre eux quelques haussements de sourcils, sans montrer le moindre enthousiasme pour les manœuvres d'Heimlich.

Quelque chose me dit que c'était le moment ou jamais. Que c'était le moment où toutes les femmes dignes de ce nom devaient relativiser les choses.

Je me levai. J'avais les jambes en coton, une crampe à l'estomac et une autre à l'épaule gauche, comme si tout mon corps venait de conspirer pour me faire passer pour une parodie de Richard III aux yeux de la Cour.

Toutefois, je parvins miraculeusement à me tenir droite.

– Votre Honneur, commençai-je avec la bravoure du renard en pleine chasse à courre. Il me semble opportun de suspendre l'audience afin que je puisse m'entretenir avec mon client.

Le juge Camp embrassa la salle d'un coup d'œil ; son regard tomba sur les gardes, désormais disposés à affronter Keith. Deux d'entre eux lui bloquèrent la tête, deux autres lui tordirent les bras dans le dos tandis que trois ou quatre autres essayaient tant bien que mal de lui tenir les jambes. C'était mon client, ce fou furieux que sept gardes entraînés arrivaient à peine à maîtriser. Gênant n'est pas le mot.

Son Honneur M. le juge Camp regarda une nouvelle fois sa montre.

Puis il regarda les jurés. Ils clignèrent des yeux comme des lapins qu'on met en rang dans la ligne de mire du fusil.

Le juge baissa la tête vers moi d'un air inconsolable. J'espérais qu'il avait envie de prendre une tasse de thé.

– Suspendre l'audience, vous avez dit ?

Ses yeux se plissèrent. Je me demandais si c'était de douleur ou de bonheur.

Ma mâchoire s'était encore bloquée, alors je penchai la tête, un peu comme faisait Gandhi avant de mobiliser les foules.

– Je vous autorise à vous entretenir une demi-heure avec votre client, mademoiselle Hornton, mais je vous conseille vivement d'user de toute votre persuasion pour lui faire entendre raison. Nous ne voulons pas gaspiller l'argent du contribuable ni le temps des jurés plus que nécessaire, n'est-ce pas ? dit-il en jetant un regard sévère à la salle comme s'il cherchait les coupables de cet odieux gaspillage. Me suis-je bien fait comprendre ? L'audience reprendra dans une demi-heure.

Je bus une nouvelle gorgée d'eau tandis que retentissait le fameux « la séance est suspendue ». L'avocat général me regarda comme les vendeuses de Harrods quand elles se demandent si vous êtes une voleuse ou la femme d'un cheikh arabe.

Puis il haussa les sourcils et fit un clin d'œil.

Un clin d'œil ? C'était de la condescendance, ou quoi ? Ce n'était pas parce que mon client avait perdu la tête que j'étais mauvaise avocate. Ce sont des choses qui arrivent, en droit pénal. Je commençais à rager. Pour qui il se prenait, celui-là ?

Puis la réponse me frappa comme un paquet de boue chaude. Ce n'était pas à cause de la drogue, ni de la paranoïa, ni d'un changement d'humeur hystérique dû à mon cycle menstruel. L'homme qui n'arrivait pas à maîtriser ses sourcils, déguisé en avocat général, n'était autre que mon ex. L'extraordinaire gros salaud. Giles Billington-Frith.

7

On ne devrait pas vendre d'ecstasy
sans la liste des effets secondaires

En bas, dans les cellules, l'humeur de Keith semblait
ne pas s'être beaucoup améliorée. Julian et moi attendions dans notre petite salle pendant que le garde était
parti chercher Keith. On aurait cru entendre un surfeur
en train de se faire déchiqueter par un requin. Ses hurlements n'étaient pas faits pour nous rassurer.

Nous ne parlions pas. Je pensais à Giles. J'avais l'impression d'ouvrir la boîte de Pandore II. Bien que nous
travaillions tous les deux au Temple, je ne l'avais jamais
revu depuis la nuit où j'avais surpris Boucle-d'Or dans
son lit, deux ans auparavant. Je devais emménager avec
lui, nom d'un chien, et elle, elle était là, sous la couette
que nous avions achetée ensemble !

Nous nous étions rencontrés cinq ans plus tôt, lors
de mon premier mois passé à Oxford. J'en étais encore
à m'habituer à la vie en Angleterre, sans parler des études. Dans ma faculté, j'étais la seule Australienne.
Oxford avait une longue histoire avec les antipodes,
mais ça ne se voyait pas, ce soir-là. Par chance, je me
spécialisais en self-defense en dehors de l'université. Les
Australiens avaient la réputation d'être de frustes sau-

vages, ce que personne ne nous avait dit à l'école pour jeunes filles de Lorette... mais essayez d'expliquer ça à la crème de l'Angleterre quand elle a un coup dans le nez.

En général, je supportais courageusement les idées préconçues à mon égard, sauf celles qui mettaient en cause ma vertu, auquel cas j'envoyais mon talon aiguille dans les testicules du coupable. C'est ainsi que nous nous étions rencontrés. Giles était sur le point de défendre mon honneur au moment où j'avais décoché un coup de pied latéral qui avait malencontreusement fini sur son plexus solaire. Il avait pris la chose avec virilité, avant de s'écrouler en gémissant.

Il y avait quelque chose d'adorable dans cette silhouette fœtale qui gisait à mes pieds. Mais à partir de ce moment-là, tout ne fut plus que soumission. C'était comme si le mouvement de libération de la femme n'avait jamais eu lieu. Les suffragettes étaient mortes en vain. Cette féministe de Germaine Greer avait usé de l'encre pour rien. Je veux dire, nous étions à la fin du millénaire et je déambulais avec l'étiquette « chose » collée sur mon front. Comme disait Grand-Mère quand nous étions enfants : « Si vous voulez qu'on vous botte les fesses, penchez-vous. » On peut dire que c'était un sacré coup de botte que Giles m'avait envoyé ce soir-là.

Et voilà qu'il réapparaissait. On dit que la vengeance est un plat qui se mange froid.

Pourquoi pas putride et pourri ?

Julian posa sa main sur la mienne et la serra pour me rassurer. Je levai les yeux vers lui. Méritait-il vraiment que je mette un terme à mon jeûne ? me demandai-je avec grand sérieux. « Après tout, me dis-je, tu te remets à peine du dernier salaud. Tu viens de retrouver ton indépendance. Mais soyons honnêtes, quoi, ce type a des yeux à arrêter de respirer ! »

Ses cheveux entouraient son visage comme une auréole d'épis de blé. Il me rappelait l'Enfant Jésus en cire de la crèche de l'école. Une année, il faisait si chaud dans la chapelle pendant l'office que le bébé avait fondu et que son visage s'était répandu sur la paille.

Avant que je n'aie le temps de m'appesantir sur l'explication freudienne de mes pensées, Keith fut poussé dans la pièce, menottes aux poignets, saignant abondamment du nez, des joues et du cou. Il hurlait toujours et se balançait d'un pied sur l'autre, tandis que l'odeur d'hémoglobine fraîche se faisait de plus en plus écœurante.

– C'est lui qui s'est fait ça, expliqua le garde.

Sur un ton peu convaincu, je marmonnai quelque chose au sujet de la violence dans les prisons.

– Avec ça ! insista-t-il en m'enfonçant un petit morceau de je ne sais quoi dans le creux de la main.

Keith donna des explications sur son humeur en se démenant et se contorsionnant comme un joueur de rugby sur le point de marquer un essai.

– Y m'a attaqué, là-haut, l'enculé ! Vous avez vu ? Hein ? Hein ? Fils de pute ! Je l'aurai, l'salaud. J'voulais me l'faire, là-haut. Y z'auraient dû m'laisser.

Le garde hocha la tête.

– Il était aux toilettes. Ils y vont tout seuls, on n'est pas des infirmières, nous, hein !

Le plus petit des deux gardes approuva d'un air grave. Ils avaient tous deux leur nom brodé sur la poche comme les employés de McDonald's. J'avais du mal à les prendre au sérieux.

– Vous avez vu ? interrompit Keith. Y m'a poussé, là-haut. Vous avez vu ? Hein ?

Le sang se répandait sur son visage comme un grotesque voile rouge.

Julian me regarda, un sourcil en l'air. Je lui fis un signe de tête.

– On ne pourrait pas avoir un docteur ? demandai-je, toujours dégoûtée par l'étrange chose que j'avais dans la main et les copieuses quantités de sang sur Keith.

Je n'appréciais absolument pas l'attitude cavalière des hommes du Securicor.

– Quoi, pour lui ? ricana méchamment le garde, un doigt pointé sur Keith. C'est rien. Il faut juste un peu d'eau pour nettoyer ça. Il s'est fait ça avec un bouton, le con... il l'a cassé en deux avec les dents. Regardez !

Tout le monde jeta un coup d'œil incrédule à la bouche édentée de Keith.

– Bon, avec ses gencives, alors. De toute façon, il s'est griffé, c'est tout. Regardez, insista-t-il en désignant le petit copeau dans la paume de ma main.

Il avait raison, c'était bien une moitié de bouton de chemise.

Julian serrait les mâchoires.

– Y faisait ça, là-haut, intervint Keith.

Il se dandinait pour reconstituer l'attitude et les paroles de son ennemi de la salle d'audience, « Allez, allez ! ».

– Un putain de bouton, répéta le garde du Securicor en s'apprêtant à partir. On aura tout vu, ici. Se trancher la gorge avec un bouton...

Il sortit d'un pas nonchalant au moment où l'autre garde arrivait avec une serviette mouillée.

– Il faut vraiment être désespéré, ajouta-t-il sombrement en posant la serviette sur le visage de Keith.

Une fois seuls, nous tentâmes de ressusciter l'affaire. Keith était affalé dans le plastique orange de la chaise, et moi j'essayais vaillamment de lui parler sans mâcher mes mots.

– Rappelez-vous pourquoi nous sommes là, Keith. Après tout, c'est votre grand jour au tribunal, aujourd'hui. Ce serait bête de laisser ce crétin de la salle d'audience tout gâcher. (J'avais décidé de ne pas mentionner que le crétin en question n'était que le fruit de son imagination.) C'est ce qu'ils veulent, ça, vous énerver.

J'arpentai la cellule, mise en confiance par le son de ma voix contre les murs.

– Vous devez garder votre sang-froid, Keith. Regardez le juge et les jurés, restez calme...

Keith dégagea la serviette de son visage et leva les yeux vers moi. À cet instant précis je remarquai la ressemblance frappante avec Vomi, son pitbull. Je jetai un coup d'œil nerveux sur les boutons qui restaient sur sa chemise maculée de sang.

– Vous m'prenez pour un parano ou quoi ? demanda-t-il.

Je voulus lui expliquer que j'étais la dernière personne sur terre à lui jeter cette pierre-là.

– Pas du tout. Pas du tout. Vous savez très bien ce que je veux dire, Keith.

Il n'avait pas l'air convaincu.

– Me dites pas c'que j'dois faire, bordel de merde ! J'aime pas qu'on m'dise c'que j'dois faire, vu ?

Julian regardait ses pieds, disons plutôt ses chaussures. Il se livrait toujours à sa vengeance passive. Manifestement, la remarque au sujet des avocats de merde l'avait piqué au vif. Mais j'en avais assez. D'accord, ce n'était pas très délicat ni professionnel de ma part de sous-entendre que Julian pouvait porter préjudice au procès. Peut-être que je méritais un regard sévère, voire une réprimande, mais en tout cas ce n'était pas le moment de jouer la carte de la passivité. Cette situation exigeait de l'action, toutes mains dehors. Il suffisait de regarder ce que ce maniaque de Keith avait été capable de se faire avec une moitié de bouton...

D'un autre côté, peut-être que ce n'était pas de la vengeance passive. Si ça se trouve, Julian avait eu vent des rumeurs selon lesquelles l'ère de la galanterie était définitivement révolue, ou quelque chose comme ça.

J'avais parfois l'impression que le féminisme se trompait de priorités. Par exemple, je crois que la première bataille que les mouvements féministes auraient dû mener était celle du siège des W.-C. Qu'on ne se méprenne pas, je ne me plains pas d'avoir le droit de vote. J'apprécie l'égalité des chances et le fait de gagner ma vie – et je suis d'accord pour ouvrir les portes toute seule, payer mes factures toute seule et partager les frais de la protection infantile avec le gouvernement.

Ce sont les détails que je n'aime pas, comme par exemple rester debout dans les transports en commun alors que les membres du club des talons plats sont assis. Et la façon dont les hommes nous sifflent encore du haut d'un étage ou d'un escalier, quand ils savent que nous sommes trop loin pour leur coller un aller-retour. Parfois, je crois que nous n'avons réussi qu'à leur faciliter la vie. Bon, d'accord, je sais que ce n'est plus « les femmes et les enfants d'abord », mais, de grâce, nous avons affaire à un individu qui détient encore une demi-douzaine de boutons sur sa chemise. Alors je ne crois pas que c'était trop demander à Julian que de faire semblant de compatir.

– Je suis de votre côté, Keith, ne l'oubliez pas, plaidai-je sans grande conviction. Je veux gagner ce procès autant que vous. Mais merde (je pensais qu'une grossièreté ici et là était acceptable, compte tenu des circonstances), ils ont pas mal de trucs contre nous, là-haut. Ils ont des munitions, hein, de l'autre côté. Il faut qu'on reste calmes et qu'on montre aux jurés qu'on ne va pas se laisser impressionner par ces branleurs.

Je tournai les yeux vers Julian, qui approuvait d'un air solennel (en direction de ses chaussures). J'allais lui enfoncer mon talon aiguille dans le pied s'il ne levait pas la tête. Mais mon baratin semblait faire effet. Encore quelques mots rassurants et Keith se retrancha derrière sa serviette, heureux comme un vacancier en train de se faire bronzer. Le mal était déjà fait. Il y avait eu cet épisode atroce. Je jetai un nouveau coup d'œil au bouton cassé qui jouait les ventouses dans ma main.

Un bouton humide, nacré, couvert de sang, qui avait réduit un maniaque du coup de boule en anti-saint stigmartyrisé. L'odeur du sang me retournait le cœur. Il fallait que je m'en débarrasse. Je sortis le fidèle paquet de cigarettes.

– Une clope, Keith ?

Il ressortit la tête de sa serviette. À part quelques griffures, il avait meilleure mine.

– C'est sympa, ça. J'en prends juste une pour plus tard, si ça te dérange pas.

Ce n'était pas vraiment à moi de juger si ça me dérangeait ou non. Je lui souris généreusement tandis qu'il embarquait une bonne partie du paquet avec ses mains menottées.

– Servez-vous, insistai-je.

Je passai ensuite le paquet à Julian.

– Une cigarette, Julian ?

Il me regarda comme si j'étais folle. Mais, au moins, il me regardait.

J'approchai le paquet davantage.

– Allez ! fanfaronnai-je en jouant un peu à la vengeance passive à mon tour.

Julian se recula sur son siège comme si je lui tendais une seringue infectée.

– Merci, mais je ne fume pas, Evelyn.

– Ça ne fait rien, ça. Regardez, j'en prends bien une, moi.

Je joignis le geste à la parole et me collai une cigarette dans la bouche comme si c'était la chose la plus naturelle du monde. J'entendais la voix de Grand-Mère : « Il n'y a que les femmes au foyer et les criminels qui fument. » Mais je faisais la sourde oreille.

J'allumai la cigarette de Keith et tendis de nouveau le paquet à Julian. Il hochait la tête, les yeux débordant d'incompréhension. J'allumai ma cigarette et agitai encore le paquet vers lui.

– Vous êtes sûr ? insistai-je.

– Ouais ! Allez ! renchérit Keith.

Cet homme se réveillait dès qu'il y avait de la tension dans l'air.

Je savais que j'aurais dû m'arrêter de harceler Julian, mais c'était plus fort que moi. Je me laissais dépasser par les événements. C'était peut-être une sensation de pouvoir. Je ne sais pas, mais en tout cas je ne pouvais pas résister. Les chaussures de Julian étaient bien loin de ses pensées, à ce moment-là.

– Vous voyez ? C'est chouette ! m'exclamai-je en tirant une bouffée, tout sourires.

La fumée ne ressortit pas. J'avais dû oublier de la recracher. J'étais de la même couleur que l'uniforme des gardes du Securicor – verte.

– Ouais, faut essayer. Nom de Dieu, c'est pas ça qui va te tuer, lança Keith brutalement.

Il semblait prendre toute cette histoire un peu trop au sérieux.

– Allez, il faut vivre, un peu !

J'étouffais. J'essayais de plaisanter mais la fumée me descendait dans le corps par des dédales et des passages dont j'ignorais l'existence dans mon anatomie.

Je secouai de nouveau le paquet de cigarettes sous le nez de Julian.

Keith me saisit le poignet et agita le paquet plus fort, avec agressivité. Je commençais à m'inquiéter.

Il se mit à crier.

– Allez, mec. Vas-y. Merde alors, de quoi t'as peur ? Putain, moi j'ai commencé d'fumer à neuf ans. Ça m'a jamais fait d'mal.

Ni Julian ni moi n'avions envie de discuter du mal avec Keith. Je tirai une longue bouffée. Maintenant je savais ce que ressentaient les Italiennes en crachant leur fumée dans le visage de leurs amants potentiels. Je soufflai en direction de Julian. Il n'avait pas le cœur à l'amour, cependant. Il regardait autour de lui, vaguement mal à l'aise. Et en me mettant à sa place, je me dis qu'il avait bien raison d'avoir peur. Qu'est-ce que je pouvais bien avoir derrière la tête ?

Je rangeai les cigarettes. Julian commença à respirer. En regardant Keith avachi sur son siège orange, les mots HAÏR et TUER tatoués sur les phalanges, la serviette sur la figure avec juste un trou pour laisser passer sa cigarette, je me dis que ce n'était peut-être pas un mauvais bougre. Et puis, il aimait son chien, n'est-ce pas ? Comment s'appelait-il, déjà ? Vomi ?

Ce fut la goutte d'eau qui fit déborder le vase. J'avais

des haut-le-cœur. Mon estomac n'en pouvait plus. Je frappai à la vitre.

– Vite ! Je veux sortir !

En m'essuyant la bouche dans les toilettes, je demandai conseil à mon reflet dans le miroir. « Tu as laissé passer ta chance, me répondit-il. Julian doit penser que tu es un roquet hargneux, c'est comme ça qu'il parlera de toi à ses collègues. » Et mon reflet avait raison, évidemment. J'en voulais à Giles. C'était indiscutable, le fait de l'avoir revu m'avait secouée.

Mais où avais-je la tête ? Qu'est-ce qui m'avait pris de harceler ainsi le premier homme dont je m'étais suffisamment approchée pour distinguer la couleur des yeux ? Était-ce une façon de faire du gringue à quelqu'un ? D'accord, je sais que la drogue tue, mais, en tout cas, on ne devrait pas vendre d'ecstasy sans la liste des effets secondaires.

8

De la nécessaire distinction entre
le déséquilibre hormonal et la religion

De retour dans la salle d'audience, les événements prirent l'allure d'une agression sur Oxford Street. Julian était gentil et plein de sollicitude, ce qui me mettait encore plus mal à l'aise. « Il me déteste. Il a pitié de moi. Il croit que je ne suis pas à la hauteur », pensais-je. Et il avait bien raison.

La drogue provoque des lésions cérébrales. Une équipe de policiers était venue à l'école avec des vidéos et des brochures pour nous avertir de cet état de fait. La mémoire est particulièrement sensible aux substances chimiques, avaient-ils signalé.

Avec le cynisme propre à notre jeunesse, nous nous étions moqués de nos aînés et de leurs brutales tentatives pour nous décourager de nos jeux inoffensifs. Mais ils avaient dit vrai. Toute ma période à l'école d'avocat, toutes ces journées à dépérir, à méditer sur la liberté de l'individu et sur le Code pénal à la bibliothèque du Temple n'étaient plus qu'un trou noir dans mes synapses.

Je pris ma tête entre mes mains. La règle d'or des perruques est de ne jamais, jamais, jamais paraître vaincu, particulièrement en cas de défaite ! Julian me demanda une nouvelle fois si je me sentais bien.

– Oh oui, fis-je sans grande conviction en essayant

de me redresser sur mon siège et de le regarder. Je suis désolée pour ce qui s'est passé tout à l'heure, avec les cigarettes. Je me sentais vraiment très mal à l'aise, c'est tout. Je ne sais pas ce qui m'a pris.

– Bien sûr, répondit-il sans la moindre sincérité.

Je jetai malgré moi un coup d'œil du côté de l'avocat général. C'était une grave erreur de ma part. J'aurais mieux fait de regarder les yeux de Méduse parce que Giles me fit un petit signe de tête plein d'attention qui fit resurgir une centaine de souvenirs que j'avais tout fait pour rayer de ma mémoire. Des souvenirs qui me rappelaient que j'avais aimé plus que tout au monde un salaud hypocrite.

Le premier commandement, c'est tu n'idolâtreras pas d'autre dieu que moi. Eh bien, mon veau d'or à moi, c'était Giles, je l'adorais, le chérissais, le portais aux nues. Quand j'étais petite fille, Grand-Mère me disait toujours qu'il fallait se méfier des hommes. « Evelyn, avait-elle coutume de dire au beau milieu du chapelet, le plus difficile avec l'amour, c'est de faire la distinction entre le déséquilibre hormonal et la religion. »

Je sais que vous allez penser que je suis complètement rétrograde... mais je croyais que Giles allait être différent des autres. Essayez de comprendre ce qui m'arrivait. Il avait une ossature à mourir. Les pommettes, les mâchoires et tous les autres os qui déterminent la beauté. Non seulement il dépassait le mètre quatre-vingts, il était posé et élégant, avec un corps de dieu phtisique et une élocution irréprochable, mais en plus il avait ce type de chevelure auquel aucune femme à l'utérus encore intact ne peut résister, une chevelure érotique.

J'avais tout abandonné pour cet homme. Tout à coup, ce fut comme si ma vie n'avait rien été avant que Giles Billington-Frith en fasse partie. J'avais arrêté de téléphoner à mes amies pour savoir ce qu'elles faisaient. J'avais arrêté de me demander ce que je voulais faire. Et, pire des humiliations, j'avais commencé à attendre qu'il m'appelle.

Étais-je possédée ou quoi ? J'aurais dû demander à un adulte responsable de m'emmener voir un exorciste. Mais au lieu de cela, j'écrivais des poèmes, je comparais ses yeux à une île grecque. Et en plus il portait des lunettes en écaille. C'est à Nana Mouskouri qu'il ressemblait, oui ! Mais c'est ça, l'amour. On dit que c'est un virus parce que, quoi qu'on fasse pour l'éviter, on a beau se gaver de vitamines féministes et de conseils immunitaires de la part d'anciennes victimes, on est toujours terrassé.

« L'amour aplatit les mœurs », disait Grand-Mère. Moi, j'étais tellement aplatie que je n'étais plus qu'une mince couche de vernis autosacrificielle. Vous connaissez l'histoire, poussière tu étais, à la poussière tu retourneras ? Eh bien, ma vie sentimentale, c'est exactement ça. À certains moments, j'étais une statue de Vénus débordante de féminité, et à d'autres j'étais piétinée par un intello à lunettes avec l'adultère inscrit dans les gènes.

En d'autres termes, Giles est ce que j'appellerais un salaud sensible new age. Ce qui signifie qu'il avait suivi des cours intensifs sur ce qui fait fondre les femmes et qu'il savait sur quels boutons appuyer pour les faire exploser. Mais ce qui était bizarre, c'est que tout le monde me disait que j'avais de la chance. Tout le monde me répétait que c'était un amour, qu'il était doux comme un agneau. Eh bien, ce que j'en dis, c'est que les agneaux ne font pas dormir leurs maîtresses sous la couette de leur fiancée !

Je lui lançai mon regard le plus venimeux. C'était la guerre. J'étais peut-être bien partie pour perdre une bataille, le cœur de Julian, mais nom d'un chien j'allais la gagner, la guerre contre Giles.

De retour sur le banc des accusés, Keith remit ça. Cette fois, l'ennemi était à l'intérieur, dans les briques, le plâtre et les boiseries du box. Il commença à donner des coups de poing dans l'air et à se jeter contre la paroi comme un dément.

Mes remontrances n'avaient servi à rien. Il risquait l'outrage à la Cour. Le juge me pria de raisonner mon client. Les gardes du Securicor, entassés tous les huit avec Keith dans le box, se nettoyaient les ongles alors qu'il était en train de péter les plombs.

Le temps semblait s'étirer comme du caramel mou, mais en fait, tout fut terminé en quelques minutes. Comme il n'avait pas réussi à convaincre les boiseries de se battre contre lui, il se contenta de donner des coups de tête dans le box jusqu'à ce qu'il tombe dans les pommes. Toute la salle applaudit.

Le juge me regardait d'un air inconsolable. J'avais l'impression qu'il perdait ses cheveux à vue d'œil. Qu'avait donc fait ce vénérable gentleman edwardien pour mériter une chose pareille ? J'étais jeune, je m'en remettrais, mais ce pauvre juge méritait mieux. Il agitait mollement ses lunettes comme un homme revenu de tout qui trouve que l'heure des vacances aux Bahamas a sonné.

Je regardai les gardes emmener Keith, puis le juge loucher sur sa montre, puis Julian fixer ses chaussures, et j'eus envie d'avaler mes trois volumes du Code pénal. Nos vains espoirs et notre entière confiance dans le système juridique appartenaient désormais au passé. Nous vivions des moments inédits et encore inexplorés dans le monde de la justice.

Puis Julian me regarda droit dans les yeux avec un sourire rassurant, un sourire qui disait je sais que tu n'es pas d'accord mais je te fais confiance pour sauver la mise.

Je manigançais un plan qui me permettrait de faire d'une pierre deux coups. J'allais séduire Julian grâce à mes talents de femme de loi. J'allais l'épater en lui montrant mon influence sur le juge Camp. Et j'allais faire regretter à Giles de ne pas appartenir à la défense. Je me levai nonchalamment et me tournai vers le juge. Je suggérai qu'il serait peut-être prudent qu'un docteur vienne examiner mon client.

Le juge soupira et me regarda comme si j'étais la cause de ses hémorroïdes. Puis il rechaussa ses lunettes sur le bout de son nez et soupira encore.

– Pouvons-nous savoir ce qui arrive à votre client, cette fois, mademoiselle Hornton ?

Je n'osai invoquer un problème de tatouage. À peine commençais-je à déployer mon plan audacieux que je me mis à avoir de sérieux doutes quant à la viabilité de son exécution. Et si le juge demandait à me parler en privé avec l'avocat général ? Dans ce cas, je me retrouverais enfermée dans un espace confiné avec un homme dont je rêvais d'amputer la virilité sur-le-champ. Serais-je capable de me maîtriser ? Que ferait le juge Camp si je n'y parvenais pas ?

– Je ne sais vraiment pas, Votre Honneur, répondis-je avec un talent oratoire que même Keith aurait pu critiquer du fond de son inconscience.

Giles me lança un de ces regards narquois à la je-sais-ce-que-tu-penses-mais-tu-ne-sais-pas-ce-que-je-pense dont il avait le secret. Mais je savais ce qu'il pensait. On ne peut pas adorer un homme pendant trois ans sans connaître le moindre recoin de son cortex. Je savais ce qu'il pensait mieux que lui-même.

Le juge remonta ses lunettes sur son nez et me dévisagea de la même façon que mon père vingt ans plus tôt, le jour où j'avais écrit mon prénom au rouge à lèvres sur l'encyclopédie qu'il venait de s'offrir.

– Peut-être avez-vous tout de même une hypothèse à nous soumettre, mademoiselle Hornton ? Je suis sûr que les jurés aimeraient sortir d'ici avec la satisfaction d'avoir vu notre belle institution du droit et de l'ordre fonctionner avec la même efficacité qu'une machine bien huilée. Pourrai-je m'entretenir en privé avec vous et monsieur l'avocat général ?

Puis il ôta ses lunettes et je réalisai que nous venions de répéter le scénario de mes pires craintes. Le rideau commençait seulement à se lever, et pour la première fois je compris vraiment le désespoir du réfugié vietnamien renvoyé à Saigon après trois mois passés sur une jonque qui prenait l'eau.

Ordonnant à mes jambes de marcher, je regardai les jurés d'un air suppliant, ces lapins au visage gris qui clignaient des yeux. Leur nez bougeait, mais ils ne souriaient pas ; ils avaient l'air pressés d'aller manger.

Lorsque Giles leur fit un petit signe de tête plein de compassion avant de m'adresser un sourire imbécile, j'aurais voulu le voir mort. J'aurais voulu le voir attaché au sommet d'une montagne avec ses bijoux de famille enduits d'un onguent aux herbes. Les vautours se régaleraient de ces petites douceurs et je lui jetai un regard annonçant clairement mes intentions.

Dans son bureau, le juge Camp – les lunettes de nouveau perchées sur le bout du nez – se retourna vers Giles et moi. Du haut de son viril mètre quatre-vingt-dix, je savais qu'il n'était pas homme à se laisser impressionner par un donneur de coups de boule qui avait encore des boutons à sa chemise. Il s'adressait à moi gentiment, comme un prêtre à un enfant qui vient d'avouer qu'il ne connaît pas la différence entre le bien et le mal.

– Bon, mademoiselle Hornton, j'espère que je n'ai pas à vous rappeler que votre client est sous votre responsabilité ? Mmm ? dit-il par-dessus ses lunettes comme si j'avais justement besoin qu'on me rafraîchisse la mémoire. À vous de lui faire comprendre qu'il doit tempérer son exubérance en lui rappelant pourquoi il est ici aujourd'hui.

– Oui, monsieur le juge, mais si vous permettez, je suis sûre qu'il est un peu... euh... un peu nerveux.

L'adjectif était regrettable. Les souris sont nerveuses. Les hamsters sont nerveux. Mais Keith, même sans connaissance, aurait bien du mal à se faire passer pour un hamster.

Giles me regardait sans chercher à dissimuler son irritation.

– À peine nerveux, murmura-t-il.

Je gardais les yeux rivés sur le juge.

– Ce que je veux dire, expliquai-je doucement, c'est qu'il a peut-être besoin de soins médicaux, pour... euh... la bosse.

– Si je peux intervenir, monsieur le juge, dit Giles. Il me semble tout à fait évident que les singeries de l'accusé n'ont d'autre but que de faire perdre du temps à la Cour.

M. le juge n'eut pas du tout l'air impressionné par cette intervention. Je reconnus finalement en lui un allié.

– Évident ? grommela-t-il. Rien n'est évident. Si c'était évident, monsieur Billington-Frith, nous ne serions pas ici.

Je saisis l'occasion au vol.

– Je comprends que le comportement de mon client puisse être mal interprété, monsieur le juge, mais honnêtement, je ne pense pas que ce soit prémédité. Il est troublé, énervé... paranoïaque. Tout ce que je souhaite, c'est qu'un docteur l'examine, au cas où il aurait besoin d'un point de suture ou de médicaments.

– À quelle sorte de soins médicaux pensiez-vous, exactement ? demanda le juge tandis que je priais pour qu'il songe davantage à son filet de cabillaud à l'estragon de chez Hall qu'à notre affaire.

Giles articula silencieusement le mot « cyanure ».

Les souvenirs me rendaient à nouveau malade. Giles venait de trahir notre mode de communication secret. Si correct, si poli, il ne s'abaissait jamais à montrer son irritation devant des serveurs peu aimables ou des personnes arrogantes, mais il partait dans des conversations silencieuses parallèles sur leur dos dès qu'ils tournaient les talons. Parfois je ne pouvais m'empêcher d'éclater de rire. Mais là, je ne rirais pas.

J'expliquai que le prévenu était peut-être victime d'une commotion cérébrale.

– Par acquit de conscience, monsieur le juge, je pense qu'il serait prudent qu'un médecin l'examine cet après-midi, juste pour s'assurer qu'il est apte à assister au procès.

Giles leva les yeux au ciel. Il levait toujours les yeux au ciel quand le téléphone sonnait alors que nous étions en train de nous embrasser. Mais il allait toujours répondre, me souvins-je avec amertume.

Le juge Camp se tourna vers moi. J'avais l'impression que je m'étais connectée avec lui sur le thème de la prudence.

– Bien, mademoiselle Hornton, je me soumets à votre volonté pour cette fois. Réflexion faite, j'ai décidé, monsieur Billington-Frith, d'accepter la requête de Mlle Hornton. Mais à une condition, mademoiselle Hornton, c'est que vous fassiez bien comprendre à votre client qu'à la moindre démonstration de violence il sera accusé d'outrage à la Cour, quel que soit l'état de ses nerfs. Nous reprendrons demain.

Je me retins de lui baiser les pieds.

– Bien sûr, monsieur le juge. Je suis sûre que je peux le raisonner, mentis-je.

Mais, à ce moment-là, aucun d'entre nous n'était d'humeur à entendre ni à dire la vérité.

Giles ricanait. Cet homme qui s'abandonnait tandis que mes lèvres le transportaient au paradis, cet homme qui grognait et qui ronflait quand je me tournais et me retournais dans son lit, eh bien, il ricanait ! Les jambes me démangeaient, prêtes à bondir dans sa direction, mais je me contentai de sourire gentiment.

Il ne perdait rien pour attendre.

9

Rends à César...

En sortant du tribunal, je discutai brièvement avec Julian du plan d'attaque pour le lendemain. Il ne me dit pas exactement qu'il regrettait le jour où il avait suivi le conseil de notre clerc d'avocat et qu'il m'avait engagée. Mais à sa manière de reculer légèrement au moment où j'essayai de lui serrer la main, je compris qu'il l'avait pensé.

À la place, il me donna une petite tape sur l'épaule. Pas plus de contact corporel pour notre première rencontre. Je craignais qu'il n'entende le gémissement de mon clitoris. J'envisageai un moment de l'inviter prendre un verre Chez Gérard ou chez Benjamin Stillingfleet, mais je me dis que nous en aurions tout le loisir une fois que nous aurions réussi à faire lobotomiser Keith. Je devais avant tout l'impressionner par mes talents juridiques. Je lui montrerais mes irrésistibles charmes ultérieurement.

En faisant demi-tour, j'aperçus Giles qui sortait de l'ascenseur. C'était le moment de fuir. Manifestement, il cherchait la confrontation, avec son air à la donne-moi-un-coup-de-pied-dans-les-gonades, et je n'avais guère envie de m'arrêter pour ramasser les reliques de notre relation devant Julian et sous les yeux d'une centaine de malfrats.

Il me suivit à l'extérieur. Il m'appela à plusieurs reprises, mais Dieu merci je fus engloutie par une foule de piétons. Tout de même, le fait de l'entendre crier mon nom si pitoyablement me faisait l'effet d'une opération à cœur ouvert. Il avait été un temps où cette voix me faisait bondir les ovaires, un temps où le seul fait de parler à la première personne du singulier me semblait être un véritable anathème. Bonjour, bonjour, ici la Terre ! Cette fille voyageait dans une orbite où les droits de la femme appartenaient encore à la préhistoire.

Pendant nos années d'études à Oxford, nous parlions de notre avenir comme s'il s'agissait du prochain cours de droit. Même une séparation momentanée était impensable ; son absence me pesait rien que quand il allait faire du café. Je l'appelais, de la même manière qu'il était maintenant en train de m'appeler, et il arrivait avec les cafés sur un plateau, nu comme un ver.

À cette image, mon cœur se mit à battre la chamade. En tournant sur Fleet Street, les souvenirs assaillaient mon cerveau comme une armée en maraude. Pourtant, on ne peut pas dire qu'il était particulièrement romantique. C'était le clone typique, incapable de réciter l'alphabet quand il était sobre alors que quand il avait trop bu, il n'était pas rare qu'il déclame les seize chants du *Don Juan* de Byron. Mais à la vérité, ce qu'il disait ou faisait n'avait pas tellement d'importance. Je ne vivais que pour qu'il sonde mon moi profond.

En d'autres termes, Giles était une icône vivante. Je croyais sincèrement que lui seul pouvait me donner le sentiment d'être entière. C'était comme si je n'avais jamais lu *La Femme eunuque* de Germaine Greer.

« Giles n'est pas comme les autres », écrivais-je à mes parents qui avaient vu leur quota de lettres fondre comme neige au soleil depuis qu'il occupait le devant de la scène. Les augures étaient favorables : même sa famille semblait m'apprécier. Enfin... ses parents ne lui avaient pas donné de l'argent pour ne jamais me revoir. « C'est le bon ! criais-je au monde entier qui en restait comme deux ronds de flan. Faites-moi confiance, je sais ce que je fais. » C'est exactement ce qu'Eva Braun avait dû dire à ses parents.

À cette époque, j'essayais de refouler les hurlements de mes chromosomes femelles humiliés en faisant claquer mes talons sur les pavés des places et des tunnels du Temple. J'étais comme ces mutilés de guerre qu'on voit dans les grandes villes. Les gens qui me croisaient devaient sentir que ça ne tournait pas rond. Il y avait peut-être quelque chose d'aliénant dans leur manière de s'écarter pour me laisser passer, mais je leur en étais reconnaissante.

Cette ville a beau se vanter de compter plus de douze millions d'habitants, les écoles de droit de Londres sont un microcosme juridique, et je devrais certainement accuser ou défendre un jour certaines de ces personnes qui me laissaient si gentiment passer.

Les yeux tout embués de larmes, que j'essayais de ravaler tant bien que mal, je tournai à Pump Court où je vis apparaître la terrasse George III qui abritait mon bureau, tel un refuge du XVIIIe siècle. C'est à ce moment-là que je compris de quoi j'avais besoin plus que tout au monde : d'un autre siècle.

Loin de la foule et des échafaudages de Fleet Street, le 17, Pump Court était plongé dans le calme et le silence. Aucun signe ne trahissait la fin du millénaire : pas de voitures, pas de piétons, rien que des rues pavées et des tunnels médiévaux qui avaient survécu aux attaques des zeppelins, de la Luftwaffe et du Semtex. J'essayai de retrouver mes esprits. « Ça va aller, pensai-je. La vie continue. »

L'effet de l'ecstasy commençait à se dissiper et je redescendais sur terre. Enfin, sur terre ou ailleurs, je ne savais pas trop jusqu'où j'allais descendre comme ça. Je crois surtout que j'étais en train de sombrer, encore plus vite que la pizza que j'avais achetée sur le chemin.

Le code de la porte d'entrée en verre me plongea dans la perplexité. Lee, notre commis, leva la tête, puis, voyant que ce n'était que moi, il s'enfouit à nouveau dans les pages de football du *Sun*, vautré sur le bureau de Gabby, la réceptionniste, avec sa nouvelle coupe de cheveux qui avait déjà fait le tour de la cour d'assises de Snaresbrook.

Je ne parvenais pas à me souvenir du code. Lee était immergé dans le dernier triomphe de Cantona. Je jetai un coup d'œil à travers la porte dans l'espoir de trouver un sauveur. Je ne tenais pas à ce que Lee me prenne pour une femme à la tête pleine de vent qui n'était même pas fichue de mémoriser son code. Alors je me mis à composer des combinaisons de chiffres au petit bonheur.

En voyant Lee, je repensais à un chant nazi dont les paroles pourraient à peu de chose près se traduire par « Demain m'appartient ». Elles auraient pu être écrites pour Lee. Il répétait à qui voulait l'entendre qu'il vivait avec son temps.

– Écoutez, disait-il. Regardez autour de vous. C'est l'ère de l'homme de la rue, non ? Je veux dire, j'aurais pu être avocat si j'avais voulu. Mais j'avais pas envie. Et ça veut pas dire que je mérite moins de respect, hein. Ou moins d'argent. Le système des classes est mort. Même dans le *Times*, ils le disent, alors !

Je composai une autre permutation à partir de ma date de naissance. Des manuels juridiques tapissaient les murs du sol au plafond. Tout avait l'air civilisé et reposant. Sauf ce tapis. Ce tapis gris avec une bande bordeaux au milieu rappelait de douloureux souvenirs. Seigneur, les empoignades qu'il avait pu causer aux réunions de personnel, ce tapis !

C'était sur l'insistance du clerc d'avocat, Warren, que nous avions dépensé une fortune pour la rénovation des locaux, mais nous ne voulions pas entendre parler de tapis. Et puis Warren a tout fait pour nous amener à capituler et à mettre la main au portefeuille. Je me faisais l'effet d'une maniaque de la saisie de données, à force de m'énerver sur les touches. Lee tournait nonchalamment les pages de son journal.

– Ça a été ? demanda-t-il d'un ton hésitant quand j'entrai enfin.

– On n'a pas fini, expliquai-je en m'effondrant dans le vieux sofa en cuir. Il a pété les plombs en plein tribunal. C'est une longue histoire... il a commencé par se trancher la gorge avec un bouton et après il s'est tapé la tête contre le box des accusés jusqu'à ce qu'il s'assomme. Alors le juge a accepté qu'il se fasse examiner par un médecin cet après-midi. On terminera demain.

Lee retourna à la lecture des pages sportives. Manifestement, les spécialistes du coup de boule qui essayaient de se trancher la gorge avec des boutons et qui s'assommaient dans le box des accusés, c'était monnaie courante dans son milieu. J'étais un peu vexée. Au bout d'une minute, il referma son journal et daigna enfin remarquer ma présence.

– Ah, au fait ! fit-il. Mlle Raphael veut vous voir. Elle a une affaire d'incendie criminel à Hove, mais elle a déjà un autre procès de prévu.

Je me sentis devenir pâle comme une morte. Candida me donnait un autre dossier.

– Elle a un appel à la Cour royale de justice et elle veut que vous alliez à Hove pour le jugement de l'incendie criminel. De toute façon, elle dit que c'est du gâteau.

Encore ? protestai-je en mon for intérieur. Je me sentais aussi désemparée que dans la foule au moment des achats de Noël. C'était pour la caméra cachée ou quoi ? Je me dévissai la tête à la recherche d'une caméra.

– Dites, mademoiselle Hornton, vous ne chercheriez pas un téléphone portable pas cher, par hasard ? demanda subitement Lee.

– Pardon ?

– Un portable ? Je peux vous en avoir un pour pas cher.

Je triturai l'ourlet de ma jupe. Je n'étais pas sur la bonne longueur d'onde mentale pour ce genre de questions. De toute manière, je n'étais même pas d'humeur à reconnaître ma propre anatomie pour le moment.

– Je vous ai acheté un portable le mois dernier, expliquai-je en me levant pour partir.

– À moi ? insista-t-il.

– Eh bien, il semblerait. À un homme qui passe son temps à vendre des téléphones portables. Pourquoi ?

– Non, rien. C'est juste que je peux les avoir pour pas cher auprès d'un pote à moi.

– Je m'en rappellerai, Lee, mais je croyais que c'était des assurances, que vous vendiez ? demandai-je bêtement.

Le problème de Lee, c'est qu'il vivait au-dessus de ses moyens et qu'il était certain que ses gros ennuis d'argent pourraient être résolus par les avocats du cabinet s'ils voulaient bien s'en donner la peine. Sa coupe de cheveux était un appel à l'arrestation, ses taches de rousseur donnaient des envies de gifle, mais en tant que novice dans le métier, je comptais sur lui pour me donner un coup de main. En d'autres termes, il était normal que je lui lèche les bottes.

Tout comme j'avais été génétiquement programmée pour tomber amoureuse des hommes qui ne me convenaient pas, Lee avait été programmé pour servir les avocats. Son père avait été commis, et le père de son père avant lui, sans parler de ses oncles, de ses cousins et de ses frères.

« Rends à César ce qui appartient à César et dix pour cent à ton commis », était la devise de ma famille.

Comme une idiote, je lui avais donné espoir. Ses taches de rousseur luisaient d'excitation.

– Alors, comme ça, vous avez besoin d'une assurance, mademoiselle Hornton ?

– Pas pour l'instant, Lee. Je croyais que vous vendiez des assurances, c'est tout. J'y songerai sans doute le jour où je gagnerai assez pour payer le taxi. Mais je ferais mieux d'aller m'occuper de cette histoire d'incendie criminel.

Je me dirigeai vers la porte à reculons en bafouillant des propos incohérents.

– A Hove, vous avez dit ? murmurai-je, battant en retraite.

– Alors, votre affaire de coups et blessures n'est pas terminée ? Je croyais que vous auriez fini, insista-t-il.

– Non, demain, dis-je en jetant un coup d'œil à ma montre pour faire bien. Oh, mon Dieu, c'est l'heure, ça ?

J'eus l'impression que mon corps commençait à entrer dans un état d'inconscience. Je me demandais si je n'allais pas devoir aller jusqu'à mon bureau en rampant.

Lee se leva pour m'aider.

– Ça va aller, mademoiselle Hornton ? Vous n'êtes pas malade, hein ? On dirait que vous allez tomber dans les pommes. Tiens, ça me rappelle que j'ai une paire de chaises à astiquer, par là... Si vous voulez, vous pourriez les avoir pour pas cher. Ça ferait bien dans votre bureau, non ? dit-il en faisant mine de nettoyer une chaise avec le geste du fermier qui épand du fumier à la pelle.

Une fois réfugiée dans mon bureau, je dus me fourrer le nez dans un sac en papier pour respirer à fond et retrouver mon calme. La vue de mes piles de dossiers noués avec des rubans roses me soulagea quelque peu car, si invraisemblable que cela puisse paraître, il y avait des gens qui avaient besoin de moi, qui comptaient sur mes services !

Le travail avait un effet dégrisant. Je m'assis et tentai de faire un exercice de yoga que j'avais vu sur une vidéo de Sam pour femmes enceintes. Mais à peine avais-je passé ma jambe gauche autour de mon épaule droite que Candida fit irruption dans mon bureau, flottant sur un tapis de Diorissimo. « Le parfum de la quarantaine », disait-elle, mais je n'ai jamais su si elle faisait référence à son âge ou à un isolement forcé.

Si je voulais être charitable, je devrais admettre qu'elle était plutôt bien conservée pour son âge, malgré ses bijoux en or et ses cheveux noirs crêpés à outrance. Mais Candida n'avait pas besoin de charité. Et elle m'empoisonnait la vie.

Je devrais peut-être vous parler un peu d'elle avant

de continuer. Elle avait une quarantaine d'années, je la dépassais d'au moins une tête, et elle avait fait de ma vie au 17, Pump Court un véritable enfer depuis le premier jour. Voyons, par où commencer ? Je crois bien que cela remonte au jour où je suis née de sexe féminin.

« Inutile de marquer sur ton front que tu es une fille », Grand-Mère disait toujours. Mais ça, personne ne l'avait dit à Candida. En général, elle le marquait sur tout le reste de son corps. Elle était arrivée à ce poste en usant de tous les artifices féminins en sa possession pour évincer chaque femme qui croisait son chemin. À l'école de Lorette, nous appelions ça une anti-copine. Son but dans la vie était de détruire la confiance et la réputation de toute femme nommée au barreau. On la surnommait la Lucrèce Borgia du Temple.

Comme j'étais la seule autre femme du cabinet, hormis la réceptionniste, je subissais sa croisade anti-copine au premier chef. J'avais entendu dire qu'elle se montra folle d'angoisse quand il fut question de m'embaucher. D'après les rumeurs, elle avait pleuré ouvertement lorsqu'elle avait compris qu'elle n'aurait pas le dernier mot. « Le problème, c'est que c'est un bon point d'avoir des femmes dans nos bureaux, Candida. Et je pense ne pas me tromper en disant que vous apprécierez sa compagnie », avait annoncé notre directeur, Mark Sidcup.

Mais Candida n'avait jamais recherché de compagnie, elle agissait seule.

Ce n'est pas qu'elle faisait preuve d'une évidente hostilité à mon égard. À vrai dire, c'était même le nec plus ultra du copinage. Elle me donnait des tuyaux, elle entrait dans mon bureau pour papoter entre filles, elle n'hésitait pas à me donner des dossiers. Mais je savais, et elle savait, que là où elle aurait vraiment voulu que je sois, c'était pieds et poings liés sur Tyburn Hill, la colline des suppliciés. Je rassemblai mes forces pour la bataille.

Je croyais qu'elle viendrait s'informer du déroulement de mon premier procès. Mais ce jour-là, mon intuition était dans les choux.

– Aucune femme ne se sentira en sécurité au Temple tant que cette abominable Gabby traînera dans les parages, à donner aux hommes de mauvaises idées ! toni-trua-t-elle en claquant la porte.

Je suppose qu'elle faisait allusion aux grands décolletés et aux minijupes dans lesquels Gabby déambulait le petit doigt en l'air, sans parler du sombre mystère qui planait sur la boucle d'oreille qu'elle aurait au nombril.

Je voulais bien admettre que Gabby était un boulet, non pas parce qu'elle s'habillait court ni qu'elle avait le nombril percé, mais parce qu'avec elle les dossiers s'envolaient comme des papillons, parce qu'elle mangeait des choux à la crème à son bureau et qu'elle parsemait les dossiers survivants de particules poisseuses. Parce qu'elle se limait les ongles pendant que le téléphone sonnait et qu'elle était toujours en train de bécoter Lee dans la cuisine quand je voulais me faire un café. Alors si je défendais Gabby, ça vous donne un aperçu des sentiments que j'éprouvais pour Candida. Autant foncer sur une horde de vandales en furie.

– Je ne comprends vraiment pas comment vous pouvez la défendre, Evelyn, dans votre situation, argumenta-t-elle en posant son postérieur gainé sur le coin de mon bureau.

Elle parlait toujours de ma « situation » sur un ton mystérieux. Je ne savais pas ce qu'elle entendait au juste par là, mais je n'avais jamais eu le courage de le lui demander. Toujours est-il que j'avais l'air d'avoir un problème, un véritable handicap qui me collait à la peau. Peut-être que j'avais mauvaise haleine ou qu'on voyait la marque de mon slip.

Elle se pencha vers moi d'un air de conspirateur.

– Assez parlé de ça. On m'a dit que vous étiez au tribunal avec Julian Summers ? demanda-t-elle en haussant les sourcils d'un air suggestif. C'est Max qui vous a vue ! Et je pense que je sais quelque chose au sujet de ce cher Julian qui pourrait vous intéresser...

– Je suis assez occupée pour l'instant, Candida.

Je faisais mine de trier mes papiers. Je n'étais pas d'humeur à discuter de Julian, et encore moins avec cette Thatcher incrustée d'or.

– Mais si, vous avez du temps pour entendre ce que je veux vous dire, insista-t-elle en feuilletant mon courrier. Il est vraiment très beau garçon, je suis sûre que vous l'avez remarqué, pourtant il y a quelque chose d'assez sombre au sujet de ce cher Julian. Je suis surprise de voir que vous n'en avez pas entendu parler...

– Mmm, soupirai-je sans réussir à masquer ma curiosité.

Elle dut se rendre compte que mes oreilles mouraient d'envie d'en savoir plus.

– Ce n'est pas que j'attache une grande importance aux rumeurs, mais je crois qu'il m'appartient de vous avertir, amicalement. De femme à femme... murmura-t-elle sur le même ton que mes copines de lycée quand elles racontaient ce que ça faisait d'embrasser un garçon.

J'acquiesçai en dépit de mes doutes. « De femme à femme » était un langage que j'aimais bien. Je me raidis quand elle se pencha suffisamment sur moi pour que je remarque que son haleine était parfumée au chablis.

– M'avertir ?

Ma journée était en train de remonter le long de mon œsophage à la vitesse d'une boule de bowling parfum pizza.

– N'en soufflez pas mot. Ne dites surtout pas que c'est moi qui vous l'ai appris. Après tout, ce ne sont que des ragots. Mais bon, nous sommes dans le même bateau et, en tant qu'amie, il est de mon devoir de vous le dire... miaula-t-elle sans une once de duplicité dans la voix. Et de toute façon, si ce n'est pas moi qui vous l'apprends, ce sera quelqu'un d'autre. Il a... disons, une certaine réputation. Au Temple, tout le monde dit que... eh bien, apparemment Julian a eu...

Mais je n'eus pas le loisir d'en savoir davantage : je sortis en trombe dans le couloir à la recherche de cet endroit où les rois sont censés aller à pied.

10

*Pour aimer ou combattre un homme,
une seule cible : sous la ceinture*

Au moment où je sortis des bureaux, j'avais presque retrouvé figure humaine. J'avais essayé de remettre la main sur Candida pour connaître les bruits qui couraient sur Julian, mais elle était « en conférence », autrement dit elle était déjà partie. Pour Candida, le tribunal était une alternative au salon de coiffure, c'est-à-dire un lieu où elle recueillait des conversations intéressantes pour le prochain dîner en ville. Là, au salon, Stefan était en train de lui crêper les cheveux et de la pomponner pour la soirée.

Qu'avait-elle donc essayé de me dire ? Que Julian était un don Juan, un criminel en cavale, un saboteur de chasse à courre, un coureur de jupons qui ne recherche qu'une chose, ou le fils d'un représentant de commerce ? Ou, plus grave, qu'il était atteint du sida ? Mais il était plus probable qu'elle avait une dent contre lui suite à une offense imaginaire. J'essayai en tout cas de ne plus y songer.

Il était six heures et les jours commençaient à rallonger. Depuis la cour, je regardais les bureaux où les autres s'acharnaient encore au travail, et j'éprouvais un léger remords d'être sortie avant sept heures. Je sentis une main se poser sur mon épaule.

Avant même de me retourner, je sus que c'était Giles, rien qu'à sa manière de me toucher : fermement, avec l'assurance d'un homme à qui on n'a jamais rien refusé. Je le repoussai d'une chiquenaude comme si c'était un cafard et le gratifiai de mon plus beau regard « rentre sous terre et crève » avant de tourner les talons.

– Evelyn, il faut qu'on discute, implora-t-il après m'avoir rattrapée.

– Giles, je n'ai plus rien à voir avec toi, si ce n'est te faire perdre ton procès.

Il se passa la main dans les cheveux, l'air désespérément confus et furieux, et, il faut bien l'admettre, délicieusement attaquable. J'étais déchirée entre deux désirs conflictuels : réduire sa virilité en miettes sur-le-champ, ou lui tomber dans les bras pour embrasser tous ces tentacules de cheveux de salopard.

– Evelyn, que s'est-il passé ? demanda-t-il. Tu as disparu du jour au lendemain. J'ai écrit, j'ai téléphoné, je t'ai cherchée d'un bout à l'autre d'Oxford. Tu ne crois pas que je mérite mieux que ça ?

À mon tour d'être incrédule. Je n'étais plus tourmentée par des pulsions contradictoires. J'enfonçais mes talons aiguilles dans la terre pour les aiguiser.

– Écoute, Giles, tu mérites ce que tu veux, mais je te conseille de ne pas me le demander à moi. Ce n'est pas à moi de te répondre. Si tu savais ce que je pense que tu mérites... !

Je fis demi-tour et pressai le pas, fière à juste titre de mon éloquence et de mon sang-froid. À mon avis, Giles aurait mieux fait de chanter alléluia car sa virilité était restée intacte. Mais au son de ses pas précipités derrière moi, je compris qu'il voulait poursuivre la confrontation.

– Je ne te crois pas ! insistait-il. Après tout ce qu'on a vécu ensemble ? Qu'est-ce qui t'a pris ? D'accord. D'accord, c'est fini entre nous. Je l'accepte. Ça fait deux ans que je l'ai accepté, après t'avoir cherchée pendant six semaines dans tout Oxford. Tu sais que j'ai appelé tes parents ? Et ta mère a dit : « Giles qui ? » C'était pour rire, hein ? Je devais aller passer Noël avec toi chez tes parents ! Que s'est-il passé ? Tu peux me le dire ?

Que s'est-il passé ? Il était incroyable, ce type. Comment ça, que s'est-il passé ? On aurait dit Mussolini une fois que la foule lui avait arraché les membres un à un. Tu as fait chier les gens, mon pote, tu les as torturés, oppressés ! Et ils en ont eu marre !

Giles aurait mieux fait de numéroter ses abattis et de prier le Seigneur que je n'aie pas une foule sous la main.

« Jésus, donne-moi de la force ! » suppliai-je en avançant vers le métro à grandes enjambées.

J'entendais Giles trotter trois ou quatre pas derrière moi. Je faisais mine de l'ignorer. L'employé du gaz allumait les lampadaires au-dessus de nous. À l'automne, nous nous débarrasserions de tout cela : le Temple passait à l'électricité.

C'était une dépense sentimentale que nous ne pouvions pas justifier, avait dit Candida avec son avant-gardisme habituel. Eh bien, Giles était une dépense sentimentale que je ne pouvais pas justifier. Le Temple en avait fini avec le gaz, et moi j'en avais fini avec Giles.

Mais il n'avait pas l'air de vouloir me laisser en finir avec lui aussi facilement. Nous étions arrivés à la station de métro du Temple, mais je ne voulais pas qu'il me suive et risquer qu'il me file ainsi jusque chez moi, alors je décidai de descendre jusqu'à la Tamise et de prendre un taxi. Giles me rattrapa et me prit par le bras.

C'était du harcèlement ! N'avait-il jamais entendu dire que le contact physique est politiquement un champ de mines ? Nous avions reçu une circulaire de la Law Society à ce sujet pas plus tard que la semaine précédente.

– Alors, c'est tout ? demanda-t-il comme quelqu'un dont la détermination ne connaît pas de limites de sécurité. Pas de « on reste amis » ? Pas de « c'était bien le temps que ça a duré » ? Seulement « va te faire foutre » ? C'est ça, que tu es en train de me dire, Evelyn ? C'est ça ? Parce qu'au moins j'aimerais que tu me l'annonces clairement ! Je veux dire, tu pourrais au moins être un peu civilisée.

C'est « civilisée » qui eut raison de mon sang-froid.

– Civilisée ? hurlai-je.

Nous étions devant un stand d'objets pornographiques gay et les clients qui essayaient d'atteindre ces cochonneries s'agitaient nerveusement autour de nous. Aucun d'entre eux ne se passionnait pour le spectacle de l'émasculation en fait, si nous en venions aux mains, ils prendraient sans doute parti pour Giles.

Mais j'étais au-dessus de la discrimination sexuelle pour l'instant. À moi toute seule, j'étais une foule de vertus.

– Qu'est-ce que tu entends par civilisée ? Et Boucle-d'Or dans ton lit, elle était civilisée, elle ? Sous ma couette ? C'était civilisé, ça, Giles ? Hein ? Hein ? Parce que si ça, c'était civilisé, eh ben ça aussi alors !

Et vlan je lui envoyai mon attaché-case en plein dans l'entrejambe.

Comme disait Grand-Mère : « Pour aimer ou combattre un homme, une seule cible : sous la ceinture. »

Je filai jusqu'à la Tamise. Je sentis que j'avais marqué un point. Je m'étais montrée érudite, d'une clarté limpide. J'avais été très convaincante.

Je ne me retournai pas, pour ne pas jubiler devant sa douleur. J'étais au-dessus de ça. La thérapie purgative est aussi efficace que le Prozac. Elle me laissait le pas léger, le cœur léger. Mon humeur s'était considérablement améliorée.

La foule de l'heure d'affluence se pressait autour de moi et me bousculait, mais j'avais l'impression de me promener à Paris sur les Champs-Élysées. Il n'y avait pas de taxis, mais eh, pensai-je, j'aime mon prochain ! Je souriais à tous les coureurs en nage qui faisaient leur footing, je donnais un penny à chaque silhouette recroquevillée le long de la rivière. J'achetai une douzaine d'exemplaires de *Big Issues* à un des sans-abri qui patrouillaient devant la station de métro.

Je fus donc assez surprise quand je vis Giles arriver, cajolant encore sa virilité.

– Je suis désolé, Evelyn. Mais je peux t'expliquer. Je ne pensais pas que tu le saurais...

Cet homme était très drôle. Cet homme avait pris le gâteau, l'avait mangé, puis l'avait vomi et le remangeait. Nous avions un chiot qui faisait tout le temps ça, mais au moins il avait fini par mourir, le chiot ! Pour un avocat, il n'avait pas le sens de la justice. Je parie que Genghis Khan pensait aussi qu'il pouvait expliquer. Les Khmers rouges pouvaient expliquer. Jack l'Éventreur pouvait expliquer. Nixon pouvait expliquer. Ce n'est pas parce qu'on explique qu'on doit être excusé. Ne voyait-il pas que son appel était sans avenir ? Son cas était sans espoir. Tout ce qu'il pouvait souhaiter, c'était de vivre hors de ma vue.

– S'il te plaît, Evelyn, on ne peut pas aller quelque part pour discuter ? Ce n'était pas ce que tu penses. Pas du tout.

Puis je l'aperçus enfin. Un taxi noir avec une publicité de pizza d'un rose choquant qui venait vers moi, voyant allumé ! Je plongeai dans la circulation pour prendre ce qu'il me revenait de droit parmi tous ces costumes rayés et tous ces tailleurs qui dansaient le jerk en direction du taxi, comme des intouchables s'agglutinant autour de Gandhi.

11

J'espérais encore vaguement représenter à ses yeux
une créature vivante dotée de sentiments

Trois minutes plus tard, je retrouvai mes esprits sur le trottoir avec des empreintes de pieds sur les rayures de mon Dolce Gabanna ; je me demandai si je pourrais faire passer les frais de nettoyage sur mes honoraires.

Julian avait certainement tout vu car il était penché sur moi avec Giles. J'étais appuyée contre le mur de la station de métro du Temple devant une foule grandissante.

Le stand de journaux pornos avait été déplacé pour profiter pleinement de l'attroupement et quelques mendiants évoluaient alentour, la main tendue, tirant un assez bon parti de ma tragédie.

Si vous ajoutez à ce scénario l'homme à qui j'avais acheté tous les *Big Issues* en train de ramasser sur la chaussée mes exemplaires éparpillés (probablement pour les revendre, pensai-je amèrement) et un chien avec un foulard rouge occupé à renifler mes bas filés, vous aurez une idée du tableau. Tous ces gens autour de moi... c'était épouvantable. Dieu merci, j'avais mis mon slip Calvin Klein le plus sexy.

Tout en contemplant le spectacle post-accidentel, je sentais me pousser un deuxième lobe frontal. Julian se tenait d'un côté (accroupi pour ne pas endommager son costume Armani). Il me soutenait d'un bras, et c'était le paradis. Giles le-gros-salaud était de l'autre côté dans son costume Gieves and Hawke, et c'était l'enfer.

J'hésitais entre la honte, la colère et la reconnaissance. Alors je fis ce que toute femme moderne aurait fait dans cette situation : j'éclatai en sanglots.

Pas de ces sanglots sans larmes qui accompagnaient les gémissements de Gabby quand je la surprenais en train de se goinfrer de choux à la crème à son bureau. Pas de ces sanglots silencieux qui ruisselaient sur la chemise de Warren quand il était question de mettre fin à ses dix pour cent de commission.

Non, je pleurais en stéréophonie, toutes vannes ouvertes ; mes lamentations ne cessaient de s'amplifier. Tout le monde venait d'un kilomètre à la ronde pour s'enquérir de ce qui s'était passé, de mon état. Le chien hurlait avec moi. Ça en démangeait plus d'un de pousser le drame jusqu'à appeler une ambulance.

Mon vendeur de *Big Issues* était de ceux-là.

– Vous êtes sûr qu'elle va bien ? demandait-il en regardant mon équipe de secours d'un œil méfiant.

C'était un de ces hommes qui me donnent mauvaise conscience d'être aussi grande. Je remarquai qu'il avait le même foulard que le chien.

J'acquiesçai.

– Bon, ben si vous êtes sûr... marmonna-t-il sans y croire. Ça a l'air un peu bizarre, on dirait, non ?

– Nous allons nous occuper d'elle, assura Giles.

L'air peu convaincu, l'homme jeta son cartable en plastique par-dessus son épaule et partit s'effondrer ailleurs, son petit bâtard noir lui léchant tristement les pieds.

– Je la ramène chez elle ? demanda Giles alors qu'ils m'aidaient à me relever.

– C'est bon, j'ai ma voiture, dit Julian. Je peux la reconduire.

« La » reconduire ? Ils me prenaient pour une chose, ou quoi ? « Eh, les mecs, merci beaucoup, mais j'ai peut-être mon mot à dire ! » C'est ce que j'aurais voulu répondre, mais j'étais à deux doigts de m'évanouir d'excitation à l'idée de me retrouver seule avec Julian dans un espace restreint. Je me contentai donc de pleurnicher mon consentement.

Il m'enveloppa de ses bras puissants et me conduisit à sa voiture. « On est déjà sûres d'une chose, soufflèrent mes hormones. Cet homme-là, c'est quand il veut ! »

Je voterais pour lui s'il me le demandait !

J'avais dû accepter qu'on demande une ambulance parce que, au moment où Julian m'installait dans sa BMW (bien sûr), il y en a une qui arrivait, toutes sirènes dehors.

– Je t'appelle ! cria Giles au-dessus de la cacophonie des moteurs et des badauds.

Dans la voiture, mon double lobe frontal collé sur la vitre, je me dis que ce désir que Julian avait éveillé en moi était sans doute exactement ce que les filles avaient commandé. Devenir une banque de sperme n'était peut-être pas la pire chose qui puisse arriver à une femme moderne, finalement ?

C'est certainement la combinaison de l'odeur de son beau corps mince et musculeux et mon traumatisme qui me firent croire que j'avais ma chance. Je le remerciai pour la centième fois de suite, et il me regarda puis sourit d'un air entendu. J'étais sur le point de me persuader que cette remarquable tournure des événements constituait pratiquement un premier rendez-vous galant lorsqu'il répondit : « Mais j'aurais fait la même chose pour n'importe qui. »

« Merci bien », pensai-je. Je me sentais bête. Mais je ne pouvais m'empêcher d'imaginer à quoi ressemblait son corps sous les étoffes de son costume haute couture.

– C'est une sacrée bosse que vous avez là, remarqua-t-il.

Je jetai un coup d'œil imaginaire à mon clitoris, toute honteuse. Mais mon cœur fit un bond dans ma poitrine : il voulait me montrer qu'il s'intéressait à moi.

– Ouais, pas très flatteur, hein ? plaisantai-je.

– Ça disparaîtra sans doute avec le temps, me rassura-t-il.

Ses jambes étaient tendues pour appuyer sur l'accélérateur et l'embrayage, et je ne pensais qu'à une chose : l'effet que ça pourrait me faire d'avoir ces jambes-là autour de mon buste. Les pulsions de ma libido s'emballaient et m'échappaient complètement.

– Ça va ? Je veux dire... vous êtes en état de m'indiquer le chemin ? demanda-t-il.

Je ne pouvais pas me concentrer. J'étais hypnotisée par ses mains et leur léger bronzage, et je ne parvenais pas à me rappeler s'il y avait eu un moment où je n'avais pas eu envie de les embrasser. Je finis par émettre un son étranglé qu'il prit pour une réponse négative.

– Bon, donnez-moi votre adresse et je vais me débrouiller. Vous vous souvenez de votre adresse ?

Mince alors, qu'est-ce qu'il croyait, que j'étais cliniquement morte ou quoi ? Je savais que je ne faisais pas grand-chose pour l'impressionner, mais j'espérais encore vaguement représenter à ses yeux une créature vivante dotée de sentiments.

Je me repliai dans mon silence.

– C'était une sacrée journée... avec tout ce qui s'est passé, méditait-il tandis que nous attendions que le feu passe au vert.

La voiture qui était à côté de nous – une Mercedes rouge décapotée – beuglait du reggae. Le chauffeur noir nous regarda sous ses lunettes de soleil. Je me demandai si Julian allait essayer de démarrer plus vite que lui au vert. C'était un test du genre Virilité = Type de voiture, j'imagine, mais je ne m'étais pas posé la question de savoir ce que je ferais s'il échouait.

– Je crois que c'est la première fois que je vois un client aussi fou, annonça-t-il quand le feu passa au vert et que la Mercedes rouge avait déjà bondi loin devant. À un moment, j'ai cru qu'on avait touché le fond, et hop, c'est là qu'il a sorti sa bite. Je n'ai jamais vu un truc pareil !

Nous éclatâmes de rire les yeux dans les yeux. Devant

ces beaux yeux verts qui me renvoyaient une image rieuse de moi-même, mon clitoris se mit à haleter. Je ris plus fort pour qu'il ne l'entende pas. Nous discutions de l'affaire tout en dépassant Albert Hall, puis la cohue des paparazzi devant Kensington Palace et enfin Kensington Church Street. La circulation était épouvantable, mais l'air agréable à cause du gazon fraîchement tondu. J'avais l'impression de sortir de deux ans de sommeil.

Je réussis même à lui donner quelques indications, à droite par-ci, à gauche par-là, au niveau de Ladbroke Square. Je me laissais aller à mes désirs en regardant défiler les blanches terrasses George III en stuc lorsqu'il parla de Giles.

– Il est vraiment bizarre (dit-il sur un drôle de ton) que nous nous soyons retrouvés tous les trois comme ça. Oui, je sais que c'était terrible pour vous, mais c'était quand même vraiment bizarre.

« Bizarre » ! Le mot de Giles, ça. « Chérie, murmurait-il en caressant ma tête posée sur sa poitrine après un câlin marathon, te faire l'amour n'est pas incroyable, c'est bizarre. »

Et je me retrouvai tout à coup à Oxford. J'avais l'impression que nous avions vécu et que nous nous étions aimés dans une bruine perpétuelle durant les quatre ans passés ensemble, et maintenant je me rendais compte que j'avais dû être droguée pour confondre cela avec la réalité. C'était un rêve, un doux rêve gris cotonneux et vaporeux. Et nous appelions ça l'histoire d'amour du siècle...

Giles avait une longueur d'avance sur moi depuis le début. C'était sa dernière année à Oxford, ce qui veut dire un grand cercle d'amis, une vie sociale, une famille à deux heures de train. Moi, j'étais en première année, mon seul ami était Wally, le wombat en peluche, je n'avais pas de vie sociale à proprement parler et ma famille se trouvait à vingt-quatre heures d'avion. Il avait l'air d'un dieu. J'avais l'air de sortir tout droit d'Auschwitz, au dire de mes amis. Exception faite toutefois de mes seins, qui auraient pu nourrir une nation.

– Evelyn a les seins de Tante Kit, avait annoncé ma mère quand j'avais quatorze ans.

– Alors qui est-ce qui a hérité des miens ? avais-je demandé.

Tante Kit était morte avant ma naissance, donc ce n'était pas elle, mais j'étais convaincue que quelque part, sur un trottoir, il y avait une salope qui se baladait avec des bonnets A qui auraient dû être à moi !

Encore un truc que Giles me disait – il aimait les grosses mamelles ! Mais pourquoi n'ai-je pas fui ce canon à compliments ? Mamelles ? Allez, oublie, ma fille.

Il y avait de bons moments, je reconnais. Au début, avant que je ne retrouve toute ma tête, je me pâmais d'amour pour lui. Allait-il appeler ? Allait-il passer ? Aimerait-il mes nouvelles chaussures ? Pour moi, comprenez-le bien, ces questions étaient aussi nobles que celles que se posent les grands philosophes.

Je crois bien que j'en pince pour les briseurs de cœur. Vous savez : intelligents, vifs, sensibles, généreux, gentils, bâtis comme des poètes, génétiquement programmés pour tromper. Des hommes qui me rappellent ce gros labrador noir que nous avions à la maison et qui tirait toujours sur la laisse comme un forcené pour s'enfuir. Voilà mon type d'homme. Les femmes instruites désignent cet idéal masculin sous le terme de « gros-salaud », mais il se trouve que les salauds ne faisaient pas partie des programmes scolaires de l'école de Lorette pour jeunes filles.

12

Le duo de la gentille et de la méchante lesbienne

Nous arrivâmes devant l'immeuble vers huit heures. Le jardin était plein de résidents qui se bécotaient, lisaient, discutaient, et d'enfants qui jouaient. Une odeur de pique-nique et de grillade me flattait les papilles gustatives. Je n'eus pas besoin d'inviter Julian. Les filles, qui étaient assises sur le balcon, virent un Homme et devinrent hystériques.

– Ohé ! Ohé ! s'écrièrent-elles comme des gamines qui vivent dans une école de bonnes sœurs et qui voient pour la première fois un homme sans soutane. Montez, montez !

– Mm ? Eh bien... je... je veux dire, je... tergiversa Julian.

Rien ne l'avait préparé à un couple de lesbiennes en quête de sperme. Obstination n'est pas le mot.

– Allez ! criaient-elles.

J'étais étonnée qu'elles ne lui jettent pas une corde.

– Evelyn, qu'est-ce que tu t'es fait à la tête ? demanda Charles tandis que nous arrivions en haut des escaliers.

Whitney Houston chantait de sa voix enjôleuse « *Ooooh I wanna feel the heat with somebody – ooooooh I want somebody to love me... !* » Subtil, non ?

Charles portait encore son hermine car elle revenait

tout juste du tribunal de Brighton. Les vodkas tonic étaient déjà versées. Sam nous les tendit avant même de me laisser le temps de procéder aux présentations. Elle me fit un clin d'œil. Inutile que je demande combien elle avait mis de vodka dans le verre de Julian.

Sam insista pour que nous nous entassions tous sur le canapé-bouche en face des vulves en velours. « Doucement, les filles », pensai-je, mais je profitai néanmoins du contact physique. En bas, des gens étaient en train de jouer au tennis sur le court abrité par les rosiers et le son feutré des balles contre les raquettes rythmait notre petit groupe avec une certaine langueur.

C'était clair, les filles allaient nous coller comme Cheeta à Tarzan. Mon souhait le plus cher était qu'elles nous laissent seuls. Je priai. Finalement, n'y tenant plus, je pinçai Sam dans les côtes.

— Aïe ! Evelyn, pourquoi tu as fait ça ? couina-t-elle. Tu n'essaierais pas de te débarrasser de nous pour pouvoir rester seule avec cet aimable gentleman, par hasard ?

Je rougis en chœur avec Julian.

La conversation n'était pas très fluide. C'était plutôt une conversation réprimée.

— Il est très bien, votre appartement ! déclara Julian telle une matrone provinciale après un silence particulièrement long.

(Ça faisait tellement cliché que même moi, qui le regardais comme un dieu, je manquai vomir.)

Les filles roucoulèrent comme si c'était la phrase la plus originale qu'elles aient entendue de toute leur vie.

— J'adore la table et les chaises avec ces grands dossiers ! ajouta-t-il.

(Il ne fit pas mention des vulves de velours rouge qui lui bâillaient sous le nez.)

— Et quel sens de l'espace ! Qui a fait ce revêtement mural couleur vanille ? Très « quattrocento », fit-il en roulant les r.

J'avais déjà entendu ça une centaine de fois. Sam et Charles aussi, mais elles se jetèrent à corps perdu dans la discussion comme si elles avaient attendu toute leur vie une conversation aussi brillante.

– Je ne pense pas avoir connu un été aussi chaud. Vous partez en vacances ? s'enquit-il.

Je m'attendais plus ou moins qu'elles répondent « Non, on reste là, au cas où un donneur de sperme se pointerait », mais elles jacassaient à n'en plus finir sur certaines destinations tropicales, comme si ça les empêchait de dormir la nuit.

– Vous jouez au tennis ? demanda-t-il après avoir écouté le ploc-ploc-ploc des balles contre les raquettes pendant un moment interminable.

Personne ne prit la peine de répondre. Sam et Charles louchaient sur ses muscles.

– Je fais un peu de musculation pour rester en forme, annonça-t-il enfin. (Comme si on ne s'en doutait pas un petit peu.)

La soirée n'en finissait pas. Mais pourquoi ne nous laissaient-elles pas seuls ?

Tout était si poli et mesuré que je m'endormais. Ça me rappelait le thé avec le Monsignor au couvent. Mais, après quelques tasses de cognac, même le Monsignor se déridait et sortait les cartes de strip-poker.

Après tout, nous étions tous jeunes et, je l'espérais, célibataires. Nous avions tous fait des études et, me flattais-je moi-même, nous étions libérés. Alors pourquoi étions-nous en train de parler revêtements muraux et tennis ?

À l'écouter faire ses petits discours creux avec les filles, j'eus envie de crier : « Mais dis quelque chose ! C'est les années quatre-vingt-dix – on n'est pas obligé de parler de sport et de météo, va à contre-courant. À en croire Candida, des scandales et de sombres mystères pèsent sur toi ! Ces filles ne sont pas mes duègnes, pour l'amour du ciel. Alors fais quelque chose. Embrasse-moi, par exemple ! »

J'étais sur le point de m'injecter une dose létale de vodka quand Sam parla.

– Dites-moi, Julian, croyez-vous que le sperme soit un droit inaliénable ?

Il recracha sa gorgée dans son verre comme un bébé sa sucette.

Charles lui tapa dans le dos. Je me levai d'un bond et les regardai. Quelle mouche les avait piquées, ces deux-là ? Elle n'avait qu'à lui enfoncer une pipette dans les testicules et aspirer, pendant qu'elle y était.

Ce n'était pas comme si j'avais ramené un mec à la maison tous les jours. Tout de même, c'était le premier à entrer dans une existence dépourvue d'hommes depuis vingt-quatre mois !

– Ne faites pas attention à elle, Julian, c'est une infâme lesbienne en manque de sperme, lançai-je en allant à la cuisine chercher de la glace pour ma tête.

– Oui, tu es complètement obsédée, Sam. Ne faites pas attention, répéta Charles en réajustant la cravate de Julian.

– Allez, Jules, insista Sam en lui donnant un coup de coude dans les côtes, parlez-nous de la fréquence de vos éjaculations.

– Sam ! Là, tu dépasses vraiment les bornes ! ulula Charles.

Et moi, je me fourrai la tête dans le congélateur, me demandant combien de temps il faudrait que je reste ainsi pour mourir d'hypothermie.

– Mais ça ne le dérange pas, n'est-ce pas, Julian ? Allez, vous devez bien avoir une petite idée ? Tous les combien vous les crachez, vos petites graines ?

Il y eut un silence qui ne présageait rien de bon.

– Sam ! hurla Charles comme si elle était horrifiée.

– Non, mais sérieusement, si vous éjaculez souvent, il y a moins de sperme chaque fois.

– Je ne pense pas que Julian ait tellement envie de parler de ça, n'est-ce pas, Julian ? demanda Charles, l'air d'espérer qu'il en aurait quand même un peu envie.

« Mon Dieu, me dis-je, ça y est, voilà qu'elles nous jouent le duo de la gentille et de la méchante lesbienne. »

13

*Je prendrai moi-même en main
l'hôte de la testostérone*

Inutile de préciser que Julian battit rapidement en retraite. Il reconnut le danger quand il le vit venir à lui avec toute la subtilité d'une lesbienne en pleine chasse au sperme.

J'attendis que la porte se referme avant de piquer la colère apocalyptique que j'avais chorégraphiée dans ma tête à la fraîcheur du congélateur. Il m'arrive rarement de perdre le sens des convenances, mais quand c'est le cas j'envoie tout promener, y compris ma trousse de manucure.

Là, ça relevait de la balistique. « Préparez-vous à l'assaut et numérotez vos abattis, les filles » était imprimé en gros caractères sur mon visage sitôt après avoir dit au revoir à l'homme qui, je le réalisai tout à coup, se trouvait être le seul que je pourrais jamais aimer. « Vous avez osé ! » fut ma prévisible attaque d'ouverture, mais une fois lancée, mes douze ans d'éducation chez l'équivalent féminin des jésuites se firent quelque peu sentir. Et six vodkas, ça aide aussi.

Je blasphémai jusqu'à ce que les divinités invoquées apparaissent dans notre salon. J'attaquai les filles sur tout, depuis leur égoïsme jusqu'à leur sexualité. Je tempêtai, je fulminai ; bref, je n'y allai pas de main morte.

Les habitants de Ladbroke Square se rassemblèrent sous notre fenêtre, se prenant pour les auditeurs privilégiés d'un concert impromptu. Jeunes et vieux, teckels et bambins se regroupaient sur des tapis sous le clair de lune, impressionnés par ce qu'ils croyaient être des bribes de *Carmen* alors qu'il s'agissait d'une androphobe crapuleuse et commotionnée qui venait de voir la lumière au bout du tunnel du célibat s'éteindre subitement.

Sam et Charles s'enfonçaient dans les coussins, faisaient des courbettes à mes pieds et mâchouillaient leur désormais considérable collection d'ours en peluche. Je leur fis bien comprendre que je n'étais pas qu'un vulgaire pion hétérosexuel sur l'échiquier et que je n'avais pas l'intention de me sacrifier pour l'intérêt supérieur de la reproduction. Pour l'amour du ciel, j'étais censée être leur copine !

– Vous avez osé ! gémis-je. C'était un ami ! Un être humain ! Pour qui vous vous prenez pour le traiter comme une banque du sperme ?

Mon éloquence ne connaissait pas de limites. Je savais, en pérorant sur la sacro-sainte amitié, que j'aurais dû enregistrer mon discours. Des visions de mes petits-enfants en train de s'émerveiller pour le génie de mon manifeste apparaissaient devant mes yeux embués. Le matin même, j'avais vu le prépuce de Keith de Shepherds Bush et je n'étais pas à prendre avec des pincettes.

Je pense qu'elles comprirent qu'elles étaient vaincues. Leurs arguments étaient aussi bancals et impuissants que leur capacité à procréer. Elles savaient que je détenais les cartes de leur bonheur futur. Et comme elles étaient intelligentes, elles commencèrent à me lécher les bottes comme des folles.

CHARLES : Oh, Evelyn, ma pauvre, quelle journée tu as eue !

SAM : On ne s'est pas rendu compte... Mon Dieu, qu'est-ce qu'on est égoïstes !

CHARLES : On est vraiment désolées, comment on peut se faire pardonner ?

SAM : Assieds-toi, je vais te faire un chocolat.

CHARLES : Tu as l'air épuisée, et cette bosse, comment... ?

SAM : Raconte-nous ton procès... Tu as gagné ? Tu les as fait crever de rire, dans la salle ?

CHARLES : Julian a l'air gentil... Je suis sûre qu'il t'aime bien, Evelyn !

C'est ce qui eut raison de moi – cette toute petite phrase de rien du tout : « Je suis sûre qu'il t'aime bien, Evelyn. » C'était une expression toute faite d'une sincérité douteuse mais, comme le sait toute fille qui a déjà eu le béguin, il ne m'en fallut pas davantage pour m'encourager. J'étais un chaton sans défense sur leurs genoux trompeurs.

– Vous croyez ? ronronnai-je, les yeux grands ouverts.

– Bien sûr, roucoulèrent-elles, sachant pertinemment qu'elles avaient trouvé la faille.

– C'est évident. Il n'arrêtait pas de...

– ... de te regarder, dit Charles, me caressant dans le sens du poil.

– Oui, il avait l'air prévenant, hein ? demandai-je sur le même ton qu'un enfant qui demande des bonbons.

– Tout à fait, approuvèrent-elles en chœur.

J'eus l'impression de me mettre sur le dos pour qu'elles me caressent le ventre.

– Je l'ai trouvé très gentil, soupira Charles.

En langage de lesbienne, cela signifiait que c'était un homme qui méritait de ne pas recevoir de coups de pied dans les couilles.

Sam s'approcha et me passa la main sous le menton.

– Tu lui plais, Evelyn. Ne dis pas que tu ne l'avais pas remarqué ?

En attendant, la seule chose que je ne remarquais pas, c'est qu'elles étaient en train de m'embobiner.

– Mais seulement... il est très timide, expliqua Charles.

– Ouais... je crois qu'il faudra que tu... que ce soit toi qui... ajouta Sam.

Charles sauta sur l'occasion.

– Enfin... que tu fasses le premier pas, quoi !

Oh, super.

– Vraiment surprenant, les filles, miaulai-je d'un ton sarcastique, subitement consciente de la situation.

D'aussi loin que je me souvenais, c'était toujours moi qui avais fait le premier pas.

Grand-Mère disait qu'il arrive un moment dans la vie d'une femme où elle doit prendre elle-même en main l'hôte de la testostérone.

Le problème avec moi, c'est que ça avait toujours été le cas. C'était toujours moi qui avais dû prendre les initiatives. Et plus tard, après l'amour, je demandais à l'heureux élu : « Pourquoi as-tu attendu que je fasse le premier pas ? » J'avais la terrible impression que si je n'avais pas un peu forcé la main à Joseph Mendez et tous les autres, je serais encore vierge.

Mais j'avais ma fierté. Je me redressai, l'air épouvanté.

– Moi ? Faire le premier pas ?

Les yeux me sortirent de la tête comme s'ils exécutaient un saut à l'élastique. On aurait dit qu'elles m'avaient demandé de séduire un parfait étranger... ce qui faisait peut-être d'ailleurs partie de leurs plus récentes intentions.

– Je... je ne pourrais pas, bafouillai-je d'un ton pudibond.

– Mais si, tu peux, me rassura Sam. Pas la peine que ce soit une grande occasion, mais juste...

– Ouais ! coupa Charles. Juste comme ça, par hasard...

– Ben... on pensait que... qu'on pourrait peut-être... euh...

– On en a parlé un peu avant que tu arrives, dit Sam.

– On n'a qu'à faire une soirée ! lança Charles depuis le balcon, où elle devait, je présume, se sentir en sécurité.

Mais elle n'avait pas besoin de s'inquiéter. Peut-être que les filles ne disaient pas n'importe quoi, après tout, raisonnai-je comme l'imbécile suicidaire qui se persuade qu'une dizaine de Valium vont faire l'affaire.

Charles revint du balcon, rassurante.

— Oh, rien d'extravagant, juste quelques amis, quelques... tu sais, euh...

— Quelques... hommes ? murmura Sam d'un air plein d'espoir en me regardant droit dans les yeux.

Un ange passa. Dehors, sur la place, les auditeurs avaient décidé que le spectacle était terminé et ils remballaient leurs paniers de pique-nique pour la soirée. Sam et Charles se regardaient. Je savais ce qu'elles pensaient : elles avaient prononcé le mot en « H » sans que je pique une crise.

— Ouais, des hommes... essaya Sam une nouvelle fois.

— Et tout et tout, ajouta Charles aussitôt.

Quelle idiote je faisais. L'aspect sexuel de la chose dut me faire cligner des yeux. Voilà, j'étais là, comme un chaton qui lape son lait pendant qu'on lui enfile un collier autour de son petit cou tout doux. Une soirée avec des hommes... et tout et tout. On savait bien ce que « et tout et tout » voulait dire !

On en a parlé un peu... mon œil ! Elles avaient déjà fait imprimer les invitations. Caractères dorés en relief sur papier cartonné.

La fontaine de la vie coule éternellement.
Soirée de célébration de la vie
70, Ladbroke Sq. W11
Tenue – minimum
Champagne – à volonté

La fête était prévue pour le vendredi suivant. Quoi de plus simple, de plus naturel que d'inviter Julian à une soirée ? J'étais vendue. Sam prépara un chocolat et nous dressâmes la liste des invités. Quand je me couchai pour me remettre de cette journée, je m'aperçus que je n'avais même pas dit aux filles qui était l'avocat général.

14

C'est à l'épreuve des coups que l'on reconnaît l'homme

Lorsque j'arrivai (à l'heure) à Old Bailey le jour suivant, je ne vis de Julian nulle part. Inconsolable, j'errai dans le hall de marbre tandis que des inconnus passaient par le détecteur de métaux à la queue leu leu. J'avais peur qu'il se soit fait remplacer. Lorsqu'il apparut enfin, tel un dieu entrant pour la première fois dans le XXe siècle, il me regarda droit dans les yeux avant de hocher la tête et de déclarer :

– Désolée, Yvette, je ne vous avais pas reconnue !

Yvette ? C'était quoi, ce délire ? Cinq heures ensemble au tribunal, puis mon accident, puis sa voiture, puis quelques boissons, et mes copines qui se demandaient déjà comment elles allaient utiliser son sperme... Ça méritait tout de même qu'il se rappelle mon prénom, d'après moi.

– C'est Evelyn, corrigeai-je sur un ton de maîtresse d'école.

Il portait le même costume, avec une cravate qui semblait venir d'une galerie d'art. Comment peut-on être aussi parfait ? Il n'avait pas la moindre notion de la souffrance des mortels (comme s'épiler les sourcils ou rentrer son ventre). Sa beauté était instantanée, il était sorti d'une machine comme ça.

Nous descendîmes voir Keith dans sa cellule ; il avait l'air heureux comme un agneau, avec le Valium. D'après le diagnostic, il souffrait d'une dépression et on lui avait donné des calmants, au grand soulagement des gardiens. Je me sentais mieux aussi ; même les odeurs d'urine et de cuisine de la prison, qui flottaient dans les couloirs telles des vapeurs d'inhalation, ne firent que me rassurer sur ma compétence grandissante.

Je m'habituais à l'odeur, comme l'avait prophétisé Julian. Mon rouge à lèvres était bien mis, un subtil terre de Sienne appliqué d'une main professionnelle. Ma robe était à l'endroit, ainsi que ma perruque et mon hermine. Le gardien me fit l'honneur de se souvenir de moi et de me demander comment je me sentais. Keith, avachi, vautré sur sa chaise, la tête dans les épaules, me dit que j'étais jolie, ce à quoi je répondis par un rayonnant sourire.

Satisfaits de voir que notre client allait bien, nous remontâmes dans la salle d'audience. Giles y était déjà, ainsi que le miteux employé du ministère public qui se curait paresseusement les oreilles en lisant le *Mirror*.

Giles fouillait dans ses papiers d'un air affolé et penchait la tête pour écouter ce que lui disait son collègue. Il caressait son hermine de temps à autre. J'eus un flash-back. Lors d'un week-end que nous avions passé à Londres, tandis que nous nous promenions bras dessus bras dessous le long de Chancery Lane, il avait déclaré que, lorsque je serais avocate, il m'achèterait mon hermine et qu'il la ferait bénir par le pape.

– L'audience est ouverte ! s'époumona l'huissier.

« J'aurais dû le poursuivre pour rupture de contrat », pensai-je avec amertume. Mon cher confrère du ministère public avait tourné mon amour en dérision ! Cet homme était sorti indemne, alors que j'avais souffert deux ans de célibat. Point n'était besoin d'un jugement par jury pour faire enfermer ce connard !

Mais là, j'étais obligée de le regarder avec un minimum de respect, alors qu'il présentait sa typique affaire de coups et blessures avec panache, ce qui ne laissait pas les jurés indifférents. Tous les yeux de l'assistance étaient rivés sur lui – et les miens ne faisaient pas exception. Sa voix montait et descendait en un soliloque harmonieux et enivrant qui endormait Keith.

Giles était fait pour la scène. Il transportait le jury dans la nuit de l'agression comme s'il décrivait le martyre de saint François d'Assise.

Je le revoyais encore dans la chapelle catholique d'Oxford, serré contre moi, en train de lire de la même manière les inscriptions sur les dalles funéraires. « Arrête, mon corps appartient à la Vierge Marie », avais-je plaisanté. Les vieilles femmes qui décoraient l'autel avaient marqué leur désapprobation d'un claquement de langue. C'était la première fois qu'il m'avait demandée en mariage.

Le premier témoin prêta serment. Keith lui sourit d'un air angélique depuis le banc des accusés. Le père Malone de Bermondsey était rond comme une queue de pelle.

– Je vous souhaite bien le bonjour ! lança-t-il au juge et aux jurés en agitant gaiement le bras tandis qu'il arrivait à la barre.

Giles avait l'air affligé. Il desserra son hermine et essaya de limiter ses questions au lieu et à l'heure de l'attaque. Mais c'était déjà assez difficile comme ça : le prêtre fixa l'heure des événements à quelques années dans le futur et s'énerva quand Giles le pressa d'en venir aux faits.

Je saisis l'occasion d'amplifier le malheur de Giles.

– Permettez-moi d'intervenir, Votre Honneur, mais monsieur l'avocat général pose des questions tendancieuses au témoin.

– Contentez-vous de poser votre question, monsieur Billington-Frith. Ne dites pas à notre bon père ce qu'il doit dire.

Je regardai Giles et lui souris d'un air satisfait.

Je jugeai inutile de poser des questions au prêtre, il avait déjà apporté suffisamment d'eau à mon moulin. Giles était tout rouge. Le témoin suivant fut on ne peut plus précis sur la date et l'heure. Son discours cachait une véritable pépite d'or : il faisait sans cesse référence à l'accusé sous le terme affectif de Keithy.

Je jetai un coup d'œil à Keith, mais il piquait du nez. Julian se tourna vers moi en souriant. Nous nous prélassions dans la lumière de notre bonne étoile.

Le dernier témoin aurait dû être rémunéré par la défense, tant son aide nous fut précieuse. Il n'était pas disposé à se limiter à l'affaire en question. Pour lui, l'accusé était responsable d'à peu près tout, depuis la Seconde Guerre mondiale jusqu'aux retards des trains de la British Rail.

Avant que Giles ait pu le faire taire, il avait relégué le geste violent de Keith au rang de farce. De minute en minute, le crime se faisait plus varié, plus délirant. Il mentionna même un fusil de chasse. L'officier de police qui avait procédé à l'arrestation était en train de pleurer dans son bloc-notes. Embellir les événements est une chose, mais ce type-là les réécrivait.

– Aussi vrai que Dieu est mon témoin, déclara-t-il, ce Keithy est un vaurien. Écoutez-moi bien, vous avez intérêt à le coffrer et à balancer la clé. Si je le revois dans la rue, c'est moi qui le tue.

– Contentez-vous de répondre aux questions, monsieur Timms, ordonna le juge Camp.

À la fin, quand Giles annonça qu'il ne souhaitait pas poser d'autres questions au témoin, M. Timms brandit un poing menaçant vers Keith en lançant : « Tu vas le regretter, sale branleur. »

Je commençais à sentir cette affaire. Et je la sentais bien. Nous nous trouvions manifestement devant un vaste réseau d'intrigues qui s'étendait bien au-delà de l'agression d'un homme innocent sous les yeux ahuris de passants innocents. Et si l'homme que je défendais était innocent aussi, finalement ? Giles s'assit et se prit la tête dans les mains.

Je me levai pour interroger le témoin, et c'était comme de l'argile entre mes mains. Je le roulai comme une pute dans le bordel de ses mensonges. Je l'incitai à s'élancer dans une diatribe contre Keithy. Pire encore, il ne chercha pas à déguiser sa haine devant les jurés confus, qui commençaient à s'inquiéter.

Il utilisait un langage cru et menaçant qui comptait plus d'obscénités sexuelles que la salle de montage du Comité de censure. À un moment, il cracha en direction de Keith. Les jurés reculèrent de dégoût et s'enfoncèrent dans leur siège. Il fut menacé d'outrage, mais pour M. Timms, l'outrage était un mode de vie.

On réussit à le sortir, pendant qu'il hurlait à Keith qu'il lui ferait la peau si le jury ne s'en chargeait pas. Pendant tout ce temps, mon client souriait du haut de son perchoir tel l'idiot du village.

En terminant son réquisitoire, je pense que Giles voyait déjà la Faucheuse lui mettre son procès en pièces. J'avais envie de sourire, tellement j'avais confiance. Je me levai pour plaider avec la certitude que l'honorable juge Camp et les jurés seraient d'accord avec moi : s'ils devaient se promener dans une station de métro sans lumière en pleine nuit, ils préféreraient se retrouver nez à nez avec ce bovin de Keith plutôt qu'avec un des trois témoins.

Lorsque je me levai, le juge me fit un clin d'œil.

– Je pense qu'il faudrait qu'on réveille l'accusé, à moins qu'il ne préfère être jugé par contumace ?

Le garde du Securicor le secoua.

– Votre Honneur, je suis sûre qu'il écoute. Il se détend, c'est tout, suggérai-je.

Une vague de rire ondula dans la salle d'audience comme un massage électrique. Keith ouvrit un œil et sourit. J'en voulais aussi, du Valium.

J'embrassai les jurés du regard – douze personnes braves et sincères à peu près aussi représentatives de la société britannique que n'importe quelle file d'attente de chômeurs. C'était le grand jour. Julian, à côté de moi, attendait que je l'impressionne. C'était maintenant ou jamais. Je redressai ma perruque, fis face aux jurés et marquai un temps pour attirer leur attention. Exactement comme la représentation de la Nativité à l'école, mis à part que je jouais le rôle de l'âne. C'était l'occasion de reprendre celui de l'étoile, à défaut du Sauveur.

– Mesdames et messieurs, nous avons tous entendu les preuves exposées par monsieur l'avocat général ainsi que les versions changeantes des trois témoins. L'un prétend que l'attaque aura lieu prochainement. (Rires.) Les deux autres semblent connaître mon client, M. Keith Conan, Keithy devrais-je dire, bien mieux que nous n'étions portés à le croire.

Je bus une gorgée d'eau pour faire descendre mes propos.

– Comme vous avez pu le constater, il est clair que ces témoins ne sont pas impartiaux. Et vu leur détermination à voir Keithy se faire « enfermer », vous pensez sans doute qu'on ne peut guère faire confiance à leur version des faits. Ils connaissent bien M. Conan, assez bien en tout cas pour l'appeler Keithy. Vous avez entendu mon client clamer son innocence. Il insiste sur le fait qu'il a été agressé et qu'il s'est simplement défendu de façon raisonnable. Après ces témoignages, vous sentez bien qu'il s'agit là de la stricte vérité. Il a riposté pour se défendre. Nous en aurions peut-être fait autant à sa place.

Giles toussa.

Le juge le fusilla du regard.

Je lui adressai le même sourire qu'à mon père le jour où j'avais mis du rouge à lèvres sur son encyclopédie. « Papa, avais-je dit, penses-tu vraiment que je sois assez idiote pour écrire mon prénom sur tes livres ? »

– Comprenez, mesdames et messieurs, qu'il ne s'agit pas là d'un cas de coups et blessures, mais tout simplement de légitime défense, annonçai-je en tirant sur ma robe d'un geste significatif. Si on réfléchit bien, Keith Conan s'est fait « rouler » par ceux qu'ils croyaient être ses amis (je voyais bien que l'utilisation d'un terme populaire avait touché la corde sensible. Ah oui ! J'étais géniale !). Mesdames et messieurs, nous avons tous été trompés un jour par des gens en qui nous avions toute confiance (je donnai à Giles un coup de pied métaphorique dans les roubignoles et je continuai à le fixer en parlant), nous avons tous connu l'humiliation de laisser ceux qui nous étaient proches nous faire du mal !

Les jurés opinaient du chef d'un air compréhensif.

– Je vous demande de regarder l'accusé, mesdames et messieurs (ils tournèrent consciencieusement la tête vers Keith, qui leur souriait aimablement depuis son box). M. Conan clame son innocence. Il est sorti un soir pour boire un verre avec ses camarades (les jurés avaient vraiment l'air émus). Et ce soir-là, il a été agressé par ceux-là mêmes qu'il prenait pour ses amis ! dis-je en baissant d'un ton.

Les jurés se penchèrent en avant pour tendre l'oreille.

– Ce n'est pas un homme qui a fait du mal qui se tient dans le box des accusés, mais un homme à qui on a fait du mal. Je vous demande de bien y réfléchir avant de rendre votre verdict. Keith est-il coupable de coups et blessures, comme il en est accusé ? Ou bien vous semble-t-il probable qu'il est lui-même une victime, une victime de la trahison de ceux qu'il aimait ?

Il leur fallut dix minutes pour déclarer que Keith était non coupable.

Je soupirai. La disculpation de Keith était aussi un peu la mienne. Je n'étais pas mauvaise, finalement. Je méritais bien mes deux cents livres d'avocat commis d'office. J'étais capable de gérer mes dossiers aussi bien que n'importe qui. Et en plus, Julian allait commencer à me trouver compétente.

Une fois les jurés libérés, les gardes réveillèrent Keith. En le regardant marcher vers la liberté, je sentis l'aiguillon du malaise me piquer. Pendant combien de temps le Valium ferait-il effet ? Cependant, « notre rôle n'est pas de demander pourquoi, mais de défendre, accuser, plaider et mourir ».

Je m'autorisai à regarder du côté de Giles, mais il

était déjà parti. C'était plutôt un soulagement. Venait maintenant le grand moment. Je me tournai pour jouir des louanges de Julian ; à ma grande horreur, il se levait pour partir lui aussi.

– Écoutez, j'ai beaucoup à faire, expliqua-t-il en rangeant ses affaires. Alors je me dépêche. Nous nous reverrons, sans aucun doute. Ah, et faites bien attention sur la route.

Il me tapota joyeusement le bras.

J'avais l'impression que je venais d'acheter une paire de chaussures en solde et que je me rendais compte qu'elles ne m'allaient pas. Ce n'était pas le scénario de l'après-triomphe que j'avais envisagé. Julian aurait dû être en train de me porter aux nues, et les lauriers devaient me tomber sur le front. La moindre des choses aurait été de filer chez Benjamin Stillingfleet pour commenter les passages les plus glorieux de ma plaidoirie sur une barrique de vin.

Il m'aurait giflée que ça n'aurait pas été pire.

– Mais, mais, mais... Vous ne pouvez pas partir, bafouillai-je.

Je me demandais où s'étaient envolées mes prouesses d'oratrice.

– Je suis désolé, dit-il en riant. C'était vraiment bien. Pas de doute, je referai appel à vos services.

« Merci bien, pensai-je. J'attends ça avec impatience. Votre générosité défie toute compréhension. » Était-ce vraiment mon but dans la vie ? Qu'on fasse appel à mes services ?

Il fit quelques pas vers la sortie.

– Eh, attendez une minute ! dis-je pour gagner du temps.

Je cherchais l'invitation qui avait brûlé la poche de ma veste toute la matinée.

– On va faire une soirée, annonçai-je en lui tendant la carte.

Il la lut, un sourire désabusé sur les lèvres.

– Merci, fit-il en me regardant avec un intérêt accru. Oui, je n'ai rien de prévu. On se verra ce soir-là, alors.

– Je m'en réjouis, dis-je aussi platement que possible.

Mais en m'écoutant parler, ça ressemblait plus à un « oui, je le veux ».

– Sam et Charles y seront ? demanda-t-il.

Fantastique ! pensai-je. Moi, je suis Yvette, mais elles, elles ont la chance de ne pas se faire écorcher leur prénom. C'est la semaine du je-me-fous-de-l'ego-d'Evelyn, ou quoi ?

– Évidemment, elles seront là, répondis-je d'un ton sec.

– Elles sont super ! s'exclama-t-il.

– Elles sont homos, fis-je remarquer d'un ton plein de sous-entendus.

– Oh, j'avais compris, dit-il en riant.

Puis il sourit, d'un sourire qui m'obligea à croiser les jambes pour empêcher mon utérus de dégringoler par terre. J'étais folle de cet homme, et c'était sans recours. « Et s'il faisait encore appel à mes services ? criaient mes hormones. Quand il veut ! »

Une petite voix intérieure me souffla que ce n'était pas ce qu'avait voulu dire Camilla Paglia quand elle affirmait que le pouvoir de la femme résidait dans sa sexualité. J'entendais les suffragettes se retourner dans leur tombe. Je savais que j'aurais dû courir dans la direction opposée, hors de la zone dangereuse des sentiments que j'éprouvais pour cet homme.

Apparemment, il me trouvait aussi appétissante qu'une glace en plein hiver, alors qu'il pensait que Sam et Charles étaient super. Ce qui se traduit grossièrement par « même un couple de gouines est plus séduisant que toi, femme dont je n'arrive pas à retenir le prénom ».

Mais c'était inutile. « Je te veux » était imprimé en braille sur tout mon visage.

15

Extravagants et fous sont les hommes !

J'arrivai à la réunion du cabinet quelques minutes en retard. Un silence de pierre m'accueillit, comme si j'assistais à mon propre enterrement. Tout le monde avait l'air très gêné, sauf Candida. Elle était assise au fond de la pièce, emmitouflée dans son nouveau manteau en fourrure de bébé phoque.

– Désolée, Evelyn, nous avions pensé que vous aviez oublié la réunion, miaula-t-elle comme une chatte qui a encore du lait plein les moustaches.

– Je comprends, murmurai-je sans conviction.

– Nous nous demandions si vous aviez pensé à notre soirée d'été ? expliqua Graham, un des spécialistes du droit européen.

Pensé ? Seigneur Dieu, j'avais organisé une grande fête qui changerait à tout jamais la vision des petites soirées mornes de notre cabinet. J'allais faire de l'effet. J'avais transpiré des semaines pour que cette soirée soit la plus belle que le 17, Pump Court ait jamais connue. J'allais me faire un nom.

– J'espère avoir fait un peu plus que d'y penser, Graham, commençai-je. Je crois que je peux avancer que l'organisation est déjà...

– Bien sûr, si j'avais eu le temps, je m'en serais occupée, interrompit Candida. Mais avec tout le travail que je rapporte au cabinet, je n'ai même plus de vie privée. (Elle regonfla sa choucroute d'un geste las.) C'est tout moi, ça ! conclut-elle en riant avec philosophie. Une femme qui fait passer sa carrière avant tout.

« Et pardon, qu'est-ce que je suis, moi, alors ? pensai-je. Ton eunuque, peut-être ? »

– Par ailleurs, poursuivit-elle, je pense qu'il est préférable de laisser l'organisation de ces soirées aux plus jeunes membres du cabinet, car ils ont du temps. J'espère que vous ne négligez pas l'incendie criminel que je vous ai confié, avec toutes ces recherches dans l'industrie du divertissement, Evelyn.

Je sentis ma confiance en moi se dérober sous mes pieds comme une paire de chaussures à semelles compensées Vivienne Westwood. Je voulais dire quelque chose de mordant et d'intelligent. Je voulais lui arracher les yeux avec mon esprit. Mais je restais sur ma chaise comme le jour où Mandy Maddocks avait dit à sœur Conchilio que j'avais essayé de l'inciter à avorter.

– Bon, si c'est réglé, interrompit Vincent Felton, j'aimerais revenir au problème des commissions, si vous voulez bien.

Vincent, que nous appelions irrespectueusement Vinny, s'efforçait de faire des économies.

Vinny aurait dû être nommé avocat de la Couronne dix ans plus tôt, mais ses normes personnelles d'hygiène n'étaient pas à la hauteur. Alors il s'imposait en essayant de révolutionner le cabinet, de le faire entrer dans le XXe siècle, selon sa propre expression.

Il pensait qu'il fallait embaucher des employés administratifs et remplacer notre cuisine chèrement aménagée et bien approvisionnée par une cafetière électrique. Mais il voulait surtout se débarrasser de notre clerc d'avocat, Warren, qui exerçait autant de pouvoir que toute personne habilitée à signer des chèques au nom d'une autre personne.

Warren était clerc d'avocat au 17, Pump Court avant que ma mère ne vienne au monde. Il avait soixante-quatorze ans et il était infatigable. Particulièrement lorsqu'il s'agissait de dépenser l'argent du cabinet. Il se flattait d'être responsable du 17, Pump Court. En d'autres termes, Vinny et Warren se faisaient la guerre. Mais Warren avait préparé sa revanche. Il avait découvert que c'était Vinny qui vidait les piles de son poste de radio tous les week-ends quand il venait jouer sur les ordinateurs. Pour Warren, c'était la preuve qui étayait son témoignage.

– Oh, s'il vous plaît. Il s'agit seulement de quelques piles le week-end. Je ne vois pas en quoi c'est important, ricana Vinny d'un air méprisant.

– Ah, vous ne voyez pas, dit Warren en faisant la moue.

Il déplia son mètre quatre-vingt-dix fil de haricot. Il savait que l'humeur des participants était fortement défavorable à l'arrogance de cet homme qui ne voyait pas pourquoi il fallait se laver tous les jours.

– Vous feriez peut-être mieux de balayer devant votre porte avant de vous attaquer à ma paye, poursuivit Warren. Charité bien ordonnée, etc.

– Vous avez raison, Vinny, ajouta Duncan.

Où il y avait des problèmes, il y avait la petite cuillère de Duncan en train de les remuer.

– Oh, pour l'amour du ciel, je les paierai, ces satanées piles, si c'est comme ça. Vraiment ! soupira Vinny d'une voix nasillarde.

Warren tendit la main.

– Allez ! Quatre piles par week-end, ça fait deux livres par semaine, sur dix-huit ans... Allez ! insista-t-il.

Il avait le même regard déterminé qu'au dernier arbre de Noël, deux heures avant qu'on ne le retrouve paralysé sur le siège des toilettes, le pantalon sur les chevilles.

Vinny regardait la main de Warren comme s'il s'agissait d'une absurde plaisanterie. Il rit d'un air dégagé, espérant que nous en fassions autant. Mais nous savions où résidait notre intérêt.

Nous scrutions la main de Warren, attendant qu'il se passe quelque chose.

– Eh bien, vous ne pensez tout de même pas que je vais les payer, ces maudites piles, non ? dit-il en riant, l'air mal à l'aise.

Il nous cherchait du regard. Mais personne ne tournait les yeux vers lui.

– Allez ! Vous venez de dire que vous le feriez il n'y a pas deux minutes, remarqua Alistair Robbins-Brown en jetant un coup d'œil à Duncan.

La relation sexuelle qui existait entre ces deux-là était de notoriété publique.

– C'est vrai. Devant témoins, ajouta Duncan.

– Oh, vraiment, où allons-nous ? Comment deux adultes intelligents peuvent-ils se chamailler pour de pareilles broutilles ! interrompit Candida de sa manière impérieuse. Je pense que nous avons des choses plus importantes à discuter aujourd'hui que des piles de transistor.

Vinny se laissa tomber sur son siège d'un air soulagé.

– Comme cette épouvantable Gabby, par exemple. Oui, aucune femme ne peut se sentir en sécurité ici avec cette petite demoiselle qui se promène dans tout le Temple habillée en courtisane. Je n'ose pas imaginer les idées que ça peut donner aux hommes. Je suis sûre qu'Evelyn est d'accord avec moi, n'est-ce pas, Evelyn ?

Elle me décocha un regard de mise en garde, après avoir compris que j'étais sur le point de faire remarquer que les hommes n'avaient pas attendu de voir le ventre de Gabby pour avoir des « idées », mais Warren me sauva la mise en venant à la rescousse de Gabby. Warren n'était pas immunisé contre les mystères qui entouraient la boucle d'oreille au nombril de Gabby.

– Je trouve que c'est un peu exagéré, mademoiselle Raphael. C'est une bonne petite réceptionniste, notre Gabby.

Un grognement général d'assentiment se fit entendre dans l'assistance.

Mark Sidcup, généralement silencieux sur ces thèmes, rejoignit l'équipe de sauvetage.

– Et en plus elle parle allemand, ajouta-t-il d'un air

mystérieux. Sa mère était autrichienne. Elle a déchiffré des messages codés pendant la guerre, elle m'a dit.

Notre directeur adorait l'allemand.

– Pour le compte de qui ? marmonna amèrement Candida en secouant sa choucroute.

Notre directeur lui sourit avec déférence. Il avait l'habitude qu'on lui parle sur un ton de vétérinaire bourru en train de corriger la démarche d'un teckel récalcitrant.

Les discussions mesquines et sans intérêt se poursuivirent encore pendant une demi-heure. J'essayai en vain de passer à autre chose en promettant une lumineuse nuit de festivités mais, à vrai dire, tout le monde s'en fichait. Pour eux, la soirée du cabinet n'était guère qu'un exercice relationnel d'une efficacité douteuse, une noblesse oblige dont ils auraient très bien pu se passer.

Pour moi, cette soirée était très importante. J'avais parfois l'impression de ne pas exister pour eux, comme s'il y avait une conspiration contre moi pour me rendre invisible. Si surprenant que cela puisse paraître, seule Candida me donnait du travail, mais j'avais tout de même l'impression qu'elle laissait l'étiquette du prix sur les dossiers qu'elle me transmettait. Pour une femme qui me détestait à ce point, pourquoi tenait-elle tellement à me faire entrer dans ses confidences et à me donner des fragments de sa pile de dossiers ? Sans elle, j'aurais été perdue.

Warren me proposait de temps en temps un cas d'exhibitionnisme ou de vol à l'étalage, mais la plupart du temps j'étais invisible à leurs yeux. Pour moi, cette soirée était une façon de me faire remarquer. J'étais très naïve, à l'époque.

Je n'avais négligé aucun détail pour la fête. Pas de biscuits secs, ni de fromage ni de mousseux californien. J'avais engagé de superbes garçons pour servir du Moët et Chandon et des canapés, et mon coup de maître résiderait dans la musique de fond jouée par The Hothouse Jazz Quartet.

D'accord, je sais que ce n'est pas d'une originalité à faire frémir l'épine dorsale, mais, dans un endroit comme le 17, Pump Court, on ne peut pas fonctionner avec l'élégance d'un taureau qui fonce tête baissée. J'allais aborder la chose avec la ruse d'Ulysse et me frayer un chemin dans leur affection sous le déguisement qui leur était familier : la classe. Je n'espérais pas grand-chose, juste un dossier de temps en temps.

Warren était à mes côtés. Il puisait son sens de la fierté dans nos procès et, en plus, la perspective de dépenser l'argent du cabinet était chère à son cœur. Il m'avait encouragée à prendre ce que cet argent pouvait offrir de mieux en matière de réception, pour qu'on oublie un peu sa propre extravagance, j'imagine.

Deux heures plus tard, nous nous dirigions à la queue leu leu vers le guichet de réception, épuisés par nos conversations vaines. Gabby était barricadée à son poste par une création florale si vaste et si variée que je m'effondrai d'adoration. Julian s'était enfin réveillé !

Je souris coquettement, puis rougis.

– Regarde voir, dit Lee en sortant de son bureau. C'est pour qui ?

– Eh ben, je... murmurai-je timidement.

La voix étouffée de Gabby sortit des fleurs.

– C'est pour Mlle Raphael. De la part d'un monsieur de Monaco.

Candida nous montra alors un talent que le petit amateur de théâtre dramatique de banlieue reconnaîtrait entre mille.

– Ah, quel grand fou ! Follement extravagant, comme toujours.

Elle leva les yeux au ciel et tendit ses bras vers les fleurs.

– Lee, emportez-les dans mon bureau, s'il vous plaît. Je ne pense pas que Gabby ait envie d'étouffer sous les orchidées exotiques alors qu'elle essaie de travailler.

Elle voulait dire que les orchidées exotiques n'avaient

pas leur place dans la vie de cette épouvantable Gabby. C'était tout à fait elle, ça : même ses attentions ressemblaient à une fatwah.

– Oh, ça ne me dérange pas, répondit Gabby. J'aime beaucoup ces fleurs-là. C'est comme si j'étais en vacances.

– La chère petite, gazouilla Candida comme une grande dame qui ferait la charité à un malade du sida. Je me demande bien où vous passez vos vacances, vous !

S'il n'avait tenu qu'à elle, les Gabby de ce monde n'auraient jamais eu de vacances.

Je me dis que le moment était venu de sauver l'épouvantable Gabby.

– Candida, je pourrais vous parler une minute ? demandai-je.

– Mais bien sûr, Evelyn. Je dois juste passer un tout petit coup de fil au duc pour le remercier, ce grand fou extravagant. Mais je viens vous voir dès que je peux.

Cinq minutes plus tard elle fit irruption dans mon bureau, sans frapper comme à l'accoutumée, alors que je rêvais encore à Julian.

– Alors, ma chère, en quoi puis-je vous être utile ? demanda-t-elle, ruisselant d'ornements dorés comme les joueurs de tennis ruissellent de sueur.

– Ce n'est pas grand-chose, mais... pour être tout à fait honnête, Candida, vous avez éveillé ma curiosité au sujet de Julian, hier.

– Julian ? fit-elle.

Je la regardai passer mentalement en revue la longue liste de ses prétendants.

– Julian Summers, vous savez, l'avocat ? soufflai-je. Votre ami Max m'a vue avec lui hier à Old Bailey. Vous avez dit qu'il y avait quelque chose que je devais savoir ?

– Ah, lui ? Vous ne vous intéressez pas à un avocat, tout de même ? demanda-t-elle en crachant le mot avocat comme une dent branlante.

– Non, bien sûr que non, mentis-je.

Le problème, avec la luxure, c'est que ça vous oblige à pécher encore plus que tous les péchés véniels.

– Non, bien sûr, répéta-t-elle avant de m'adresser un regard lubrique et malicieux comme des marins qui échangent des histoires cochonnes.

Je dois dire que ce regard me parut étrange sur le moment, mais je l'ignorai, impatiente d'en savoir plus sur le mystère Julian.

– Enfin, vos affaires ne regardent que vous, Evelyn, déclara-t-elle en bâillant. Vous savez comme tout le monde à quel point je déteste les racontars, mais comme cette histoire a fait le tour du Temple, je ne vois pas quel mal cela peut faire...

Puis il arriva. Mon bouquet. Pas aussi grand, ni aussi coloré, ni aussi exotique que celui de Candida, mais, quand Gabby me l'apporta, je trouvai que les fleurs criardes de Candida faisaient vulgaires comparées au charme sophistiqué et discret de ma douzaine de roses blanches dans leur papier de parchemin ivoire. Julian s'était enfin décidé. Comment avais-je pu douter de lui ?

Candida fit sortir Gabby comme elle était sans nul doute habituée à le faire avec les femmes de chambre de l'hôtel George-V à Paris. À mon grand mécontentement, elle s'empara de la carte de visite d'un geste accapareur et lut :

> *Félicitations*
> *pour ton succès.*
> *Ce fut un honneur de se battre contre toi.*
> *Giles.*

16

Quelque chose remuait en moi...
mon cerveau, peut-être ?

C'étaient les bonnes fleurs, mais pas le bon mec.
Pourquoi faut-il que les hommes se trompent ? Les roses
blanches servaient de carte de visite à Giles. Il les dis-
tribuait à ses amis et à sa famille comme des aumônes
aux mendiants, ce qui en dit long sur la pauvreté de son
imagination. Elles arrivaient par douzaines ou à l'unité,
mais elles étaient toujours blanches. La dernière fois
qu'il m'avait donné une rose blanche, c'était la dernière
fois que j'avais couché avec lui.

M'en envoyer une douzaine était en quelque sorte sa
manière de me dire « soyons amis ». Mais, comme disait
Grand-Mère, « ne te raccroche pas à une chaussette
dépareillée ».

Il était temps de se tourner vers l'avenir. Le passé
était mort. D'accord, Giles semblait être l'homme idéal
au début, mais ce n'était qu'une mascarade. Il rabattait
le siège des cabinets, il aimait faire les magasins... Tout
cela n'était qu'un minutieux stratagème.

Il ne se plaignait jamais quand je le traînais le long
de Bond Street pour essayer des vêtements que je ne
pouvais pas me payer, mais tout ça, c'était juste pour
que je ne me méfie pas. Un jour, il m'avait acheté une
robe de chez Versace pour mon anniversaire et c'était

ma taille, ma couleur préférée, tout, quoi ! Il avait peut-être de bons côtés, finalement.

Il n'en était pas moins salaud pour autant. Un salaud tapi dans son coin, attendant le moment de bondir. Les premiers signes avaient commencé à se manifester au moment où nous avions envisagé de vivre ensemble à Londres. Je passais mes examens finaux. Il venait d'être engagé dans un cabinet d'avocats. Notre avenir se dessinait comme une rivière harmonieuse mais, déjà à ce moment-là, il y avait le long de la rive une digue cachée qui menaçait de s'effondrer.

Mon départ du jardin d'Éden me fut annoncé un vendredi soir en rentrant des travaux pratiques. Giles m'avait laissé un message pour me demander de ne pas venir à Londres ce week-end, car il devait rédiger ses notes pour un gros procès.

Une incroyable envie de faire l'amour annulée à cause de ses notes ? Mince, alors ! Je passais les examens les plus importants de ma vie, qui demeureraient gravés dans mon dossier jusqu'à la fin de ma carrière, et pourtant j'étais prête à subir l'enfer de la British Rail pour être avec lui ! Ça me fit l'effet d'un licenciement injustifié.

Dévastée, je pris la chose stoïquement et passai le week-end à me teindre les cheveux dans des coloris qui n'allaient pas à mon teint, et à boire du vin dans des quantités qui n'allaient pas à mon foie.

Le week-end suivant, je descendis à Londres ; Giles se montra bizarre. Il était venu me chercher à la gare comme d'habitude, mais il avait refusé que nous allions chez lui. Il m'avait raconté une histoire complètement dingue, que son propriétaire venait de repeindre l'appartement et qu'il ne voulait pas que je respire les vapeurs de peinture. Avais-je un écriteau collé dans le dos qui disait « attention étrangère idiote » ou quoi ?

Nous étions allés au cinéma, au théâtre et dans plusieurs boîtes de nuit, alors que tout ce que je voulais, c'était rentrer et dormir.

Après deux autres week-ends d'excuses à la je-nepeux-pas-t'emmener-chez-moi-parce-que, je fis ce que toute femme aurait fait dans pareille situation. Je culpabilisai. Étais-je en train de perdre de mon charme ? Mon vagin sentait-il mauvais ? Une mycose, peut-être ?

Je me rendis donc de ce pas à la clinique de Well Women pour exiger un examen minutieux, avec la plus grande invention en matière d'instruments de torture misogynes : le phallus-écarteur en inox. Le vendredi suivant je reçus les résultats – tout était normal – en même temps qu'un dernier message de Giles me disant qu'il travaillait sur un procès et qu'il ne pouvait pas me voir.

Je l'ignorais à ce moment-là, mais j'étais assise dans le noir pendant qu'un peloton d'exécution était en train de viser. Les signes lumineux EN JOUE, FEU ! clignotaient tout autour de moi, portant je gardais mon bandeau sur les yeux.

– Pourquoi ne viens-tu pas à Oxford ? avais-je demandé.

– Parce que je suis débordé de travail, avait-il répondu.

« Oh, et puis merde », m'étais-je dit en prenant le train quand même. Je me persuadai qu'il serait content de me voir. Le renoncement ne faisait pas partie de mon répertoire.

Il faisait chaud et lourd, ce soir-là – un temps érotique. J'étais droguée d'adrénaline jusqu'aux yeux et le voyage n'en finissait pas. Le train était rempli d'amoureux en train de se dévorer le visage. Tandis que nous traversions l'obscurité dans un bruit de cliquetis, j'eus l'impression étrange que j'allais dérailler et sortir de la voie de l'innocence. Quelque chose remuait en moi... mon cerveau, peut-être ?

Le temps que j'arrive chez lui, il était minuit. Depuis un moment, j'imaginais que j'allais me déshabiller en silence, me glisser dans son lit et le sucer jusqu'à la cervelle.

Sa maison était plongée dans l'obscurité, mais il y avait toujours une clé sous une dalle de ciment derrière, dans le jardin. Giles s'était peut-être endormi sur ses notes, me berçai-je d'illusions. Nul n'est plus aveugle qu'une fille assise dans le noir les yeux bandés.

Le long du couloir, j'imaginais comment il réagirait. Mais à ce moment-là, même moi, j'arrivais à entendre le bruit des balles qu'on chargeait.

Mon corps était fermement calé entre celui des banlieusards qui rentraient sur Notting Hill en train. Le type en face de moi me souriait comme si j'étais un bol d'eau et lui un chien atteint de la rage. Règle un : faire comme si ça n'arrivait pas vraiment. C'est le problème de quelqu'un d'autre, et si on garde la tête baissée suffisamment longtemps, ça finira par passer. Il fallait considérer ça comme une expérience extracorporelle, parce que sinon, il y aurait eu de quoi traîner tous les salauds de ce train en justice. Ne regarder personne et garder les jambes bien serrées.

Je tenais les fleurs, les épines et le reste, contre ma poitrine – mon Dieu, pourquoi tant de douleur ? Il faisait si chaud que mon slip glissait. Et ce n'était pas le genre de lieu où j'avais envie de me retrouver cul nu. Je priais pour que l'IRA laisse la ligne tranquille ce jour-là. Je priais pour que les rails ne fondent pas et qu'aucun train n'ait besoin de réparations urgentes après avoir déraillé. Je priais, enfin, pour que notre train n'explose pas.

Je récitais toutes ces neuvaines en fixant le vide du tunnel. Sam et Charles avaient raison. Il était temps de faire une croix sur le passé. Giles était un salaud, mais ça ne voulait pas dire que je devais vivre comme si j'étais atteinte d'herpès vaginal.

Et je n'étais toujours pas près de connaître les cancans de Candida au sujet de Julian. Encore qu'elle n'était pas tellement réputée pour la justesse de ses témoignages et, ipso facto, il valait mieux que je n'en sache pas plus.

Une fois, dans un procès pour escroquerie, elle avait fait appel à un graphologue qui n'était autre que le frère de l'accusé. C'était le genre de femme à utiliser, faire et dire ce qui l'arrangeait. Mais je n'arrivais pas à oublier qu'elle semblait vouloir me mettre en garde contre quelque chose ; c'était comme une poussière dans mon vernis à ongles et je ne pouvais pas la recouvrir d'un coup de pinceau.

– Eh, vous, avec les fleurs ! appela quelqu'un.

Oh, mon Dieu, c'était le mec qui avait la rage, je le reconnaissais. C'était le vendeur de *Big Issues* et son fidèle chien au foulard.

– Je savais bien que je vous connaissais, vous. Alors, comment que ça va ? Un sacré coup que vous avez reçu, hier. J'ai tout vu, moi. Ce type, là, avec les cheveux blonds et les lunettes, il vous embêtait, hein. Je l'aurais cogné si vous me l'auriez demandé.

Tout le monde trouva subitement notre conversation passionnante.

– C'est très gentil à vous, monsieur...

– Jock. Appelez-moi Jock. Je ne crois pas aux noms de famille et tout ça.

Son visage bourru sourit. Il ne croyait pas non plus à la courtoisie, pensai-je lorsqu'il poussa brusquement le vieil homme assis à côté de lui pour faire de la place sur le siège. Il me fit signe de venir m'asseoir à ses côtés.

Je secouai énergiquement la tête. Le vieil homme désigna la place libre d'un geste rassurant. Mes voisins s'écartèrent pour me laisser passer. Je me rappelai à moi-même que ce n'était pas en train d'arriver. C'était juste une expérience extracorporelle.

– Ça va, je préfère rester debout, insistai-je.

Il haussa les épaules. Le vieil homme à côté de lui s'étira, retira son dentier et l'examina.

– J'ai tout de suite vu que vous n'étiez pas comme les autres, moi, expliqua Jock en me considérant avec ces yeux perçants qu'on a quand la réalité n'est plus qu'un lointain souvenir.

– Les autres ? demandai-je, déconcertée.

Tous les passagers regardaient autour d'eux.

– Eh ben... tous les autres, quoi. Vous êtes venue

comme ça et vous m'avez acheté toute la pile de *Issues*. C'est dingue, ça, dit-il en riant comme un dément alors que tout le monde détournait les yeux. Ça m'a fait plaisir. Enfin, en général je ne remarque pas les gens, quoi.

Mais que se passait-il ? Je me demandais qui j'aurais pu payer pour arrêter ça. Voulait-il que je lui achète plus de magazines ? Était-ce ce qu'il cherchait ? Je lui demandai si je pouvais acquérir un autre exemplaire.

Il me regarda comme si je faisais pitié.

– Le prochain numéro sort la semaine prochaine. Tiens, je vous en donne un autre, dit-il en fouillant dans son sac en plastique avant de ressortir un magazine. Allez, c'est offert par la maison.

– Non, s'il vous plaît, laissez-moi payer, insistai-je en cherchant désespérément mon sac à main.

Accepter la charité d'un homme comme Jock, qui dormait certainement dans une vieille couverture en polyester sous un porche était le dernier de mes souhaits. Mes revenus d'avocat commis d'office étaient peut-être maigres, mais j'avais ma fierté !

Il ne voulait rien savoir. Il passa le magazine au vieil homme qui avait toujours son dentier à la main. Je vis un fil de salive dégouliner sur la revue quand il la tendit au type à côté de ma voisine.

Mes pires craintes se réalisaient. Je saisis le journal du côté mouillé.

– Vous êtes des nôtres, maintenant ! déclara-t-il en se frappant la poitrine.

Fantastique, frères et sœurs de salive. J'essuyai ma main sur mon Dolce Gabanna.

– Des vôtres ? demandai-je stupidement.

Dans le wagon, chacun était plongé dans sa propre expérience extracorporelle zen. Personne n'aurait aimé rencontrer ce mec au coin d'un bois, qu'il se balade avec un couteau ou mains nues.

– Ouais, vous êtes pas comme les autres.

C'était un malade. Il fallait que je tombe sur un malade deux arrêts avant de descendre. « Beaucoup de choses peuvent arriver à une fille qui porte des bon-

nets D entre Gloucester Road et Notting Hill Gate »,
pensai-je. Je commençai à énumérer mentalement tout
ce qui pouvait arriver, de l'agression au meurtre. Le
mieux, c'était de ne rien dire. Mais Jock ne se décourageait pas si facilement.

— C'était votre façon de regarder.

Ça, je peux l'expliquer, me dis-je. C'était le regard
d'une femme qui a pris de l'ecstasy et qui a passé une
journée à Bailey, à défendre un homme qui conserve
des photos de son pitbull sous son prépuce.

J'avais envie de crier pour qu'un contrôleur me
vienne en aide. Je ne pouvais même pas dégager suffisamment ma jambe pour le frapper s'il le fallait. Mais
je me sentis encore plus mal quand le train s'arrêta à
High Street Kensington. Tout le monde descendit sauf
Jock, son chien, le vieil homme et moi.

Je m'assis à proximité de la porte et lui tournai le
dos. « Mais pourquoi n'as-tu donc pas pris un taxi ?
criai-je intérieurement. Parce que tu es fauchée, que tu
as un découvert de la taille d'une hypothèque et que tu
essaies d'apaiser ta culpabilité avant de craquer pour
les lunettes de soleil Agnès b. »

Une main se posa sur mon épaule.

— Je sais ce que vous voyez, par exemple. J'ai le don
de double vue. Je sais ce que pensent les gens.

J'eus soudain l'impression d'être nue. Je voulais sortir tout de suite de cette conversation. Qu'est-ce qu'il
faisait dans ce train, pour commencer ? N'était-il pas à
la rue ? Le gros problème des sans-abri n'était-il pas
justement de n'avoir nulle part où aller ?

J'ai toujours eu une propension à attirer les Jock de
ce monde. Quand les autres gosses étaient suivis par
des chiens perdus, moi j'étais suivie par des clochards
et des vagabonds.

Une fois, j'avais monté une tente dans notre jardin
pour qu'un vieux clodo que j'avais découvert à côté du
port vienne s'y mettre à l'abri. C'était là que les yachts
mouillaient. « Il y a des gens qui paient des millions
pour avoir cette vue ! » avait crié mon père, épouvanté,

en composant le numéro de la police pour faire déguer-
pir le clochard. Et maintenant, c'était Jock. C'était mon
problème, ça, j'attirais les mauvais mecs.

– Je sais que vous êtes spéciale, murmura-t-il.

Je sentais son souffle dans mon oreille. Je regardai
mes pieds, sur lesquels son chien s'était endormi.

Le vieil homme remit son dentier.

« Pas question, discutai-je en moi-même, que Jock
installe sa couverture à Ladbroke Square ce soir. » Au
moment où le train arrivait en gare, je lui jetai les fleurs
dans les bras et courus. J'en avais assez des roses blanches, mais surtout j'en avais assez de tomber sur les
mauvais types.

Je remontai jusqu'à Kensington Park Road à la
vitesse où on avale un œuf cru pour soigner sa gueule
de bois. Après l'épicerie pakistanaise et le temple, il y
avait au moins une centaine d'Antillaises qui grouil-
laient dehors, parées de leurs plus beaux atours, comme
si elles attendaient le second avènement du Messie.

En arrivant à la station de taxis, je n'étais guère qu'à
une centaine de mètres de chez moi, mais je n'en pouvais plus et la tentation était trop forte. J'avais à peine
posé la main sur la poignée brûlante de la porte lorsque
je le vis. Je n'en croyais pas mes yeux : c'était bel et bien
Julian qui passait en voiture. Impossible de ne pas
reconnaître cette BMW bleu foncé.

– Suivez cette voiture ! criai-je.

Si Julian avait quelque chose à faire dans mon quartier, je voulais à tout prix savoir quoi !

Le chauffeur de taxi suivit mes instructions avec à
peu près autant d'enthousiasme que si je lui avais
annoncé une hausse des taux d'intérêt de l'immobilier.
Quand il se sentit enfin d'humeur à rouler, Julian était
déjà en train de se garer entre Leith et L'Artiste assoiffé.

– Laissez-moi ici, ça ira, dis-je au chauffeur qui
m'ignora et fila tout droit.

– Arrêtez ici ! implorai-je alors que nous dépassions
Westbourne Grove.

– Quoi ? fit-il en ouvrant la vitre de séparation.

– Arrêtez ici !

– Mais vous m'avez dit de suivre la voiture bleue.

– Oui, et elle vient de se garer là-bas, m'écriai-je.

Je me retournai et aperçus Julian. Il redescendait déjà le long de Westbourne Grove. Le chauffeur ralentit, puis s'arrêta. Je lui jetai cinq livres et partis en trombe.

Je courus vers le tourniquet à côté des toilettes chics de Piers Gough ; dans le quartier, même les toilettes publiques sont dessinées par des créateurs. Mais il n'y avait pas la moindre trace de Julian. Je me trouvais à un carrefour de ma vie : ma dignité était en jeu. Je pouvais soit abandonner cette folle quête maintenant et rentrer chez moi, soit aller chez Agnès b. à Westbourne Grove pour m'offrir les lunettes de mes rêves, et m'endetter un peu plus. Après tout, ce n'est pas tous les jours qu'une fille s'humilie aussi consciencieusement pour un homme.

Mais une petite voix intérieure m'indiqua que l'heure n'était pas à la dignité. La dignité, c'est fait pour se consoler quand on est vieux, disait toujours Grand-Mère. À vingt-quatre ans, j'étais trop jeune pour être digne.

C'est alors que je le vis chez le fleuriste. Encore des fleurs ? me demandai-je, pleine d'espoir. Je déambulai d'un pas nonchalant jusqu'à l'épicerie Tom Conran's Deli. Après tout, c'était mon quartier et j'avais tout à fait le droit d'acheter du prosciutto si tel était mon désir. J'en demandai une petite quantité sans quitter la rue du regard. Le jambon était déjà sur la balance quand Julian ressortit.

– Finalement je vais tout prendre, dis-je à la vendeuse hautaine qui me regardait comme si elle avait attendu toute sa vie de ne pas me servir.

– Vous avez dit cent grammes, renâcla-t-elle.

– Ben oui et maintenant je dis que je prends tout, expliquai-je.

Bon sang, il faut suivre, nénette.

– Vous voulez du light ? suggéra-t-elle.

Manifestement cette pétasse n'avait pas suivi de cours

sur le nouvel art du marketing. Les anorexiques ne proposent pas du « light » à des femmes un peu plus enveloppées qu'elles.

– J'ai l'air d'en avoir besoin ? défiai-je. Encaissez, d'accord ?

– Mais il y en a trois kilos, là-dedans ! aboya-t-elle.

– Et au moins trois mille femmes viennent d'attraper un cancer du sein depuis que vous chipotez, là. Alors, dites-moi juste combien ça coûte et laissez-moi sortir. En plus, je ne suis pas venue ici pour acheter ce putain de jambon, m'énervai-je.

– Ah bon ? ricana-t-elle.

– Non ! Oh, et puis merde.

J'abandonnai mon achat et sortis de l'épicerie en courant juste au moment où Julian se précipitait tête baissée sur Colville Road. Il portait le plus gros bouquet de roses rouge sang que j'aie jamais vu. Et non, ce n'était pas le genre de fleurs qu'on achète pour une grand-mère souffrante. C'étaient des roses couleur baisse-ta-culotte qui accompagnent généralement une coupe de champagne, des roses qu'on offre à un objet de désir. Et, la mort dans l'âme, je savais que cet objet-là, ce n'était pas moi.

Il ne manquait plus que ça ! J'avançais dans la séduction avec mes roulettes de débutante, et j'avais déjà une concurrente. Et dans mon quartier, en plus ! N'avait-il donc jamais entendu parler de discrétion ? Il tourna à Lonsdale Road et disparut à l'intérieur du Boom Boom, un pub très XXe siècle. Absolument évident. C'est alors que la première vague de honte me submergea.

Mais où avais-je la tête, pour filer ainsi mon confrère ? Qu'est-ce qui m'avait pris ? Il y a des gens qui vivent dans la crainte de gens comme moi. J'envisageai de rentrer à la maison. Honnêtement, j'y pensai, mais pas très longtemps car s'il avait une maîtresse dans mon quartier, je voulais savoir qui c'était, nom d'un chien. Comme je l'ai déjà dit, après deux ans dans le placard du célibat, je débordais d'exubérance. J'étais

132

prête à entrer dans ce bar comme un ouragan pour exiger un cunnilingus sur-le-champ.

Le bar était grand et bruyant, en forme de fer à cheval, avec des écrans de télévision partout. Les gens étaient debout dans la pénombre, l'air tranquille et indifférent, absolument pas tels que la génération des années soixante avait dû les imaginer. C'était comme si le temps s'était arrêté, et que seule la technologie avait changé. L'air cool intraveineux, cool en pleine face, cool par le nez et cool par les oreilles. Ils étaient tous très jeunes et je me sentis vieille tout à coup. À la dérive, loin de ma génération.

J'avais le choix entre tourner à droite ou à gauche, mais finalement je fis trois ou quatre tours de piste, un peu plus frénétiquement chaque fois, sous le regard critique de la génération pas si moderne que ça.

Je ressentis la même impression que le jour où je m'étais perdue dans le centre commercial de Counterpoint à Sydney et que j'avais fini au milieu des articles kitsch et polyester de chez Katies. Ma mère était tellement gênée qu'elle a failli me renier. Si je devais me perdre, autant que ce soit dans les allées de marbre de chez David Jones, au moins.

Il n'y avait pas la moindre trace de Julian. Et c'est alors que je pris subitement conscience de la situation. Je traquais une proie qui était à deux doigts de me découvrir. Il avait dû monter à l'étage, ce qui voulait dire qu'il était sur la terrasse, ce qui voulait dire qu'il me verrait ressortir du bar.

Je me collai le menton sur la poitrine et courus. En sortant du bar, j'entendis qu'on m'appelait depuis la terrasse et un serveur se rua derrière moi dans la rue.

– Madame, madame ! Vous avez perdu une chaussure.

17

Son expression était la même que le mois dernier,
quand elle s'était fait un cocktail speed-champagne

En arrivant chez moi, je fus vraiment contente de découvrir qu'il n'y avait personne. Quand on voit partir en fumée deux cents livres de chaussures Gucci, on se passe volontiers de public. J'avais aussi râpé le pied d'un de mes bas en rentrant à la maison, mais ça ne me contraria pas autant que cette histoire de fleurs. Julian avait donc une autre femme ?

Nous ne sortions même pas encore ensemble et déjà il me trompait ! Et avec une fille de mon quartier, en plus ! Je me fis une vodka tonic et m'installai sur le balcon qui surplombait le square. Nous avions passé une bonne partie de nos soirées d'été sur cette étroite terrasse perdue dans la débauche de couleurs du jardin privé de l'immeuble. Après une journée de travail, il y avait quelque chose d'humanisant à regarder les vieilles femmes promener leurs chiens de poche et les enfants jouer à cache-cache entre les chemins herbeux et les buissons.

Je faillis retourner à l'intérieur pour attaquer les caprices de ma garde-robe, vous savez, le programme en trois étapes visant à se faire un look équilibré. Primo, jeter tout ce qu'on n'a pas mis depuis deux ans (même la minijupe écaille de serpent Morrisey Edmondson ?

Aïe ! Sûrement pas !). Secundo, jeter tout ce qui n'est pas à la bonne taille (c'est-à-dire à peu près quatre-vingt-dix pour cent de mes affaires, mais je me suis promis qu'un jour je mettrais du 36). Tertio, jeter tout ce qu'on a plus qu'en double (comme les quatre-vingt-six petites robes noires, certainement, tiens !).

Sam fit irruption dans mes méditations dans un froissement de sacs Mothercare.

– Evvy, tu as vu ? Regarde ce que j'ai acheté !

Je posai mon verre et regardai, comme seule une véritable amie peut regarder les instruments et les engins destinés à pendouiller et à danser au-dessus du berceau des bébés.

– Oh, mon Dieu, mais qu'est-ce qu'il a, ton pied ?

Je le fourrai sous mon derrière.

– Rien.

– Merde, il a une gueule à être passé dans le vide-ordures.

– On peut parler d'autre chose ? suppliai-je. C'est sympa, tes trucs, là, dis-je pour détourner la conversation.

– Sympa ? fit-elle d'un air déçu. C'est fait pour stimuler, ronchonna-t-elle en se laissant tomber dans le sofa.

Elle portait une de ces robes de grossesse informes affublées d'un absurde nœud sur le devant

– La stimulation, c'est sympa, commentai-je.

– P'têt', soupira-t-elle comme un juré fatigué qui cède devant la force de la majorité. Je pensais les pendre au-dessus de notre lit pour les tester, en quelque sorte. Tu vois, quoi, histoire de se mettre sous le même angle que le bébé.

« Les bébés veulent-ils que les adultes se mêlent de leur angle ? » me demandai-je.

– À ton avis, qu'est-ce qu'elle va en penser, Charles ?

Elle me regarda comme si je venais de la traiter de grosse gouinasse poilue.

– Elle est cool, Charles. Elle veut ce qu'il y a de mieux

pour le bébé, remarqua-t-elle en me faisant comprendre que ce n'était pas mon cas.

– Mais moi aussi, Sam. Je suis celle qui doit fournir la matière première, tu te rappelles ?

– Je sais, Evvy. Je suis désolée, mais... Euh, tu vois... c'est mes hormones qui me foutent en l'air.

Je trouvai ça un tantinet inquiétant. Oui, si Sam était comme ça avant la grossesse, alors qu'est-ce que ses hormones allaient faire une fois qu'elle serait enceinte ? Cette affaire de maternité devenait de plus en plus dangereuse. Je lui tendis mon verre, mais elle recula, bouche ouverte et souffle coupé.

– Evvy ! Tu n'as pas l'air de te rendre compte de l'effet que l'alcool peut produire sur un fœtus. Tu n'as jamais entendu parler du syndrome de l'alcoolisme chez le fœtus, ma parole ! Tu veux que notre bébé ressemble à ça le reste de sa vie ?

Son expression était la même que le mois dernier, quand elle s'était fait un cocktail speed-champagne.

– Mais tu n'en as pas encore, de fœtus, Sam ! expliquai-je.

Il fallait bien que quelqu'un lui remette les idées en place. Sa conception de la réalité avait grand besoin qu'on lui dise ses quatre vérités.

– Pas encore, mais je me prépare. Un corps sain fabrique un fœtus sain.

Je me resservis une triple dose et l'engloutis cul sec. La perspective de ce gamin commençait à m'inhiber sérieusement, et ce n'était même pas encore un zygote. Non que je n'aime pas les enfants ; je les adore. J'aime bien jouer à l'avion, me rouler par terre avec eux, faire des bulles et des grimaces pour les amuser. Mais parlez-moi de bébé, et je cours me réfugier dans les pages de *Vogue*.

Quand j'entends le mot fœtus, moi je pense accouchement, vergetures et baby-blues. Je pense couches et caca, vomi sur l'épaule, et je me mets en mode contraception. Je sais que mon A.D.N. devrait réclamer des enfants à cor et à cri, puisque je suis une femme. Il les réclame d'ailleurs, à condition que ce soient les enfants des autres. Avec des nounous, de préférence.

Ce sont les changements dégoûtants du mode de vie imposés par la maternité qui me semblent pénibles à supporter. Une fois, tout à fait sérieusement, ma sœur m'a demandé de changer la couche de mon adorable neveu.

– Le changer ? m'étais-je écriée, aussi interloquée que la bégum à qui l'on demande d'attacher toute seule son collier de rubis et de diamants. Je viens de me faire les ongles, tu veux rire ?

Charles entra. Elle embrassa Sam sur la joue, jongla un peu avec les petites peluches et se tourna vers moi.

– Alors ?

– Alors quoi ? demandai-je, pensant qu'elle parlait des mobiles. Ouais, ils sont mignons, hein ! gloussai-je.

– Ton procès, idiote ! Comment ça s'est passé ?

– J'ai gagné, dis-je sans enthousiasme.

– Non ! C'est génial, ça, Evvy. Ça mérite du champagne ! J'en ai acheté hier au cas où, mais vu les circonstances j'ai pensé que, enfin... Sam, tu veux bien aller le chercher, ma chérie, je crois que je vais m'écrouler. J'ai passé une journée éprouvante au tribunal, grogna-t-elle en balançant ses jambes moulées dans des bas noirs sur la chaise-vulve.

Sam se leva pour aller chercher le champagne.

– Dur, hein ? compatis-je.

– Ouf, la journée est finie, c'est tout ce que je peux dire. Oh, Evvy, ces jumeaux millionnaires... tu n'en reviendrais pas. Je t'ai déjà parlé d'eux, tu t'en souviens ?

– C'est ceux qui étaient poursuivis en dommages et intérêts après avoir fait expulser ce couple par erreur ?

– Ouais, c'est ça. Les frères Bigg ! Incroyable ! Aucune décision judiciaire n'avait été prise, tu te rappelles ? Ils avaient chargé leur homme de main de balancer dans la rue les affaires de ces pauvres gens pendant qu'ils étaient au travail. Évidemment, tout a été volé. Mais rien de neuf là-dedans. Ils devaient payer des dommages et intérêts, et maintenant ils font appel. J'ai dit à l'avocat que l'appel était sans espoir depuis le départ. Mais je les ai quand même rencontrés aujourd'hui pour discuter du procès, qui doit avoir lieu la semaine prochaine, et ils m'ont virée ! Tu te rends compte ? Juste parce que je leur ai dit ce que j'étais professionnellement obligée de leur dire ? Excuse-moi, je parle, je parle... Et toi, comment ça s'est passé ?

Je lui racontai tout. Keith qu'on avait gavé de tranquillisants, le curé qui était bourré et les deux autres qui avaient raté leur témoignage.

– En gros, le ministère public m'a apporté le verdict sur un plateau. En tout cas, tu ne vas pas en revenir : Giles a envoyé des fleurs au bureau. Ah, j'ai oublié de te dire, au fait. C'était lui, l'avocat général.

Sam revint avec la bouteille de Veuve-Clicquot et la tendit à Charles avant de farfouiller dans ses sacs Mothercare pour en ressortir un machin qui ressemblait à un gymnase Looney Tunes.

Charles ne lui prêta pas attention.

– Tu rigoles ? Oh, Evvy, c'est vraiment terrible. Heureusement que tu as gagné, alors. Pourquoi tu ne nous l'avais pas dit ? Mais attends, il t'a fait envoyer des fleurs, tu as dit ? Il avait joint une carte ?

– Félicitations, c'est tout.

– Les choses prennent une autre tournure ! C'est vraiment gentil de sa part, Evvy. Il ne peut pas être si mauvais que ça, s'il t'envoie des fleurs ! s'exclama-t-elle.

Ce n'était pas ce que j'avais envie d'entendre – mon ex-gros-salaud qualifié de gentil.

– Pour l'amour du ciel ! Les pédophiles achètent bien des bonbons ! lui rappelai-je.

– Je pensais qu'on pourrait peut-être accrocher ça au-dessus de notre lit, interrompit Sam.

Elle me faisait penser au Blob, avec sa robe immense. Était-ce réellement la sombre bombe des boîtes de nuit avec qui j'habitais depuis deux ans ? La svelte punk que j'avais rarement vue porter autre chose que du plastique, du cuir ou des paillettes le week-end ?

Charles dut penser la même chose. Elle regardait Sam comme si elle venait de proposer de faire une orgie avec le jardinier.

– Mais pourquoi ? demanda-t-elle d'un ton agacé.

– Pour voir comment ça fait, tu sais, pour le bébé.

Charles finit par déboucher le champagne et posa la bouche au-dessus du goulot pour attraper la mousse.

– Arrête un peu, Sam. Si je veux un gamin, ce n'est pas pour étudier la psychologie enfantine. Et je ne veux pas que ce truc me tombe sur la tête en pleine nuit, lança-t-elle dans un crachouillis de bulles. Calme-toi un peu, avec ça. Attends au moins d'être enceinte. Tu veux bien aller chercher des verres, s'il te plaît ? Il y a autre chose à célébrer.

« Alors, comme ça, Giles-le-gros-salaud t'a envoyé des fleurs ? Des fleurs comment ? demanda-t-elle après une gorgée de champagne.

– Des roses blanches.

– Oooh, Evvy, fais attention. Il repart à l'attaque !

– Eh bien, il ferait mieux de chercher une autre victime, cette fois, répondis-je sèchement. Je ne lui donnerais même pas l'heure, à ce salaud.

Sam revint avec les verres. Les filles se regardèrent. Je voyais bien qu'elles avaient peur que le discours sur « les hommes attachés au sommet de la montagne » ne fasse son come-back.

Sam s'empressa de juguler l'hémorragie.

– Tout à fait, Evvy... C'est un salaud. Ce Julian est tellement mieux, de toute façon.

Mais je savais ce qu'elle pensait vraiment. Julian était une éventualité à ne pas négliger en ce qui concernait le don de matière.

– Et alors, elles sont où, ces fleurs ? demanda Charles en regardant dans l'appartement tandis qu'elle servait le champagne.

– Je les ai données à un mec dans le train. Il vend des *Big Issues* devant la station de métro du Temple. Et devine qui j'ai vu ?

– Julian ? sifflèrent les filles.

Elles ne bougeaient plus, attendant la suite comme deux papas curieux.

– Il tenait un gros bouquet de roses.

Elles haussèrent les sourcils.

– De belles roses rouges, dis-je d'un air boudeur. Et je ne crois pas qu'elles étaient pour moi.

Mais nous fûmes interrompues par la sonnerie de la porte. Sam et Charles se levèrent toutes les deux pour aller ouvrir. Pendant ce temps, je regardais les amoureux se bécoter sur les chaises commémoratives du jardin. Je me sentis soudain seule et désespérée.

Je n'oublierai jamais la douceur poisseuse du Chanel n° 5 dans l'air. Je n'arrivais toujours pas à croire qu'il avait fait ça. Cette fille allongée sous la couette que nous avions achetée ensemble chez Habitat. Ça me faisait toujours mal. J'étais restée un moment à la regarder. J'avais plissé les yeux pour mieux y voir dans la faible lumière projetée par le réverbère. Mais j'avais fini par distinguer la silhouette de Boucle-d'Or dans son lit. Ses longues mèches blondes couraient possessivement sur l'oreiller.

Son beau visage blanc décoloré ressortait dans l'obscurité. La première fois que nous avions dormi ensemble Giles m'avait révélé qu'il mettait un point d'honneur à ne coucher qu'avec de belles femmes. Moi, j'avais eu la politesse de lui cacher que je n'avais jamais couché qu'avec des salauds et des imbéciles.

En plus, je n'avais pas eu besoin de chercher de preuves sur son visage. Ses bonnets A dans toute leur compacte gloire étaient un poème épique à mon indignité.

Un peu plus tard, la porte claqua et j'entendis les furtifs chuchotements de Sam et de Charles. Je me levai pour voir ce qui se passait et les surpris toutes deux dans le couloir en train de lire une carte.

Il y était inscrit « À Sam, Charles et Eléonore *(sic)*.

Merci pour hier soir. J'attends la soirée avec impatience. À vendredi soir ! »

Il n'y avait pas moyen d'y échapper, nous formions un ménage à trois dans l'esprit de Julian, et j'étais la dernière dans l'ordre de préférence. Il ne se rappelait même pas mon prénom. Ce serait quoi, la prochaine fois ? Victor ?

– Il a dit qu'il ne pouvait pas entrer, expliqua Charles, l'air terriblement gênée.

– Ouais, il aurait vraiment voulu... insista Sam. Tiens, regarde, il t'apportait ça, Cendrillon, dit-elle en sortant ma chaussure Gucci de derrière son dos. Alors, maintenant, il faut que tu nous racontes ce qui s'est passé, hein ?

Pouvait-il arriver quelque chose de pire ? Je me frayai un chemin jusqu'à ma chambre. J'allais tester l'excellence de mon mascara spécial qui ne coule pas de chez Lancôme.

18

Tel un taxi qui déclenche son compteur
pour une course jusqu'à Heathrow

Encore un mauvais jour. Et boire du champagne la veille au soir n'est pas fait pour arranger les choses. Je me réveillai avec la tête comme un pot-au-feu bouillonnant. Enfiler mes bas fut un difficile test de dextérité. Je me cassai cinq ongles en attachant mon porte-jarretelles. J'avalai un tube d'aspirine et un litre de café juste pour rester debout.

Combien de fois m'étais-je promis de ne plus jamais boire de champagne ?

En descendant du métro au Temple, j'étais habitée par une irrationnelle aversion de la vie et de tout ce qui existait sur cette planète surpeuplée, sentiment que la communauté psychiatrique londonienne avait baptisé Syndrome du Métro Londonien. Tête baissée, j'avançais à grandes enjambées entre les rayons d'un hésitant soleil d'été qui s'étalaient sur les pavés du Temple.

Charles avait fait ce qu'il y avait de mieux à faire : rester au lit. Sam était encore en train de surfer sur les toilettes pour se préparer à son premier trimestre de grossesse.

Warren m'accueillit comme la fille prodigue.

– Félicitations pour le premier procès que vous avez gagné à Bailey, mademoiselle Hornton, dit-il.

Lee tournait son café avec un biscuit cassé. Il leva les yeux et sourit tandis que son gâteau se dissolvait entre ses doigts.

– Attendez un peu de voir ce que Warren vous a préparé sur votre bureau, mademoiselle Hornton.

– Mais tais-toi donc ! s'exclama Warren d'un ton rieur avant de donner un petit coup sur l'oreille de Lee avec le *Sun*. Je vous ai donné un dossier en appel. Les frères Bigg sont assez remarquables dans le monde de la propriété.

– Des gangsters du East End, il veut dire, expliqua Lee.

– Allez, te prends pas la grosse tête, toi ! Cette affaire pourrait vous rapporter beaucoup, mademoiselle Hornton, si vous voyez ce que je veux dire.

Oui, je voyais. Ça voulait dire gros sous, pas les minables pennies des commis d'office. Je flirtai avec l'idée d'embrasser les chaussures de Warren, mais finalement je me dis que ma gueule de bois ne le supporterait peut-être pas. J'allais enfin pouvoir m'offrir cette magnifique petite robe Ozbeck tellement tentante dans sa vitrine de Bond Street.

– Ils sont dans votre bureau, ils vous attendent. Ils viennent de congédier leur avocat et ils comptent sur vous pour faire appel, expliqua Warren.

– C'est des bandits, tous les deux, ajouta Lee. Ils sont venus avec Ken Trumpington du cabinet Viol et Matraque. C'est votre bon jour, aujourd'hui, hein ? Ils font appel sur une décision de dommages et intérêts. Ça vous fera un peu de droit civil.

Les jumeaux de Charles m'engageaient donc, moi, pour faire appel ? Et ils payaient en gros billets ? À mesure que je calculais les répercussions de cette affaire un peu louche, ma gueule de bois se désintégrait comme les biscuits de Lee.

Je me sentais comme un taxi qui déclenche son compteur pour une course jusqu'à Heathrow. La chance revenait.

Une fois les frères Bigg et leur avocat partis, je rassemblai ma perruque et mon hermine. Mon client plaidait coupable pour une affaire d'agression à la cour d'assises de Londres. Je pensais que le procès ne prendrait pas plus d'une heure. Un court exposé sur les circonstances atténuantes devrait faire l'affaire. Un client qui plaide coupable, c'est comme du pain de mie en tranches, et ça fait bon ménage avec une gueule de bois. Il n'y avait pas de jurés devant qui jouer la comédie, et l'avocat général ne passerait sans doute pas des heures à ressasser les faits.

Giles était coupable. Il avait suffi d'un changement d'adresse pour qu'il sorte de ma vie. Après avoir surpris Boucle-d'Or chez lui, j'avais déménagé dans un Bed and Breakfast. J'avais quitté mon appartement sans laisser d'adresse et prévenu la poste de faire suivre mon courrier. Il ne me restait plus que deux semaines à l'université et je m'étais jetée à corps perdu dans les révisions. Je m'étais teint les cheveux en noir, je portais des Doc Martens, buvais du vin rouge, me gavais de littérature féministe, allais voir des films que nous n'aurions jamais vus ensemble et déchirais ses lettres sans les ouvrir.

Après les examens, j'étais retournée dans ma famille en Australie. En surface je paraissais normale, mais j'avais l'impression que ma tête tournait comme une toupie et que six curés exorcisaient une ribambelle de démons en moi. J'avais demandé à la British Airways d'éviter de placer à côté de moi les passagers masculins qu'ils ne voulaient pas voir gravement blessés. Je broyais du noir, je pleurais et je lisais Simone de Beauvoir. Mes parents m'avaient demandé des nouvelles de Giles. « Qui ça ? » avais-je répondu. Ils avaient compris.

Ils n'avaient plus jamais prononcé son nom.

En revenant à Londres, j'avais emménagé chez Charles et Sam, puis j'étais entrée à l'école d'avocat. Un an plus tard, j'étais brillamment reçue et entrais comme stagiaire au cabinet du 17, Pump Court, où je travaillais désormais.

Je m'étais réinventée femme d'affaires post-féministe à plein temps sans laisser de place aux hommes dans ma vie. Et désormais, on aurait dit que je commençais enfin à avoir du travail. J'étais en train de planifier les détails de ma nouvelle garde-robe lorsque le téléphone sonna.

– Allô, c'est Julian. J'appelle juste pour dire que je suis désolé de vous avoir manquée l'autre soir.

– Ah oui, oh, ce n'est pas grave, répondis-je, essayant de dissimuler le gênant tremblement dans ma voix.

– Mais j'ai trouvé votre chaussure ! s'exclama-t-il.

– Oui, eh bien merci de me l'avoir rendue, répondis-je d'un ton sec.

Qu'est-ce qu'il cherchait, à essayer ainsi de me dépouiller de tout vestige résiduel de fierté humaine ? D'accord, j'avais perdu une chaussure. Je l'avais suivi, et je n'avais rien gagné. J'avais mal joué et j'étais humiliée.

– Comme Cendrillon qui s'enfuit du bal, poursuivit-il, sûr que la British Telecom nous assurait une parfaite confidentialité.

– Vous vouliez quelque chose de particulier ? demandai-je pour essayer de mettre un terme à cette conversation gênante.

– En fait, je voulais m'excuser d'être parti si vite vendredi. Vous avez été excellente. Mais j'avais un problème personnel à régler.

– Pas trop personnel, j'espère ? risquai-je, avec une soudaine envie de discuter.

– Non ! s'exclama-t-il comme s'il l'avait senti. Un problème personnel terminé, pourrait-on dire.

Je tremblais d'exaltation. Soit il venait de se faire retirer des verrues sur les parties génitales, soit il était toujours entre deux relations. Et ces fleurs, aussi vrai que l'enfer existe, n'avaient rien d'un bouquet d'adieu à des verrues génitales.

– Mais en tout cas, continua-t-il d'une voix de Minitel rose, je voulais juste m'excuser de m'être sauvé comme un voleur après le procès. On aurait dû aller prendre un verre. Votre plaidoirie était vraiment magnifique.

La vanité affluait dans mon corps comme une robe rouge Versace dans un défilé de mode.

– Ça ne fait rien, je devais rentrer au bureau de toute façon ; on avait une réunion. Au fait, les filles ont eu votre mot, ajoutai-je.

J'allais à la pêche aux renseignements. Peut-être qu'il aimait bien les lesbiennes ? Peut-être que c'était un de ces cochons qui n'en peuvent plus à la seule pensée de deux femmes qui font l'amour ?

Il répondit du tac au tac.

– Tant mieux ! Elles sont super, affirma-t-il sans la moindre trace d'ironie.

– Je le leur répéterai ! Mais que diriez-vous d'aller prendre un verre, ce soir ? proposai-je, en jouant le tout pour le tout.

Un silence hésitant précéda sa réponse.

– Eh bien, vraiment... j'aimerais beaucoup, mais je ne suis pas encore certain d'être libre. Je peux vous rappeler dans l'après-midi ?

En reposant le combiné, j'étais décidée à demander à Candida de me faire part des ragots qui couraient sur lui. Cet homme avait une face cachée. J'en aurais mis ma main au feu.

Je partais pour le tribunal, quand Lee me sauta dessus pour m'annoncer que j'allais devoir quitter mon bureau dès le jeudi car ils allaient y faire des travaux.

– Mais ne vous inquiétez pas, Mlle Raphael accepte que vous campiez dans son bureau en attendant. Désolé. On était censés en discuter à la réunion, mais vous savez ce que c'est, ajouta-t-il d'un air compatissant.

– Et ces travaux, ils vont durer combien de temps ?

demandai-je, prise de vertige à l'idée de cohabiter avec Candida.

– Oh, vous savez bien, quoi.

– Comment ça ? Une semaine ? Une année ? Une éternité ?

– Ne paniquez pas, ce ne sera pas si terrible que ça, on ne vous demande pas de rester dehors sous la pluie ! Vous partagerez le bureau de Mlle Raphael. Vous serez entre filles, quoi.

Il referma la porte avant que je puisse lui envoyer mon talon aiguille dans l'œil.

19

L'anti-copine

Candida était à mon ego ce que Raspoutine était à la moralité. Elle massacrait si bien l'image que je me faisais de moi-même que je commençais à me dire qu'à vingt-quatre ans j'avais peut-être passé l'âge des jupes courtes et des talons aiguilles.

Au bout de dix minutes dans son bureau, qui était décoré comme l'Hôtel Lanesborough, il m'apparut clairement que partager quoi que ce fût avec Candida était quelque chose que je n'aurais pas souhaité à mon pire ennemi. J'avais l'impression d'être avec un boa constricteur dans un sauna de Diorissimo. Mais ce qui m'énervait beaucoup, beaucoup, beaucoup, c'était sa manie de parler de moi en faisant constamment référence à « votre genre ». À croire qu'il existait une caste de gens exactement comme moi.

Ce n'est vraiment pas ce qu'on a envie d'entendre quand on dépense trois fois plus que ce qu'on gagne pour essayer de trouver la juste note éclectique. Je suis une femme du millénaire ! Une femme de l'après baby-boom, carnassièrement individuelle. Une enfant sauvage. Imprévisible. Pendant un mois entier je peux très bien ne porter que du Sonia Rykiel noir tandis que, le mois suivant, je ne porterai rien d'autre que du Gucci noir.

149

– Qu'est-ce que vous entendez par « mon genre » ? lui demandai-je une fois pour toutes.

Candida roula les yeux comme un derviche tourneur en transe.

– Vous ne voulez pas que je vous fasse un dessin, tout de même ?

– Il va bien falloir. Je ne sais pas du tout de quoi vous voulez parler.

– Oh, Evelyn, ne me prenez pas pour une idiote. Vous n'êtes pas aussi innocente que vous en avez l'air.

– Innocente ? Moi ? glapis-je.

J'étais aussi stupéfaite qu'une nonne accusée d'avoir un clitoris. Je m'étais toujours résignée au fait que l'innocence ne s'accordait pas très bien avec les seins de Tante Kit qui surgissaient de mon buste. Mais Candida refusa d'entrer dans le jeu. Après quelques autres claquements de langue, elle passa à l'offensive suivante. Mes cheveux !

– Si je dois vous avoir en face de moi toute la semaine, minauda-t-elle en frétillant, il va falloir que vous fassiez quelque chose avec votre coiffure.

Elle gonfla ses incroyables cheveux pour un meilleur impact. Puis elle continua à dénigrer ma coiffure comme si c'était une des sept horreurs de ma génération. Elle disait « coupe au carré » sur le même ton qu'elle aurait dit « autopsie ».

– Oh, ce n'est pas si terrible que ça ! me défendis-je faiblement.

– Mon petit, faut-il que ça devienne terrible pour qu'on fasse quelque chose ? Enfin, demain vous allez à Hove pour défendre une de mes affaires. Et, pour moi, c'est important que vous soyez sur votre trente et un. Le procès a beau être d'une facilité absolue, c'est l'apparence qui compte, n'est-ce pas ? En l'occurrence, je peux vous prendre rendez-vous chez l'un des plus grands artistes de Londres. Stefan, à Mayfair. Je ne laisserais personne d'autre toucher à mes cheveux.

– Stefan ?

Cette femme était sous dose médicale de L.S.D. ou

quoi ? Pensait-elle vraiment que j'allais confier quelque chose d'aussi proche de mon cerveau à l'auteur de cette choucroute ? « Et qu'est-ce qu'il a, mon carré court, d'abord ? me demandai-je. On en voit plein dans le Temple en ce moment. »

C'est ainsi que j'eus l'idée de l'inviter à prendre un verre chez Benjamin Stillingfleet, un bar à côté du Temple où les jeunes gens courageux viennent faire descendre verdicts et sentences à coups de litres de vin. Et où une centaine de coupes au carré pourraient accréditer mon opinion selon laquelle il n'est pas nécessaire d'avoir une choucroute pour être avocate.

Plus tard dans l'après-midi, après que les frères Bigg eurent perdu leur appel (surprise surprise) et qu'ils m'eurent payée en liquide (pas de surprise non plus), Candida accepta de m'accompagner chez Benjamin Stillingfleet. Comme prévu, le bar était rempli de filles brunes au carré, comme moi. Cheveux au carré, musique à réveiller un mort, fumée, sacs à perruques et robes, attachés-cases jonchant le sol. Le Temple se met à la mode Boom Boom, les écrans de télévision en moins.

Candida leva son grand nez et se mit le *Telegraph* au-dessus de la tête comme si on allait lui jeter des tomates. Je maîtrisais la situation ; je l'installai à une table à côté du bar tandis que je commandais les boissons.

– Pas mal de brunes coiffées au carré, ici, lui fis-je remarquer.

Elle essuya son verre avec la serviette en papier avant d'accepter de goûter la vodka tonic que je lui apportais.

– Pas mal, répondit-elle en se rechoucroutant les cheveux.

– J'imagine que sous la perruque, les gens ne remarquent pas ma coiffure, dis-je pour aborder le problème sous un autre angle.

Elle me regarda d'un air triste.

– Votre client, lui, la remarquera, Evelyn. Peu importe ce qu'ils paient – d'ailleurs il faut reconnaître que dans votre cas c'est malheureusement peu –, les clients attendent quelque chose de leur avocat. Vous avez une image à faire respecter.

Mais nous fûmes obligées de laisser de côté ma couronne d'épines lorsque Julian arriva en compagnie de quatre dieux de l'Olympe.

– Eléonore... Candida... Comment allez-vous ? murmura-t-il vaguement comme s'il croisait le chien du voisin dans la rue.

Je voulais trouver quelque chose de mordant et d'intelligent à lui dire tandis que, du haut de son perchoir, il avançait vers l'autre extrémité du bar avec ses camarades. Mais ma coupe au carré me découragea.

Cette salope d'enfer souriait d'un air narquois alors que je sentais un mélange de rouge et de vert me monter au visage ; je devais ressembler à un de ces contestataires qui se peignent le visage et qui s'attachent aux arbres et aux rails de chemin de fer.

– Alors, allez-vous enfin me dire ce qu'il a, ce Julian ? Qu'est-ce que c'est, son grand secret ? demandai-je aussi nonchalamment que je le pouvais avec ce tatouage facial qui n'en finissait pas de s'étaler.

Elle fit gonfler ses cheveux.

– Eh bien, Evelyn, je ne suis vraiment pas du genre à rapporter des ragots, ronronna-t-elle, jouissant pratiquement dans le jus de mon malaise.

À ce niveau-là, je pense que Candida avait compris que j'étais prête à me fourvoyer avec le Prince des Ténèbres pour connaître le secret de Julian. Elle me souriait comme un chat sous Prozac.

– Je ne m'étais pas rendu compte à quel point vous y teniez, Evelyn.

Ce qui voulait dire que maintenant elle se rendait compte et qu'elle n'allait rien me dire.

La musique enfonçait ses coups de batterie dans mon embarras et moi je regardais Julian rire à gorge déployée avec ses amis dans la pénombre de l'autre bout du bar, tandis que les coupes au carré entraient en trombe dans le bar comme un escadron de Daleks, ces abominables machines mi-hommes mi-robots qui œuvraient contre le Docteur Who. Nous étions une véritable armée.

Après tout ce temps passé à me prendre pour un individu, il fallait bien que je me rende à l'évidence : j'étais un clone !

La vérité me frappa avec la violence d'une tronçonneuse. Pas étonnant que Julian ne m'ait jamais remarquée. Pas étonnant qu'il ne se souvienne même pas de mon prénom. Des filles comme moi, il en sortait comme d'une chaîne de production. Tailleur noir, cheveux bruns au carré et attaché-case. Tels les membres emperruqués d'une secte de timbrés.

Il faisait trop sombre pour que je puisse lire sur les lèvres, mais je finis par me convaincre que Julian and Co étaient en train de se moquer des brunes au carré. Peut-être que l'impensable s'était produit. Peut-être que Candida avait raison.

– Qu'est-ce que vous disiez au sujet de Stefan, Candida ?

C'est donc ainsi que je me laissai traîner à Mayfair où Stefan, m'assurait-on, me ferait ce que des femmes du monde entier avaient supplié qu'il leur fasse. Je me dis que l'idée n'était pas si mauvaise que ça. En y regardant bien, je n'avais pas eu tellement de succès auprès de Julian jusqu'alors. Finalement, le seul homme que cette coiffure avait attiré, c'était Jock, le vendeur de *Big Issues* !

– Vous n'imaginez pas la chance que vous avez qu'il puisse vous prendre tout de suite ! roucoula-t-elle après avoir éteint son portable. Pensez donc, Stefan ne coiffe pas n'importe qui. C'est un artiste, au vrai sens du terme, ma chère ! Et croyez-moi, les artistes coiffeurs sont plus rares que les rues à double sens à Mayfair. Il y a même des femmes qui viennent de New York et de

Paris rien que pour se faire coiffer par Stefan... siffla-t-elle.

Elle avait peut-être marqué un point, mais il faudrait beaucoup plus qu'un changement de coiffure pour nous rapprocher. Alors que nous nous apprêtions à sortir et qu'elle babillait à n'en plus finir, telle une grande dame qui s'adresse à son pékinois, je priai pour qu'elle se prenne les pieds dans la perfide organisation d'attachés-cases qui jonchaient le sol, pour qu'elle s'affale à mes pieds, humiliée. Mais, évidemment, il n'en fut rien.

Elle tendit la main à l'un des séduisants amis de Julian pour qu'il l'aide à « s'échapper », selon ses propres termes. Puis elle avança sur la pointe des pieds, comme Ginger Rogers qui tient Fred Astaire par la main, à grand renfort de petits cris et de « mon chéri », si bien qu'en arrivant à la porte tout le bar l'acclamait. Dieu, que je détestais cette femme !

20

Mais où donc se trouvait cette femme
quand les suffragettes avaient eu besoin d'elle ?

Qu'est-ce qui m'avait pris de confier ma chevelure à une femme comme Candida ? Il est vrai que d'après le manifeste de la solidarité féminine, les femmes s'entraident. Elles disent à leurs amies qu'elles ont de jolies jambes, un sourire de gagneuse, une personnalité aimable et une charité angélique. Les amies savent remonter le moral quand l'ego se relâche. Et quand on se sent aussi séduisante que Bibendum, elles vous disent que vous allez faire craquer l'homme de votre vie avec votre vivacité d'esprit.

Pas Candida. Elle était ce qu'on appelait, dans la communauté féminine, une anti-copine.

J'étais folle. Candida avait raison quand elle parlait de la réputation de Stefan. Il était le seul concurrent sérieux à la succession du trône de Nicky Clarke, le coiffeur de Sam. Sa griffe, c'était le « fini » de ses coiffures qui, quand elles étaient à la mode, avaient un petit quelque chose des années soixante et qui, quand elles ne l'étaient pas, ressemblaient à Candida. Par conséquent, Stefan était le chouchou du club chic de Chelsea Knightsbridge, ces femmes qui vivaient pour la Mode, qui vivaient pour se faire coiffer par Stefan !

Nous navigâmes dans Mayfair pour la coquette

somme de huit livres Je mesurais désormais les distances à Londres en courses de taxi, comme un drogué mesure l'héroïne à son prix. C'est à Mayfair, où des adjectifs tels que gracieux, élégant, sophistiqué et sublime dégringolent de la bouche comme des pièces dans un parcmètre, que naquit mon nouveau vocabulaire décrivant Candida. Je sentis que j'avais le soutien du chauffeur. Alors que nous entrions dans Grosvenor Square pour la neuvième fois, Candida le menaça de porter plainte à la Confédération des taxis parce qu'il ne savait pas où se trouvait le salon de Stefan.

– Je ne pense pas qu'il m'appartienne de vous indiquer le chemin du plus grand artiste coiffeur vivant dans le monde civilisé, siffla-t-elle.

– Mais vous ne connaissez pas l'adresse, madame, alors ? risqua le chauffeur.

– Adresse ? Adresse ? J'ai dit chez Stefan, non ? Que vous faut-il de plus ? C'est vous qui êtes censé tout connaître !

Le conducteur ferma brutalement la vitre de séparation.

– C'est le problème de la société actuelle, continuat-elle assez haut pour qu'il puisse l'entendre. Les gens veulent que tout leur tombe tout cuit. C'est tout de même un comble qu'un chauffeur de taxi se perde à Mayfair.

Puis elle regonfla son incroyable chevelure et s'installa dans sa veste Lacroix qui était arrivée au bureau la veille – encore un présent de son « duc fou et extravagant ».

Nous descendions le long de Green Street, de Park Street, des allées et des cours de Shepherd Market. Le taxi explorait les moindres coins et recoins des demeures George III de Mayfair. Je fixais le compteur, dont les chiffres commençaient à ressembler aux honoraires que j'avais perçus pour la défense de Keith, le spécialiste du coup de boule.

– Alors, vous ne connaissez vraiment pas du tout l'adresse ? insistai-je.

Candida haussa les épaules en faisant une légère

moue, comme un enfant sur le point d'avouer qu'il a tué le chat. Puis elle me regarda comme si elle allait mordre.

– Mais bien sûr que si, je connais l'adresse. Mais je ne comprends pas comment un homme qui est censé tout connaître à Londres n'a jamais entendu parler de Stefan.

Je me retins d'étrangler son cou doré et me contentai d'apaiser ma soif de sang en me mordillant la lèvre.

– Eh bien, dites-moi l'adresse, Candida. Après tout, on ne veut pas faire attendre le maestro, n'est-ce pas ?

La couleur sembla revenir à ces joues abondamment fardées.

– Bon, d'accord. Ormond Yard... évidemment !

Je lui tapotai le genou.

– Bravo, Candida. Nous venons de dépenser la moitié de ce que je gagne par jour, rien qu'en passant dans les rues à sens unique de Mayfair, pour finir à St James.

Je vis sa lèvre trembler. L'espace d'une seconde, je crus qu'elle allait s'excuser. Mais non, j'étais une débutante aussi en ce qui concernait cette femme fatale.

Elle se frotta les tempes de ses mains manucurées et délicatement bronzées aux ultraviolets. Le chauffeur, qui avait eu la bonne idée de nous écouter, était parti tout droit vers St James.

– C'est à Ormond Yard, que vous voulez aller, n'est-ce pas, mesdames ? demanda-t-il pour confirmation.

– Évidemment que c'est à Ormond Yard, misérable. J'aimerais que vous vous contentiez de faire votre métier, et que vous nous conduisiez où nous voulons aller. Cessez de nous demander le chemin, c'est irritant à la fin, j'en attrape la migraine. Je ne crois vraiment pas que ce soit à moi de mémoriser le plan de Londres !

Cette femme était imbattable. Le mouvement féministe aurait pu se servir d'elle comme bombe secrète. Où donc se trouvait-elle quand les suffragettes avaient eu besoin d'elle ? Mais Candida était une cause à elle seule. Elle menait une bataille solitaire. Elle avait déjà suffisamment à faire pour se maintenir à la première place.

Il y a toujours eu des femmes comme Candida, des femmes qui s'écriaient : « Le féminisme ? Mais qui en a besoin ? Je n'ai pas besoin d'être libérée, moi ! » Maintenant je comprenais leur point de vue : ce n'était pas Candida qui avait besoin d'être libérée. C'étaient tous les autres, le chauffeur, Gabby, moi. Les petites gens. C'était une protection armée qu'il nous fallait contre cette femme.

J'avais les poings serrés en arrivant chez Stefan. Je payai le chauffeur et lui demandai un reçu. Il devait me plaindre car il me donna tout le carnet. Candida m'avait déjà abandonnée sur le trottoir et, quand j'arrivai dans le salon après m'être débattue avec la porte tambour, elle avait fini de distribuer ses baisers en l'air et le champagne était servi.

— Mes chéris, je laisse tomber le taxi ! déclara-t-elle en portant un toast au troupeau de grands échalas dans le vent qui s'affairaient autour d'elle.

— Oooh ! s'écria avec compassion une créature que je reconnus comme étant Stefan (les murs du salon étaient couverts de photos de lui en train d'embrasser toutes sortes de stars), en chœur avec ses laquais.

Il avait à peu près trente-cinq ans et un nez qui lui en faisait paraître quatre-vingt-dix. Il arborait une crinière aubergine (« auburn », comme on écrivait dans la presse). Il tenait un petit chien de chasse à la truffe dégoulinante, avec un collier de diamants comme dans les défilés de mode, et qui ne tarda pas à me montrer les dents.

— Non ! insistait Candida. Ils ne me verront plus, chéri ! Ce minable n'avait jamais entendu parler de vous !

— Noooooooon ! gémirent Stefan et ses hommes, les yeux exorbités par un tel choc.

Stefan aux boucles aubergine s'éventait avec une photographie de lui. Ils se regardaient comme s'il s'agissait d'une affaire à porter en haut lieu.

– Tu as entendu ça, Mr. Pog ? Tu as entendu ça, mon bébé ? chanta Stefan à son chien.

– Oui ! ulula Candida. Et vous n'allez pas me croire, poursuivit-elle en baissant d'un ton.

Stefan et les garçons se rassemblèrent autour d'elle.

– Il croyait qu'Ormond Yard se trouvait à Mayfair !

Cela les ravissait. Ils rejetaient la tête en arrière en criant comme des cochons qu'on égorge parmi le vacarme de Pulp en train de chanter une ode aux braves gens.

Je m'accrochais obstinément à la périphérie de ce groupe d'imbéciloïdes. Là, au moins, j'étais près de la sortie, raisonnai-je. Je regardais l'escalier de marbre à mes pieds et je voyais un monde pour lequel j'éprouvais une crainte innée. Le décorateur qui avait élaboré cet effroyable look le leur avait probablement vendu en disant que c'était du classique. Mon estomac se tortillait avec la même terreur que celle qu'avaient dû ressentir Ulysse et ses compères en se débattant pour éviter la mer Égée où Circé les attendait pour les transformer en pourceaux.

Je déteste me faire couper les cheveux, mais quand ça m'arrive je préfère que ce soit une amie qui le fasse. Vous voyez, quelqu'un sur qui je peux me venger plus tard en cas de besoin. Si je suis obligée de rechercher une aide extérieure, alors ma conception du salon de coiffure se résume à quelques filles capables de réaliser un carré ou un dégradé respectable pour vingt livres. Au moins, si la coupe est ratée, on a toujours la satisfaction que ça n'a pas coûté grand-chose. Oui, pourquoi dépenser de l'argent pour se coiffer quand on pourrait s'acheter des lunettes de soleil Agnès b. à la place ?

Au bas des escaliers vivait un monde d'hommes en pantalon de punk, aux vilains cheveux teints en noir qui se reflétaient en autant de sinistres répliques dans les miroirs de l'atrium. Ces créatures dignes du pape Innocent IV s'affairaient au-dessus de leurs victimes payantes avec des instruments de torture. Les sèche-cheveux avaient l'air d'avoir été arrachés aux ailes d'un Boeing 747, tout comme les pinces et les fers à friser.

Une chose était claire : ces hommes n'embellissaient pas les cheveux des femmes, ils leur faisaient la guerre. Au lieu de dorloter, ils torturaient. Ils grognaient, ronchonnaient, poussaient des cris et riaient méchamment par-dessus le bruit de matraque de Retro Pop tout en enfonçant dans la tête de leurs prisonnières des épingles et des peignes qu'ils coinçaient entre leurs lèvres. J'étais en train de regarder *Chucky III*.

Dans le coin, je reconnus vaguement une femme qui jouait dans une série télévisée qui se passait dans un tribunal ; on aurait dit qu'elle avait un appareil à électrochocs sur le cerveau. On lui aurait donné à peu près quatre cents ans, à n'en pas douter c'était une survivante de la Contre-Réforme. Si Candida pensait que j'allais payer pour être le dindon de la farce, elle avait trouvé son maître.

« Regarde ma bouche, Candida, pensai-je. Elle te dit que tu ferais mieux de numéroter tes abattis. »

– Très cher, voici ma collègue que vous avez si généreusement accepté de coiffer.

Elle me poussa en avant. La truffe de Mr. Pog coula abondamment sur ma main.

Les acolytes de Stefan jacassaient à qui mieux mieux quand il m'empoigna comme une enfant perdue. Je souris timidement alors qu'il me tournait autour comme les ours polaires du zoo avant de planter leurs griffes dans la chair de leur proie.

– Oui, oui, mmm, mmm, je vois ce que vous voulez dire. Mmm, mmm, couper un peu les côtés. Mmm. Mmm. Et puis couper comme ça, dit-il en me tirant les cheveux en arrière. Mmm. Mmm, oui on peut faire ça, ma chère. Qu'en penses-tu, Mr. Pog ? demanda-t-il au chien.

Mr. Pog grogna méchamment en me montrant les dents.

– Non ? Mr. Pog pense que non ?

Stefan hurla de rire en même temps que ses assistants.

J'avais l'impression d'être un taureau emprisonné dans une arène avec un bataillon de matadors cinglés armés jusqu'aux dents.

– Je ne crois pas qu'il y ait beaucoup à faire. J'aime bien avoir l'air naturel, expliquai-je, pleine d'espoir.

C'étaient Candida et Stefan qui menaient la danse au milieu des éclats de rire.

– L'air naturel ? hurlèrent-ils.

Candida, s'efforçant de ne pas recracher son Moët, se tourna vers moi et me tapota l'épaule.

– Ce qu'elle est innocente ! Ne vous ai-je pas dit qu'elle est impayable ? demanda-t-elle en m'attirant sur sa poitrine dorée.

Je partis dans un état semi-comateux, étouffant dans les vapeurs de Diorissimo.

– Impayable ! répéta Stefan.

Mais je connaissais le prix à payer : c'était « chargez comme sur un taureau blessé ». Stefan et ses hommes se joignirent au tapotage d'épaule. C'était encore pire que d'être poursuivi par un ours polaire. Au moins, les ours vous achèvent d'un coup de griffe. Mais là, je mourais à petit feu entre les pattes de ces bébés rottweiler.

– Paul Smith, bon goût ! s'exclama un des chiots en posant sa patte sur l'étiquette en bas de mon dos tandis qu'il m'enveloppait dans une sorte de camisole de force en plastique.

– Surtout pas de naturel, n'est-ce pas, les filles ? demanda Stefan aux garçons d'un air plein de sous-entendus en me conduisant dans le donjon de marbre et de verre.

Je n'arrivais pas à situer son accent, une sorte de West End croisé avec du russe, croisé avec du français, croisé avec du cockney, le tout à Los Angeles. Je suppose que c'est ce que l'élite appelle un accent international.

– La seule chose naturelle ici, ce sont les produits, ma chère, expliqua fièrement Stefan en posant Mr. Pog par terre, qui s'empressa d'essayer de m'attraper les chevilles. Pas de test sur les animaux, pas de produits chimiques toxiques. Alors détendez-vous et passez un bon moment. Thé, café, vin, rouge ou blanc, Évian, Perrier, Moët ?

Il débita les boissons comme une cartouche de balles en caoutchouc, puis me coinça sur une chaise et me poussa vers le lavabo, où attendait un garçon boutonneux qui avait l'air aussi ravi que moi.

– Lavez et séchez, ordonna-t-il avant de partir.

Le garçon n'avait pas l'air d'avoir entendu Stefan. Il avait son programme à lui. Il y avait un type de femme qu'il détestait par-dessus tout, et c'était moi. Il m'écrasa la nuque sur la roche ignée du bac et m'arrosa d'une douche chaude qui m'excoria le cuir chevelu. Puis il me frotta et me gratta le crâne à vif et à sang avec cette substance abrasive qu'ils n'avaient même pas pris la peine de tester sur un rat de laboratoire !

Était-ce vraiment censé me détendre ? Je déteste les rats. Je voulais savoir qu'ils souffraient au moins autant que moi. Non seulement le shampooing me brûlait, mais en plus il puait comme du rat en bouteille. C'était peut-être ça, le secret. Ils ne l'avaient pas testé sur les rats de laboratoire parce qu'ils les avaient directement transformés en shampooing.

Quand le garçon fut las de me maltraiter, il enroula ce qui me restait de cheveux dans une serviette blanche et me traîna jusqu'à Stefan, qui fumait le cigare au-dessus d'une femme au crâne enfoncé sous un séchoir lobotomisateur. Mr. Pog devint fou lorsque je m'approchai de son maître, alors que, jusqu'à ce que j'arrive, il grognait et jappait joyeusement en voyant tomber les cendres du cigare sur la tête de la cliente.

– Alors, bien détendue, ma chère ? demanda-t-il en frappant bruyamment dans ses mains.

« J'y suis, pensai-je, je suis tombée dans un de ces établissements où les femmes en tailleur rayé paient pour se faire fouetter et se faire pisser dessus. » Mr. Pog plongea ses dents dans ma chaussure.

Il était temps de se rétracter.

– Écoutez, c'était super, Stefan, mais je crois que malheureusement il va falloir que j'y aille. Il y a une petite soirée, au travail. Le devoir m'appelle... Mais je reviendrai... Honnêtement, je vois bien que vous êtes un artiste.

Stefan sembla croire que mon explication était une belle plaisanterie. Il serra les genoux et se mit à glousser. Mes talents en communication avaient trouvé plus fort. Les as du coup de boule et les propriétaires véreux de Stratford avaient succombé à mon charme, mais pas Stefan.

Mr. Pog regarda son maître d'un air solennel.

– Candida est sortie faire quelques courses. Elle sera de retour d'ici une demi-heure. Vous avez le temps, ma chèrrre, me rassura-t-il avec son accent côte Ouest/français/russe.

Mr. Pog montra les dents.

Stefan n'en finissait pas de discourir.

– Croyez-moi, ma chèrrre, c'est le changement qui vous fait peur ! Aujourd'hui vous allez devenir une nouvelle femme. Fini, le carré plat ! (Il prononça le mot « carré » comme s'il parlait de quelque chose qui appartenait au domaine des toilettes.) Aujourd'hui vous allez devenir le super-vous ! Non ? L'ancien vous va crever, ma chèrrre. Une carapace qui restera derrière vous. Je vais libérer le nouveau vous, personnellement.

Il parlait avec quelque fierté en gonflant et en faisant ressortir sa poitrine comme un danseur cosaque ferait avant de tomber à genoux et de s'agiter pour éliminer la vodka. Mais en attendant, je me demandais si je voulais que cet homme des plaines russes me fasse renaître.

Beaucoup de questions se bousculaient dans ma tête, mais il n'y avait qu'une réponse : non ! Catégoriquement et définitivement... Non ! Non ! Non et non !

Je secouai la tête.

Tandis que j'implorais qu'on me laisse partir, les garçons en tenue punk libéraient les prisonnières, leur refourguaient les produits leur permettant de se torturer toutes seules à la maison et enregistraient les factures dans le tiroir-caisse. Ils commençaient à se rassembler autour de moi comme des jurés prêts à rendre un verdict qui allait finir avec ma tête sur le billot.

Je ne me sentais pas très bien.

Une nouvelle religion surgissait de terre et je serais
sans doute la première victime sacrifiée sur l'autel

Pendant la demi-heure qui suivit, je passai alternati-
vement de la conscience au coma. Je revenais à moi,
éveillée par les bavardages excités de Candida et les
grognements de Mr. Pog, jetais un coup d'œil dans le
miroir, réalisais l'horreur de ma situation et retombais
dans les pommes.

Il ne restait que moi comme cliente dans le salon, ce
qui voulait dire qu'ils avaient concentré tous leurs
talents diaboliques sur moi. J'étais clouée sur la chaise
comme une pièce de musée sur un mur.

Ils ne cessaient de me rassurer en me disant que l'ancien moi était mis en pièces. C'était une façon de dire
les choses. Soyons honnête tout de même, j'étais en
train de me faire avoir. Stefan le cosaque avait une
ancestrale dette envers Candida ou quelque chose
comme ça, mais toujours est-il que c'est moi qui payais.
J'avais fait confiance à une femme qui n'était pas plus
douée pour la confiance que Margaret Thatcher ne
l'était pour la politique de changement.

Ce que Stefan était en train de me faire défiait toute
explication médicale. Tomás de Torquemada, le roi de
tous les inquisiteurs, s'était réincarné sous la forme de
Stefan. Ce type pouvait louer ses services aux Serbes
bosniaques.

Si j'avais détenu des secrets d'État, je les lui aurais gracieusement donnés. Ma virginité, si je l'avais encore eue, était sienne si tel était son souhait. Une rançon ? Je suis sûre que mon père aurait cédé. Mais non, Stefan voulait quelque chose de plus infâme que l'argent, les secrets d'État ou le sexe.

Il voulait le nouveau moi.

Lorsque le nouveau moi émergea enfin de dessous le baldaquin de bigoudis, fers à friser, pinces, gels, sprays et autre indescriptible capharnaüm métallique, je pense que Stefan lui-même savait qu'il était allé trop loin. Je n'étais pas la seule à être bouche bée une fois que l'homoncule fut totalement dévoilé.

Je m'agitais dans ma camisole de force pour sortir mon poing, mais c'était inutile. Même le silence de Mr. Pog ne présageait rien de bon.

– Ma chèrrre, ch'adorrre ça, ch'adorre ça, ch'adorrre ça ! s'écria finalement Stefan avec un nouvel accent plus marqué.

« Ça » était le terme qui convenait.

– Chéri, vous êtes un génie. Que puis-je dire ? surenchérit Candida.

« Je vais t'expliquer, moi, ce que tu peux dire, pensai-je. Et dans une langue que tout le monde comprendra de Newcastle à la Sibérie. » Mais mon opinion claire et concise se noyait sous les babillages sans fin de Candida et de Stefan, sans parler des laquais qui balayaient l'ancien moi par terre.

« Mon Dieu, pourquoi m'avez-vous abandonnée ? » demandai-je. Mais mon cri d'angoisse fut étouffé par le moteur du Boeing 747 avec lequel Stefan se mit à m'attaquer.

Comment décrire l'indescriptible fureur qui transpirait au creux de mon poing ? Cinq mots la résumaient : on se reverra au tribunal. Mes jours de clémence étaient

166

terminés. Quelques heures plus tôt j'étais entrée la tête haute comme n'importe quel Dalek dans cet antre de l'Excommunication, mais là, la justice m'avait abandonnée.

Quelque chose me disait que Warren n'allait pas aimer le nouveau moi. Quelque chose me disait que cette coupe confirmait les opinions que tous mes ennemis se faisaient de moi. Et ce n'était certainement pas la coiffure qui m'aiderait à séduire un homme avec des cils courbés comme des griffes de chat siamois.

C'était une coiffure raide, tailladée, de forme variable, qui collait à ma tête comme de la Cellophane et qui pourtant ressortait ici et là, un peu comme les oreilles que j'avais sur mon bonnet quand j'étais petite.

– C'est tellement... c'est... c'est... balbutiai-je.

– Très grungy ! murmura quelqu'un.

Je cherchai du regard le génie littéraire qui avait résumé en deux mots ce que je ne serais pas arrivée à formuler avec un lexique en soixante-dix langues.

Stefan applaudit. Candida applaudit. Les balayeurs de l'ancien moi applaudirent. Mr. Pog aboya admirativement. Les platitudes des Pet Shop Boys étouffaient sous les applaudissements.

– Très grungy, répéta Stefan. Très grungy.

Il avait trouvé son mantra et il s'y accrochait.

Candida se joignit à lui.

– Tellement grunge, tellement grunge. Vous êtes un génie du grunge, chéri !

Une nouvelle religion surgissait de terre et je serais sans doute la première victime sacrifiée sur l'autel.

– Et ils disent que le grunge est mort, ricana Candida au bout d'un moment.

Je n'aimais pas la tournure que prenaient les choses. Et pourquoi disaient-ils que le grunge était mort ? Qui avait dit ça ? Je réincarnais le grunge ? Qu'est-ce qu'elle insinuait, « ils disent que le grunge est mort » ? Étaient-ils en train de m'annoncer qu'ils avaient tué l'ancien moi parfaitement heureux et naturel pour me faire renaître en quelque chose de mort ?

– Qu'est-ce qu'ils en savent, ma chèrrre ? fit Stefan d'un air dédaigneux.

Je restai perplexe, ils étaient peut-être sur une piste intéressante. Cette coiffure ne me paraissait pas très vivante, à moi.

– Eh bien, Evelyn, qu'en dites-vous ? demanda Candida.

C'était enfin le moment de m'exprimer.

Je marmonnai quelque chose comme « on réglera ça ».

– Les mots ne peuvent pas exprimer, Candida, ce que je ressens en ce moment, répondis-je sincèrement.

– Très grunge, murmura Stefan.

Ce type était au nirvana. Je reconnaissais le regard d'un mystique quand j'en voyais un. Sœur Bethléem avait eu ce regard juste avant d'avouer qu'elle était la Vierge Marie et que des hommes en manteau blanc étaient venus la chercher. Je savais que rien de ce que je dirais ne pourrait l'atteindre.

Je jetai un coup d'œil à ma montre. Tout le gratin du 17, Pump Court devait être en train de préparer sa dignité au ridicule annuel. La soirée que j'avais organisée avait certainement commencé. La soirée qui devait me faire connaître. La soirée où j'allais me distinguer parmi les costumes à rayures et le petit cercle privilégié de mes collègues.

Je lançai à Candida un regard qui, je l'espérais, lui donnerait envie de rentrer sous terre, mais c'était une femme qui se nourrissait de ces regards-là. On ne reçoit pas du Lacroix de la part de ducs fous et extravagants si on a l'habitude de rentrer sous terre. Si quelqu'un devait rentrer sous terre, c'était moi, j'avais déjà la coiffure adéquate.

Quand arriva l'heure de lire la sentence, l'accent de Stefan revint au géorgien de Los Angeles.

– Eh bien, ma chèrrre, cela vous ferrra cent quarrrante-trrrois livrrres pourrr la coupe et le séchage, et quatrrre-vingt-douze livrrres pourrr les prrroduits qui vous donnerrront le look grrrungy !

Mr. Pog grogna dans ses bras.

– Je crois que je me passerai des produits pour cette fois, Stefan, expliquai-je fermement.

Je ne manquais pas complètement d'énergie, vous voyez.

– Non, non, non, j'insiste ! ronronna Stefan. Même moi je ne peux rrrien faire sans mes prrroduits prrro-fessionnels.

Il avança sa pile de produits professionnels à travers le comptoir en marbre. Mr. Pog montra les dents.

– Je pense tout de même que je vais devoir m'en pas-ser, dis-je en les repoussant vers lui.

Je n'avais pas partagé une cellule avec Keith de Shep-herds Bush pendant une demi-heure pour rien. Si nous en venions aux mains, j'étais prête à me servir de ma ceinture noire. Ce type venait tout de même de réduire à néant mes chances de séduire qui que ce soit, sans parler d'un homme très soucieux des apparences comme Julian. L'après-midi même, j'avais subi la plu-part des indignités jamais endurées par mon sexe dans la poursuite d'un nouveau look, mais je savais quand la coupe était pleine. Ces produits à quatre-vingt-douze livres resteraient sur l'étagère.

En tant que jeune recrue du cabinet persuadée de la bonne foi de ses collègues, je ne pouvais pas vraiment envoyer promener Candida, mais ce type avec son pseudo-accent, son chien morveux et son pantalon mou-lant, c'était une autre affaire.

Candida montrait des signes d'irritation ; elle tapotait le comptoir du bout des ongles.

– Evelyn, ne faites pas de difficultés. Payez donc ce pauvre homme et allons-nous-en. La soirée a certaine-ment déjà commencé. Pour rien au monde je ne veux manquer l'arrivée du juge Hawkesbury. Et puis, c'est Stefan le professionnel.

– D'accord, je ne discute pas, je veux bien payer ce qu'il m'a fait, mais je ne vais pas acheter tous ces trucs alors que je n'en ai pas besoin.

Stefan s'éventait de nouveau avec sa photo. Je voyais

bien que c'était dur pour lui. Ses employés étaient agglutinés autour de lui, attendant sans doute leur pourboire. Mr. Pog essaya mollement de happer une mouche. Je me dis que j'aurais beaucoup de mal à m'en tirer. Est-ce que je voulais vraiment rester là à discuter de mes droits avec cette bande de spécialistes de la coercition ? Les droits, on peut très bien s'en passer, j'avais dû lire ça un jour dans des toilettes publiques. Et ce soir-là, j'avais le pénible sentiment que je n'allais pas sortir de là avec beaucoup de monnaie sur moi.

Je pêchai un paquet de billets dans mon décolleté et le lui tendis.

Nous arrivâmes au cabinet à sept heures. Juste à temps pour voir Giles descendre une rue adjacente avec Boucle-d'Or. J'aurais reconnu ces bonnets A entre mille. Des petites perles de sueur jaillirent de mon front. Est-ce que j'étais morte et que je me retrouvais en enfer, ou quoi ? Je cramponnai le déambulateur de ma foi pour me soutenir en descendant du taxi. Était-ce une sorte de rétribution divine qui m'était infligée là ? J'eus le sentiment que, si j'avais eu un fils unique, il serait étendu sur un autel sacrificiel de fortune au milieu du Temple. Je levai les yeux dans la crainte de voir le marteau de Yahvé surgir des nuages.

Était-ce à cela que ma grand-mère faisait allusion quand elle disait qu'on récolte ce qu'on sème ? Peut-être que j'étais en train de payer cette bêtise que j'avais faite en maternelle. « Bon, d'accord, je sais que c'était une bonne sœur, mais là, c'est un petit peu trop, même pour toi, Dieu ! Ça fait un peu Ancien Testament, tu ne trouves pas ? » réprimandai-je, espérant trouver une note de raison chez Sa Divinité. D'abord, les cheveux et maintenant Giles qui entrait l'air de rien dans mes malheurs comme un streaker impie. J'aurais offert tout cela aux âmes du purgatoire si je n'avais pas été convaincue de m'y trouver déjà moi-même.

Le septième bureau du 17, Pump Court !

Ce n'est pas que j'attendais cette soirée avec impatience, mais, soyons sincère, je n'avais pas prévu de m'y présenter avec une coiffure à défier la théorie de la supériorité de l'homme sur le singe. Je ressemblais à un chimpanzé sortant des mains de Darwin. J'avais l'air d'une plaisanterie, comme ceux qui se laissent prendre en photo par des touristes japonais pour une livre.

Les festivités étaient déjà bien entamées quand Candida et moi arrivâmes au 17, Pump Court. Depuis la rue, je n'entendais pas le groupe de jazz que j'avais fait venir, mais *Les Quatre Saisons* remixé pour cuivres et tambours à timbres. On aurait dit un cauchemar de centre commercial américain.

Mais que se passait-il, nom d'un chien ? Ce n'était pas la musique de la soirée raffinée que j'avais prévue. J'escaladai les marches deux par deux, toutes pensées de purgatoire, Giles et dieux vengeurs écartées pour le moment. La plupart des invités avaient déjà un petit coup dans l'aile, mais ils dessoûlèrent dès qu'ils me virent. Le tambour s'écrasa par terre.

– Mademoiselle Hornton ! Vos cheveux ?

Notre commis n'était pas homme à mâcher ses mots.

– Peu importe, mais qu'est-ce que c'est que cette cacophonie ? demandai-je.

– Ma chère, personne ne voulait de jazz, soupira bruyamment Candida. Nous souhaitions quelque chose d'un peu plus classique. J'ai pris la liberté de...

– Vous prenez bien des libertés ! hurlai-je.

– Vous vous êtes disputée avec un client, c'est ça ? plaisanta Alistair. Edward aux mains d'argent, peut-être ?

– C'est beaucoup mieux ainsi, vous ne trouvez pas ? coupa Candida en faisant gonfler ses cheveux avec fierté.

Gabby gloussa. Je lui décochai un regard féroce pour qu'elle arrête.

– Eh bien, puisque vous le demandez, non, je ne trouve pas, répondit Alistair en s'approchant pour mieux voir.

– Mon Dieu, que vous est-il arrivé ? demanda Mark Sidcup.

Candida se redressa du haut de son mètre soixante-cinq (avec talons).

– Moi je pense que c'est beaucoup mieux, ça au moins c'est une coiffure de son âge !

– Oui. C'est quoi, exactement, votre âge, Evelyn ? demanda Duncan.

– Vingt-quatre ans, répondis-je comme une écolière dévoyée devant le conseil d'établissement.

– Eh bien, vous avez l'air complètement conne, si vous permettez, mâchonna poliment Alistair.

Mark Sidcup et le juge Hawkesbury rougirent tous les deux avant de plonger le nez dans leur verre. C'est alors que je m'aperçus que je n'avais rien à boire, moi. Je les laissai disserter sur ma coiffure et partis à la recherche d'un verre.

De nombreux jeunes hommes séduisants passaient à côté de moi avec des canapés thaïs biscornus inappétissants dans un bruissement de tissu froissé, mais il n'y avait plus rien à boire à l'horizon. L'espace d'une glaciale seconde, j'eus peur que tout n'eût été déjà bu.

À moins que Candida n'ait aussi saboté le champagne. Formidable ! Ma fête resterait dans les annales comme la fête sans alcool.

J'aperçus enfin le barman dans la cuisine du commis, en train de siffler le champagne à même la bouteille. Quand il me vit, plusieurs émotions passèrent en même temps sur son visage : le choc, la crainte, l'embarras, la culpabilité, la rancune et l'horreur. Puis il se mit à rire comme un hystérique.

– Oh, mon Dieu, je suis désolé, glapit-il. C'est juste que.. que... que... bafouilla-t-il de façon incohérente.

Il pointait un doigt vers moi en cherchant désespérément le mot qui convenait le mieux pour décrire la monstruosité des mèches raides qui enveloppaient ma tête.

– Je sais, j'ai l'air débile. Versez-moi à boire, ordonnai-je.

En me regardant, il savait que quelque chose était allé de travers dans l'Évolution de l'Homme. Il versa dans un verre le reste de la bouteille dans laquelle il venait de boire, et fit de son mieux pour contenir son rire. Je vidai le verre cul sec et attendis impatiemment qu'il ouvre une autre bouteille.

Le bouchon sortit lentement, en silence. Comme une vierge qui soupire ; c'est ce qu'aurait dit Giles s'il avait été là. Peut-être avait-il d'ailleurs été là, juste avant. Qu'est-ce que ça voulait dire, qu'il passe en courant devant mon bureau avec cette salope ?

– Ouais, désolé pour tout à l'heure, expliqua le barman. Mais ils sont tous tellement ennuyeux, de l'autre côté. Il fallait que je respire un peu, alors je suis venu ici et j'ai bu un petit coup, pour me remonter, quoi, et puis vous êtes arrivée avec votre...

Un sourire narquois commença à se dessiner sur son visage. J'étais prête à penser que ce n'était qu'un alcoolique un peu triste qui avait perdu ses esprits, mais voilà qu'il désignait grossièrement mes cheveux en gloussant.

C'était trop. J'avais été élevée pour autre chose que d'entendre les railleries d'un barman-plongeur de vingt ans, que je payais sans doute plus que ce que je gagnais moi-même en une journée. Je lui arrachai la bouteille de la bouche et appuyai le goulot contre sa poitrine.

– Vous avez bu assez de champagne, et moi j'en ai assez de votre attitude, lançai-je. Nous vous payons pour faire un travail, alors faites-le !

Sa formation au Brentford Hospitality Centre lui recolora tout à coup les joues.

– Oui, madame. Excusez-moi, madame. Je vais aller resservir les invités, madame.

Après avoir englouti encore quelques verres de champagne, j'essayai de filer aux toilettes pour voir ce que je pouvais faire avec mes cheveux, mais elles étaient toutes occupées.

Le jazz quartet jouait le vieil air de *Greensleeves*. Mon entrée me rappela les très mauvais films artistiques que nous allions voir à l'université, du genre *La dolce vita se la joue Da Da en Roumanie*. Duncan, du haut de son petit mètre cinquante, pourchassait Lee avec une tapette à mouches qu'il avait rapportée d'un récent voyage en Égypte.

Alistair, son compagnon d'alcôve, était en train de bouder à la photocopieuse, où il faisait des copies de sa main d'un air indolent. Vinny disait à notre nouvelle stagiaire, Jennifer, à quel point elle était jolie, tandis qu'elle se balançait sur la musique comme une prostituée thaïe droguée. Gabby montrait son nombril percé à Mark Sidcup. Les deux spécialistes du droit européen du premier étage faisaient un concours d'origami.

Qu'était-il arrivé à ma méticuleuse organisation, à mes consciencieux et coûteux efforts pour me faire un nom en organisant la plus belle, la plus inoubliable soirée qu'on ait connue au 17, Pump Court ? J'aurais donné une fortune pour oublier ce souvenir-là. Je savais déjà que j'aurais intérêt à ne pas lésiner sur les moyens pour m'en remettre.

Le juge Hawkesbury sortit des toilettes et s'approcha

d'Alistair, qui lui montra des photocopies de sa main. Le juge Hawkesbury avait l'air de ne rien trouver d'anormal à tout ça ; d'ailleurs, il offrit sa main pour en faire aussi une copie. Et on dit qu'il n'y a plus de relations amicales. Il s'agissait bien là d'un rapport affectif viril qu'une femme ne pourra jamais comprendre ni partager. J'étais tellement occupée à regarder leur adorable petit tête-à-tête que je ne vis pas Vinny venir vers moi. Vinny l'ennuyeux, avec son pantalon déboutonné. Pensez à tous les hommes qui vous font fuir et vous aurez une idée de Vinny.

– Alors, Evelyn ! s'exclama-t-il.

– Alors, Vinny ? répondis-je.

– Pas mal, hein ? s'écria-t-il trop bruyamment, en me tapant dans le dos plus fort que nécessaire. Ce bon vieux juge Hawkesbury a l'air de bien s'amuser, là-bas, hein ? fit-il en me secouant.

– À faire des photocopies de sa main, vous voulez dire ? demandai-je en le repoussant aussi fort que mes bras me le permettaient.

– C'est qu'il n'a plus beaucoup l'occasion de sortir, maintenant, depuis le... euh... dit-il en se collant à moi.

– L'attaque de l'IRA ? demandai-je avec brutalité, comme un prêtre qui dirait « sodomie » au beau milieu de son sermon.

Vinny me regarda comme si je venais de briser la loi du silence. Le cabinet avait été surveillé par les renseignements généraux après que le juge Hawkesbury eut condamné à perpétuité les membres d'un groupe terroriste. Il regarda autour de lui pour s'assurer que personne ne nous écoutait, puis il fit cette tête qui changea complètement l'opinion que je me faisais de lui.

Tout d'abord ses sourcils se rejoignirent vers le milieu dans un genre de poignée de main maçonnique, puis il avança les lèvres de telle sorte qu'on aurait dit une cerise prête à tomber de l'arbre. Je suppose que ces contorsions étaient censées me rappeler les nombreuses menaces que recevait le juge Hawkesbury et le dernier attentat à son encontre, dans lequel son pitbull Margaret avait été soufflé par une voiture piégée.

– Mais c'est certainement fini, tout ça, Vinny. Maintenant que l'IRA a déposé les armes... dis-je d'un ton rassurant.

– Non, non, non ! cria-t-il comme si son épagneul venait de lui chier sur le pied. Déposer les armes, ce n'est pas rendre les armes. Ils peuvent recommencer n'importe...

Mais la bagarre avait déjà commencé devant la photocopieuse. Au cours des trente dernières secondes, Duncan avait posé sa tapette à mouches pour accourir vers l'heureuse association du juge Hawkesbury et d'Alistair, qui continuaient à glousser idiotement en regardant sortir les photocopies qu'ils avaient faites de leurs mains. Duncan souffrait sans équivoque de l'andropause. Quelque chose me dit que la bonne vieille amitié virile ne fonctionnait pas bien pour lui.

Lee se glissa à côté de moi et m'envoya un coup de coude.

– Sensass, votre soirée, mademoiselle Hornton ! J'adore la musique.

Puis il me donna une grande claque dans le dos, ce qui me fit tomber dans les bras de Vinny. Ils rirent poliment tous les deux, comme si j'avais aussi organisé cette chute pour les amuser.

J'aurais pu faire valoir ma ceinture noire, mais je fus distraite par Duncan qui frappa le juge Hawkesbury en pleine poitrine et lui gifla le visage avec sa cravate en disant quelque chose que je ne compris pas.

Bon, même ceux qui ne s'y connaissent pas en droit doivent savoir que les juges ne servent pas plus à recevoir des coups de poing que les cravates ne servent à donner des claques. C'était un scandale, et un des meilleurs du 17, Pump Court. Toutes ces années à esquiver les voitures piégées pour finalement se voir agressé par un des propres fils de l'Angleterre, à ma soirée ! Je courus vers l'attroupement.

– Allez, allez. Vous avez un problème, alors on va le

régler, harcelait Duncan en fourguant au juge Hawkesbury un méchant coup dans le bras.

– Je n'ai pas la moindre idée de ce que vous voulez
dire, mon vieux. Je n'ai pas de problème. Alistair et moi,
nous étions juste en train de nous distraire avec cette
machine, expliqua-t-il en riant légèrement.

Il donna une petite tape innocente à la photocopieuse.

– C'est bien, tout est réglé, maintenant. Allez, c'est
fini, dit Graham, un des spécialistes en droit européen.

Jusqu'alors, j'avais toujours trouvé que Graham avait
l'air de sortir d'une tombe. Mais il était revenu à la vie
et saisit courageusement Duncan par le bras pour l'éloi-
gner du juge.

Duncan repoussa la main secourable de Graham
comme s'il avait eu la lèpre.

– Ne t'occupe pas de ça, Grosse-Tête, lança-t-il d'un
ton blessant et cruel.

Grosse-Tête ! Oh, mon Dieu, cette fête allait tout droit
à la Cour suprême de la catastrophe. Grosse-Tête, c'était
le surnom secret que nous avions donné à Graham.
Jamais nous ne l'avions appelé comme ça en face ! Mais
c'était une de ces soirées où tout ce qui n'aurait jamais
dû être dit ou fait allait l'être. Et ce n'était que le début.

Grosse-Tête s'empressa d'aller rejoindre son collègue
avec une allure de héron japonais. Il parlait avec mon
barman-plongeur, qui buvait du champagne sans prendre la peine de se cacher. Je n'aimais pas leur façon de
rire en regardant dans ma direction.

Alistair avait disparu dans le feu de l'action, laissant
le juge Hawkesbury seul et sans défense. Duncan avait
l'air dangereusement dérangé. Il n'y avait plus personne
pour arrêter le carnage, sauf peut-être Vinny, ou Gabby,
ou encore la nouvelle stagiaire, fraîche émoulue de
l'école d'avocat et qui maintenait sa raie sur le côté avec
des pinces en appelant tous les hommes « monsieur ».

Je le savais, coiffure pourrie ou pas, il était temps que
les femmes viennent à la rescousse de cette soirée.

– Alors, Gabby, on ne l'a jamais vu, ce tatouage,
hein ? demandai-je.

Je lui offrais la chance de s'assurer un emploi à vie.

L'humeur du groupe changea immédiatement. Nous savions tous où ce tatouage était situé. Même Duncan était intéressé. Il lâcha la cravate du juge Hawkesbury et s'avança pour mieux voir Gabby qui était en train de soulever sa jupe.

Lee m'infligea un nouveau coup de coude.

– Belle fête, mademoiselle Hornton.

Sous le voile fin de son collant en nylon, Gabby ne portait pas de culotte. En regardant bien, on apercevait une petite rose. Mark Sidcup, qui revenait de sa cachette des jours de fête annuelle (les toilettes), nous rejoignit, le dos courbé pour contempler le derrière de Gabby.

C'est à peu près à ce moment-là que Vinny, dans son excitation, me donna un coup dans les dents et que je m'aperçus que je ne voyais Candida nulle part, Warren non plus. Les deux personnes le plus à même de pouvoir empêcher ce ravissant déballage.

À sa façon de caresser la cravate du juge Hawkesbury, je compris que Duncan s'était calmé. Je détectai dans les yeux du juge le regard d'un homme qui veut retourner dans son bureau pour surfer sur Jugenet en toute sécurité. Je demandai à Jennifer de l'accompagner dans son bureau ; puis je m'emparai d'une bouteille sur la table et m'éloignai pour boire au calme.

Comme mon bureau était toujours envahi de bâches et autres instruments de rénovation, je descendis le couloir à pas de loup vers le bureau que je partageais avec Candida, où mes sandwiches m'attendaient dans un tiroir. La journée avait été longue et je commençais à avoir faim.

En allumant, je ne compris pas tout de suite ce que j'avais sous les yeux. On aurait dit un puzzle anatomique qu'il fallait reconstituer. De prime abord, je ne voyais rien d'autre qu'une lumineuse masse de chair palpiter sur le bureau.

Puis j'entendis un son étouffé comme quelqu'un qui gémit de douleur.

– Oh, mademoiselle Raphael. Oh, mademoiselle ! Oh, mademoiselle !

Je commençai alors à rassembler les pièces. Les jambes de Warren dépassaient d'un côté du bureau, coincées entre les cuisses de Candida. Ça, je le compris assez vite. Au début, j'eus l'impression que ses fesses étaient sur le visage de Candida et sa tête entre les jambes de celles-ci. Mais comment était-ce médicalement possible ?

Alors Candida dut se rendre compte que j'étais là ; elle immobilisa l'entrejambe de Warren de ses cuisses laiteuses, me donnant la seconde qui me manquait pour que deux et deux fassent quatre. Warren faisait l'amour à Candida avec sa moumoute sur les fesses !

Je poussai un petit jappement involontaire. Candida prit la perruque et me l'envoya en pleine face.

Avec du recul, ce fut certainement une expérience déshonorante pour Warren. Il se blottissait dans le giron de Candida en émettant des sons étouffés qui ressemblaient fort à des sanglots.

– Sors ! Sors, putain de salope ! Allez, sors ! hurlait-elle.

Je ne saurai jamais ce qui me poussait à rester là, mais j'étais clouée sur place, à regarder cette bête à deux dos en tripotant les faux cheveux de Warren, jusqu'à ce que Candida me lance une seconde volée d'insultes. Je me déracinai enfin et claquai la porte derrière moi. Mais où peut aller une fille avec la touffe de cheveux de son clerc d'avocat entre les mains ?

Je traînais les pieds dans le couloir avec mon infortune et mon esprit embrouillé. Il fallait que je pose la perruque de Warren quelque part. Sur ma tête, peut-être ? Non, elle sentait la graisse et la sueur. J'essayai de la poser sur la poignée de la porte, mais elle tomberait lorsqu'ils ouvriraient la porte. Je tentai de la pousser sous la porte, mais le nouveau tapis avec la rayure marron l'empêchait de passer.

Des cris et des discussions affolées venaient du bureau. J'avais le visage cramoisi. Que devais-je faire ? Je ne pouvais pas me sauver comme ça et laisser la dignité de Warren par terre devant la porte. Je ne voulais pas non plus les attendre dans le couloir comme un valet de pied embarrassé.

Puis je vis le barman sortir de la cuisine ; je sifflai en lui faisant signe de s'approcher.

– Écoutez, il y a quelqu'un dans ce bureau qui a perdu ça, expliquai-je en lui montrant l'humide paquet de cheveux.

Il rit sans retenue.

– Vous avez vraiment des problèmes avec les cheveux, vous, ce soir, hein ?

Je le fusillai du regard. Quelle était donc cette sorte de serveurs impertinents qu'ils formaient à Brentford, maintenant ?

– Très drôle, marmonnai-je entre mes dents. Écoutez, la personne qui a égaré sa perruque serait très gênée de voir que c'est moi qui l'ai. Alors je vous propose d'attendre ici ou de frapper à la porte quand je serai partie pour la lui donner.

Je déposai la touffe de cheveux sur le plateau et pris la bouteille, pleine d'espoir.

Mais mon barman n'était pas si bête.

– Vous voulez rire ? gloussa-t-il en me mettant le postiche sur la tête.

Il m'arracha la bouteille des mains.

– Pas le moins du monde, insistai-je avec ma plus belle voix d'élève de Lorette.

Je replaçai le postiche sur le plateau et repris la bouteille.

– Et puis quoi encore ? J'ai été formé pour servir des verres, pas des perruques, répéta-t-il non sans vérité.

Un bon argument, il faut le reconnaître, mais j'empoignai tout de même ma bouteille et m'enfuis comme un fantôme. Il se retrouva tout seul pour frapper à la porte.

Je me retranchai dans une énergique discussion à coups de claques dans le dos avec Vinny jusqu'à ce que Warren me découvre et annonce, avec une grande maîtrise de soi : « Mlle Raphael aimerait vous parler, s'il vous plaît, mademoiselle Hornton. »

Les ennuis ont commencé
quand je suis née de sexe féminin

« Flambez-moi ! » Tels furent les derniers mots de Grand-Mère. Deux mots qui résumeraient pour toujours son existence. Jamais je n'oublierai la veille de sa mort. Nous étions rassemblés autour de son lit depuis des jours, attendant sa mort. Cette attente ne la réjouissait pas plus que nous, d'ailleurs. Son existence avait l'air de l'ennuyer autant que nous. Finalement, elle semblait même lasse des derniers sacrements, qu'elle avait demandés quotidiennement depuis une semaine.

Le père Guy paraissait s'ennuyer lui aussi, à tenir ces mains d'ivoire crispées sur les perles d'ébène du chapelet.

– Dites-moi, Evelyn (mes parents m'ont donné le même prénom que Grand-Mère), lui avait-il murmuré à l'oreille, quels sont vos derniers mots ?

Je crois qu'il essayait juste de briser l'ennui. Je ne pense pas qu'il ait vraiment voulu dire quoi que ce soit. Mais nous nous penchâmes tous en avant, avides d'entendre les fameux derniers mots, comme des joueurs de Monopoly qui attendent de sortir de prison.

Personnellement, j'espérais qu'elle dise quelque chose comme : « Tu as toujours été ma petite-fille préférée, Evelyn, et je te lègue toute ma fortune. » Je suppose que le père Guy espérait plutôt : « Je vais être assise à la droite du Père, père, et je lui dirai qu'il pense à vous. » Mais nous étions à des années-lumière de la réalité.

« Flambez-moi ! » hurla-t-elle comme une fée de la mort au moment de rendre son dernier soupir. Et tout l'enfer nous tomba dessus. Le curé se frappa la poitrine et s'effondra. Ma mère tomba sur lui. Les perles du chapelet s'éparpillèrent par terre. Mon père empoigna la tête de lit pour se soutenir en blasphémant énergiquement. Mes frères et sœurs se précipitèrent hors de la chambre, balbutiant des choses dans des langues inconnues.

Grand-Mère était morte avant que la dernière perle du chapelet n'atteigne le sol, mais le scandale lui survécut. Et le débat aussi. Avait-elle fait une sombre référence à la vie après la mort chez Hadès ? Ou bien avait-elle tout simplement voulu nous dire ce que nous devions faire de sa dépouille mortelle ?

« La vie est un éternel mystère », avait improvisé le prêtre à ses funérailles.

La demi-heure qui suivit donna raison au curé. La porte du bureau de Candida me rappela une autre porte, dix ans auparavant. Mon évolution sur l'échelle de l'école de jeunes filles de Lorette fut assez brutalement interrompue le jour où je surpris sœur Catherine en train de jouer au poker avec le père Young de l'école jésuite pour garçons Saint-Ignace de Loyola.

« *Ad majorem Dei gloriam.* Vous me devez quarante livres, vieille pute ! » avais-je entendu en entrant. Les répercussions furent révolutionnaires.

Disons les choses comme elles sont. Avant même d'appuyer sur la poignée de la porte de Candida, j'étais prête à dire, faire ou avouer n'importe quoi, pourvu que je ressorte avec l'utérus à la même place. Et avant que vous ne m'accusiez d'être une mauviette, permettez-moi de vous dire que j'avais lu *Les Sorcières de Salem*. Je connaissais mon texte, et si Candida m'envoyait une volée d'insultes en pleine face, je savais qu'au bout de quelques minutes je finirais par admettre d'abominables méfaits si c'était le seul moyen d'en finir.

– Garce. Je vais te foutre en l'air. Si tu comptes te servir de ça pour t'en tirer, sale petite pute, je te tue, expliqua-t-elle avant même de se tourner vers moi.

L'idée que je me trouvais dans un espace restreint en présence d'une psychopathe me traversa l'esprit. J'imaginai qu'elle se faisait suivre par un de ces thérapeutes sadiques qui disent qu'il faut exprimer pleinement ses émotions. Elle était peut-être en train de me lyncher pour se purger de la tension de la ménopause ? Un équivalent de la dragée Fuca, en quelque sorte.

Tandis qu'elle me démontait avec une frénésie de prêtre évangélique dans des langues que Berlitz n'oserait jamais traduire, je fus certaine d'une chose : ce n'étaient pas une perruque et une indiscrétion sexuelle qui avaient provoqué ces émotions-là. C'était beaucoup plus profond que ça. C'était une haine qui avait fermenté très longtemps, c'était... ancestral. Comme je l'ai toujours dit, vis-à-vis de Candida, les ennuis ont commencé quand je suis née de sexe féminin.

– Ne fais pas l'idiote, tout le monde sait ce que tu cherches, cracha-t-elle. Tu es toujours là à fourrer ton nez partout, petite garce. Sale... sale petite peste. Toujours là à jouer les saintes-nitouches. Oh, ça fait longtemps que tu cherches à m'avoir, j'en suis sûre. Espèce d'imbécile. Je l'ai tout de suite vu dans tes yeux. Tu crèves de jalousie, hein ?

Elle se tut suffisamment longtemps pour que je réponde. J'ouvris la bouche, mais décidai de ne rien dire. Pendant toute sa philippique, je m'étais sentie aussi insignifiante et persécutée qu'Ève après s'être laissé tenter par les pommes... À côté de ça, une réaction violente, c'était du pipi de chat.

Elle se tassa sur son siège et je tentai une offensive.

– Je suis désolée d'être entrée, Candida, vraiment.

Mais bon, je me suis juste trouvée au mauvais endroit au mauvais moment.

Elle rejeta la tête en arrière et partit d'un rire hystérique comme elle l'avait fait quelques heures plus tôt avec Stefan au sujet de mon ingénuité. Elle m'avait décrite comme « impayable », il me semble. Mais j'avais le sentiment que beaucoup d'eau avait passé sous les ponts depuis. Elle me regardait avec les yeux d'un juré de Nuremberg au procès de Goebbels.

– Vous pensez peut-être que je vais croire que vous ne l'avez pas fait exprès ? demanda-t-elle, comme si, alors que j'incarnais tous les démons, je ne pouvais moi-même espérer qu'elle y croie.

Je hochai la tête avec l'air rêveur d'une héroïne de film romantique.

– Vous me prenez sans doute pour une idiote ! persifla-t-elle.

Du regard, je niai énergiquement.

C'est à ce moment-là que les choses prirent une tournure inattendue. Elle regonfla ses cheveux, se blottit sur son siège et se tourna vers moi.

– Enfin, vous avez peut-être raison. Et puis, je suis certainement un peu trop dure, dit-elle brusquement.

Je ravalai ma salive.

– Je devrais sans doute oublier le passé.

Mes yeux roulèrent à l'intérieur de ma tête. Quelqu'un avait-il versé une substance hallucinogène dans le champagne ? À y bien regarder, elle était en train de parcourir le chemin du pardon comme le Christ en personne. Je me demandai l'espace d'une fraction de seconde si j'avais repris de l'ecstasy. Avec du recul, je me rends compte que je n'aurais pas dû laisser Candida aller plus loin. J'aurais dû insister pour qu'elle me flagelle – est-ce bien le mot ? En tout cas, j'aurais dû dire : « Traitez-moi comme les gardiens de prison traitent les trafiquants de drogue à Singapour. Frappez-moi. Battez-moi, fouettez-moi. » J'aurais dû la supplier, j'aurais dû savoir que plus elle boirait au calice du pardon, plus dure serait ma gueule de bois.

Candida fit tourner sa chaise pour faire de nouveau face au mur, où un assez vilain portrait d'elle en style expressionniste me souriait d'un air menaçant.

– Vous vous trouvez maligne, n'est-ce pas ? demanda-t-elle sans me regarder.

– Non, pas du tout, Candida. Je vous admire.

Je fixais le tableau.

Elle rit légèrement, apparemment flattée. Elle se tourna vers moi en souriant.

– Vous savez, je sais que vous en êtes !

J'en restai comme deux ronds de flan. Faisait-elle allusion au tableau ?

« Embrouille ton ennemi », conseillait toujours Grand-Mère.

J'étais embrouillée.

– Ah ? De quoi ?

Elle baissa d'un ton.

– Oh, petite sainte-nitouche. Vous croyez peut-être que je n'avais pas remarqué que vous étiez du clan de Lesbos ?

Je ne savais que dire. Je restai interdite, comme on dit sans doute dans les romans intellectuels.

– Quoi ? glapis-je.

– Oh, je ne l'ai jamais dit à personne. Je sais être très discrète, quand je veux, siffla-t-elle.

– Mais vous vous trompez, où êtes-vous allée chercher une chose pareille ?

– Ça ne sert à rien de nier. Je le sais depuis l'instant où je vous ai vue. Je sais tout sur Charlotte Macer. Je sais que c'est une... une... elle ne s'en cache pas. Elle arrivera sans doute à devenir juge grâce à ça. Je sais bien que les femmes du barreau ont toutes cette tendance.

Cette tendance ? J'avais l'impression d'être un petit chat qui vient de perdre le bout de sa pelote de laine.

– Attendez, vous êtes en train de me dire que je suis homosexuelle ?

– Oh, grandissez un peu, Evelyn. Je ne suis pas étrangère au monde des pervers. Vous me croyez née de la dernière pluie ?

Je me balançais machinalement sur mon siège. Comme disait le comte de Monte Cristo : « Attendons et espérons. » C'était donc ce qu'elle insinuait avec ses sombres allusions à « ma situation ». Je commençais à voir une longue file de travailleurs enchaînés devant moi. Non que je fusse épouvantée d'être qualifiée de lesbienne. En d'autres circonstances j'en aurais même été flattée mais, comme j'avais eu l'occasion de le constater, dans les mains de Candida, même une malheureuse coupe de cheveux peut devenir une arme.

– Ce n'est pas parce que j'habite avec Charles que je suis homosexuelle, Candida, tentai-je inutilement d'expliquer. Et quand bien même, qu'est-ce que ça ferait ?

– Ah, c'est comme ça qu'elle se fait appeler ? Charles ? Typique ! On dirait *Adieu à Berlin*. Vous pouvez dire ce que vous voulez, ma chère, ça ne me regarde pas et, honnêtement, ça ne me dérange pas... pas personnellement, du moins. Tant que vous n'essayez pas vos cochonneries sur moi.

Je tressaillis à la seule pensée que quelqu'un, sans parler de moi, puisse essayer quoi que ce fût sur ce crabe incrusté d'or, à part un nœud coulant, peut-être.

– Charlotte est sans doute en sécurité dans un cabinet libéral, ronronna-t-elle, mais je ne crois pas inutile de vous rappeler que Warren voit d'un très mauvais œil les filles de votre genre.

J'avais raison. Ça n'avait rien à voir avec le fait que je l'aie surprise avec Warren. C'était bien plus profond. En tant que clerc d'avocat, Warren tenait mon pouvoir d'achat entre ses mains. S'il venait à découvrir que j'appartenais au genre de fille qu'il voyait d'un mauvais œil, ce pouvoir d'achat se réduirait comme une peau de chagrin.

J'avais entretenu jusqu'alors une relation assez privilégiée avec lui. Il me voyait comme une gentille jeune fille catholique, de grande valeur morale. Il faut dire que Warren était un fervent presbytérien et qu'il portait la moralité comme un suspensoir. On ne parle pas de sa duplicité morale. Les péchés qu'on commet sont toujours plus faciles à pardonner que ceux des autres. Mais l'homosexualité, c'était une autre paire de manches. Nous parlons d'un crime contre la décence, d'un crime contre la nature. Nous parlons d'un homme atteint d'un exceptionnel blocage anal.

– Alors maintenant, mademoiselle-je-fouine-partout, fit Candida avec son air de poupée folle qu'on vient de remonter, je crois qu'il serait sage que vous vous fassiez toute petite à l'avenir. En sachant ce que je sais, je suis sûre que vous ferez votre possible pour me faire plaisir.

– Vous faire plaisir ? bavai-je.

Faire plaisir à Candida relevait des travaux d'Hercule ; c'était un peu comme redresser la tour de Pise.

– Eh bien, vous n'avez qu'à commencer par gagner les procès que j'ai eu la gentillesse de vous transmettre. Je crois que vous avez un incendie criminel demain à Hove ?

J'aurais voulu dire quelque chose de rationnel, du style « Ce sont les jurés qui décident », mais ma bouche était paralysée. Je me liquéfiais.

– Que les choses soient claires. Quand je parle de verdicts, je ne parle pas d'options, ma chère.

C'était un peu du harcèlement sexuel. Je me sentais abusée et violée et furieuse et impuissante. En un mot, excusez-moi, mes sœurs, mais j'avais envie de lui faire bouffer ses trompes de Fallope.

Flambez-moi !

24

Dans cette pièce lesbienne, on m'avait distribué
le rôle muet de l'hétéro idiote

La vie n'est pas faite pour être facile. C'est ce qu'avait dit un jour un grand homme politique australien. C'est ce qui lui avait fait perdre les élections suivantes. Et je comprenais pourquoi : tout ce que je voulais, c'était une vie facile. Ce qui était sûr, c'est que je ne voulais pas des impitoyables réalités qui m'avaient submergée ces derniers temps. Si c'était ça, la vie, je voulais autre chose. Quelque chose de plus doux. N'importe quoi ! Une expérience extracorporelle dans un endroit comme la Jamaïque aurait fait l'affaire.

Assise dans la salle d'attente du métro, devant mon tunnel de rêves fracassés, j'essayais de me rappeler les jours heureux où la seule chose qui m'empêchait de dormir était la crainte qu'on voie la marque de mon slip.

Et maintenant j'étais harcelée au sujet de ma sexualité par une choucroute enragée. Et la solidarité féminine ? Qu'est-ce qu'elles diraient de tout ça, Gloria Steinam et Germaine Greer ? Même Camilla Paglia n'aurait pas réussi à plaisanter de ma situation. J'avais appris une chose à l'école de bonnes sœurs : affronter une femme est aussi mortel qu'affronter un homme.

Les hommes, au moins, ils ont des testicules et on

peut toujours leur envoyer un coup de pied dedans. Le talon d'Achille de Candida n'était pas si facile à trouver. Elle était la forteresse et le dragon à la fois. Je repassais les événements dans ma tête. Quoi, je l'avais surprise en train de faire l'amour avec le clerc d'avocat, et c'est moi qui avais la queue entre les jambes ? Pardon ? Cette histoire de lesbienne n'était qu'une couverture. Que je le sois ou non, Candida pensait qu'elle tenait l'épée de Damoclès. D'ailleurs, elle s'en était déjà servi pour me refaire ma coiffure.

– Qu'est-ce qui s'est passé ? demandai-je tout haut au reste de l'univers, comme tous les autres cinglés qui attendaient sur le quai en marmonnant entre leurs dents.

Quelques minutes auparavant, j'avais le monde à mes pieds, j'avais mon travail, une grosse affaire à Old Bailey, et une coiffure au carré. Et maintenant, j'avais une choucroute enragée aux fesses. J'avais une folle envie de relire les poèmes de Sylvia Plath.

Et je ne vous ai même pas raconté la dernière. Juste au moment où je descendais les marches du cabinet, Candida m'avait couru après pour me coller dans les mains ce que j'avais d'abord pris pour une lettre piégée.

– Au fait, ma chère, ceci est arrivé tandis que nous étions sorties ; ça m'a l'air personnel.

Il s'agissait d'une grande enveloppe adressée à mon nom. Les larges boucles de l'écriture m'étaient suffisamment familières pour que je ne l'ouvre pas tout de suite et que je la fourre dans les profondeurs de mon attaché-case, et de ma conscience.

J'avais l'intention de la lire dans le train, mais vous savez ce que c'est avec les transports en commun. J'étais trop occupée à donner la pièce aux musiciens bosniaques, à défendre mon arrière-train et à éviter du regard un homme qui avait une rangée de clous argentés le long du sourcil, comme une traînée de bave d'escargot. Il grattait une croûte dans la tête de son chien. Comme disait toujours Grand-Mère en râlant, l'homme commun est une brute épaisse.

En remontant Kensington Park Road, je priais pour que les filles soient encore debout. J'avais envie de cette amitié féminine régénérante dont ils parlent dans les magazines. J'avais été particulièrement impressionnée par un article de *Tatler*, le magazine de luxe où on se moquait des Américains qui ne pouvaient soi-disant pas se passer des psychanalystes, tout en louant les jeunes femmes britanniques qui, elles, comptent sur la bonne vieille amitié féminine.

— Evelyn, tes cheveux ! s'écria Sam depuis le balcon. Charles, viens vite, viens voir les cheveux d'Evelyn ! cria-t-elle, au cas où quelqu'un n'aurait pas entendu.

— Oh, mon Dieu... tes cheveux ! couina Charles.

Grand-Mère appelait ça remuer le couteau dans la plaie.

Je levai les yeux et je vis les lumières s'allumer un peu partout autour de la place.

— On peut attendre que je sois montée pour en parler ? suppliai-je.

Malgré les trop nombreuses atteintes à ma dignité, il y a beaucoup à dire sur la vie avec des copines, pensai-je en montant les escaliers. D'accord, elles me fichent la honte de temps en temps, mais au moins on n'a pas à affronter le malaise du XXe siècle tout seul. Les copines atténuent les coups et les bobos de la vie. On se prête nos affaires, on échange nos magazines, on utilise les mêmes appareils ménagers et on se raconte les derniers cancans.

Sam et Charles m'attendaient en haut des escaliers, dans leurs pyjamas courts. Sam tenait une pipette remplie d'alcool qu'elle m'envoya en pleine figure.

— Oh, dans quel état tu es, Evvy. Ma pauvre ! s'exclama Charles en passant ses longs bras autour de ma personne désormais humide.

Sam partit en courant, sans doute pour chercher des munitions, mais revint avec un verre de Pimms au concombre. Je baissai la tête.

— Bois un coup, tu te sentiras mieux, gloussa-t-elle. Mais mon Dieu, tes cheveux ! Qu'est-ce que tu as fait ?

Attends, ne me dis rien avant d'avoir bu un verre ! C'était ce soir, ta fête, au bureau ? Pas trop chiant ? Mince, cette coiffure, Evelyn. Tiens, goûte, c'est ce qu'on pense servir demain, à la soirée.

Elle n'arrêtait pas de s'agiter, elle parlait à deux mille kilomètres à l'heure et moi je buvais – du Pimms sec avec un peu de concombre haché.

La soirée du lendemain me semblait à des années-lumière. Je m'assis sur une des chaises en fer noir avec un grand dossier. Le plateau en verre de la table était recouvert de préservatifs, de pipettes et de caissettes en papier. On aurait dit un jeu bizarre, dans le genre « Barbie chez le chimiste fou ». Il était temps de tirer la chasse sur cette amitié féminine régénérante.

J'avais besoin de conseils intraveineux.

– Qu'est-ce que tu en dis, Evvy ? Tu as vu les pipettes ? demanda Sam en soulevant les divers instruments. Elles sont chouettes, hein ? C'est Lia et Adrienne qui nous les ont données ! s'exclama-t-elle en me tendant une poignée de préservatifs.

Je reculai comme s'ils avaient déjà servi.

Loin d'être découragée, elle déposa le tout sur mes genoux.

– Elles ont utilisé la méthode de la pipette, elles aussi. Oh, Evvy, je suis impatiente de voir combien de sperme tu vas réussir à rapporter ! s'écria-t-elle, agitée comme un enfant qui attend d'ouvrir son cadeau de Noël.

Elle rassembla des morceaux de concombre dans son verre.

– En tout cas, tout ce que tu auras à faire, c'est de le mettre comme ça dans les capotes, dit-elle en déposant du concombre dans un préservatif.

Je commençais à me sentir bizarre.

– Et là, tu fais un nœud comme ça, fit-elle en nouant le caoutchouc. Et après tu nous l'apportes et nous on met tout ça dans la pipette et hop, dans le col de l'utérus, et voilà ! Un jeu d'enfant.

Elle avait expliqué le tout avec des gestes dont je me serais volontiers passée. Charles l'approuvait du regard,

194

pareille à un homme qui regarde son épouse accoucher. Ma mâchoire raclait la moquette comme un aspirateur.

C'était exactement ce qu'il ne me fallait pas. Je venais de voir ma fête se transformer en Sodome et Gomorrhe. Le ventre de Candida se faire sonder par une perruque. On m'avait menacée de faire éclater le scandale en tant qu'habitante de Lesbos. J'avais passé les vingt dernières minutes à regarder un barbare urbain gratter les croûtes de son animal scrofuleux. Et maintenant, ça. Je me sentais défaillir. Outre l'assaut du destin sur ma vie, j'avais terriblement faim.

– Tu peux juste me laisser manger un morceau, là ? demandai-je. Pendant deux ans, je n'ai même pas eu l'occasion d'embrasser un mec, et maintenant tu sors assez de capotes pour mettre fin à l'explosion démographique du tiers monde, déjà que ça m'empêche de dormir la nuit... Et dis-moi si je me trompe, mais j'ai l'impression que tu crois que je vais en utiliser au moins quelques douzaines ?

Elles clignèrent frénétiquement des yeux, comme si c'était exactement ce qu'elles pensaient.

– Eh bien, ma chérie, après cette traversée du désert, nous pensions que tu espérais une pluie, une inondation, même, dit Charles d'un air boudeur.

Je sentis les saints du ciel tomber avec moi au moment où je m'évanouis.

Je revins à moi grâce à la pipette qui m'aspergeait de Pimms. C'était comme dans un film, quand on ferme les yeux pour ne plus voir et, quand on les rouvre, c'est encore pire. C'étaient mes amies, nom d'un chien ! Elles auraient dû être à l'écoute de ma douleur, elles auraient dû me soigner.

Dire que j'étais allée dans une école de bonnes sœurs ! Je connaissais mieux que quiconque les secrets de l'amitié féminine. J'aurais pu écrire le guide de l'amitié et cette scène, aussi vrai que je m'appelle Evelyn, aurait fini à la poubelle.

Le guide de l'amitié établit clairement que les copines se font des masques de beauté ensemble. Les copines calculent les calories qu'elles avalent. Les copines se préviennent si elles ont du rouge à lèvres sur les dents. Les copines se rassurent en disant que tous les hommes sont des salauds. Elles échangent les tuyaux de légitime défense en regardant *Liaison fatale* blotties l'une contre l'autre sur le canapé. Et en retrouvant mes esprits, la première chose que je voulais dire à ces copines indignes était qu'elles brisaient toutes les règles de l'amitié féminine connue.

J'avais de vrais problèmes dont j'avais besoin de parler. Outre cette coiffure, on me faisait du chantage sur la fausse supposition que j'étais homosexuelle. Jamais je n'avais autant eu besoin de mes copines.

Mais ce scénario avait été écrit pour moi, pas par moi. Je savais que, dans cette pièce lesbienne, on m'avait distribué le rôle muet de l'hétéro idiote.

– Tu savais que les gnostiques mangeaient tout le temps des concombres parce qu'ils croyaient que les pépins leur donnaient plus de sperme ?

Sam n'en finissait pas de jacasser, et les cellules de mon cerveau décidèrent de ne plus faire les connexions, même les plus simples. N'y avait-il donc pas moyen de l'arrêter ? D'accord, elle voulait un bébé, mais là, elle était gravement possédée par le sujet.

– Tu ne trouves pas ça mignon ? roucoulait-elle comme un adulte shooté au crack en regardant *1, rue Sésame*. Je parie que c'était facile d'obtenir du sperme, à cette époque-là. Apparemment, c'était comme la méditation, pour eux : chaque orgasme te rapprochait d'un pas de l'illumination et tout et tout. Je suppose qu'ils devaient fantasmer sur la passion du Christ et tout ça. Qu'est-ce que tu en penses, Evvy, c'est toi, la catholique ? Tu crois que tes bonnes sœurs se masturbaient pour arriver à l'illumination ?

Là, elle allait trop loin. Même pour une fille de la fin du siècle qui était un peu en désaccord avec le pape et son infaillibilité, c'était trop. Je sentais ma langue s'enrouler vers le fond de ma gorge. Une fois, j'avais vu une fille faire une crise d'épilepsie. Helen Maddocks. Elle était mauvaise en maths et sœur Catherine avait commencé à tapoter le tableau du bout de sa grande règle en bois. Généralement, lorsqu'elle faisait ça, ça voulait dire qu'il fallait que la fille en question vienne devant la classe, pour prendre un bain d'humiliation, en quelque sorte. Mais Helen avait fait une crise, ce qui avait mis en déroute les plans sadiques de sœur Catherine.

Je me demandais si une crise d'épilepsie me serait de quelque secours.

25

Raide comme un godemiché !

Charles finit par venir à la rescousse.

– C'est bon, Sam, je crois qu'Evvy en a assez pour aujourd'hui. Et si tu allais lui faire couler un bain et qu'elle nous raconte ce qu'elle a fait à ses cheveux ?

Elle m'avait libérée. J'avais l'impression d'être un prisonnier du Hezbollah qui embrassait la main du bon gardien. Je courus dans ma chambre et attendis que l'odeur de l'essence de lavande m'avertisse que je pouvais en sortir en toute sécurité.

Sam avait mis du Chopin avant d'aller à la salle de bains. C'est drôle comme la musique peut déclencher des émotions. Nous avions écouté ce CD *ad libitum* au cours des deux années passées, surtout le quatrième morceau, en fait. Nous en étions folles. Quand nous étions d'humeur à rire, nous inventions des paroles idiotes sur cet air, dans le style country et western. Le genre de paroles que Chopin aurait peut-être chantées à George Sand s'il était né dans le Far West. Mais ce soir-là des frissons me parcouraient l'échine alors que des souvenirs que j'avais tout fait pour oublier revenaient à la charge.

La première fois que Giles m'avait déshabillée dans

sa chambre, c'était sur un fond de « Préludes ». Cet air où les notes tintent à tout va m'avait donné le vertige, comme si j'avais été au bord d'une falaise émotionnelle. Alors que nous faisions l'amour devant sa cheminée à New College, entre ses cours bien empilés et la pagaille de livres anciens, je pensais avoir trouvé le grand amour. Beurk !

Maintenant, je me souvenais brusquement de la grande enveloppe que Candida m'avait jetée dans les mains en sortant du bureau. Giles ! J'étais toute bizarre, toute tremblante, comme si quelque chose de terrible allait se produire.

Je pris la ferme décision de l'ouvrir après mon bain.

J'étais glorieusement immergée dans la mousse quand Charles arriva avec son sac de coiffure et Sam avec des chocolats glacés et un gâteau aux carottes. Je commençais à les reconnaître. Ça, c'était de l'amitié. *Tatler* avait bien raison. Fi des psychanalystes. Fi de la thérapie intraveineuse.

– Alors, raconte-nous, tes cheveux ? pressa Charles.

Alors, je racontai. Je leur fis un compte rendu au peigne fin sur Stefan et ses inquisiteurs.

– Stefan ? C'est qui, Stefan ? demandèrent-elles en chœur alors que j'expliquais les origines de mon supplice.

– Pour l'amour du ciel, ne dites jamais ça devant Candida ! Pour elle, Stefan est à la coiffure ce que la vodka est à Bollinger.

Sam et Charles gloussèrent à se tenir les côtes.

– Tu veux dire que tu as laissé un homme qui répond au nom de Stefan toucher à tes cheveux ?

Elles postillonnaient des miettes de gâteau aux carottes et moi je les maudissais. Sam plongea le bout de sa pipette dans l'eau puis souffla dedans pour nous envoyer des bulles.

Je leur lançai un regard blessé.

– Vous pouvez essayer de prendre tout ça au sérieux, une minute ? Qu'est-ce que je vais faire, moi ? J'ai un procès demain matin à Hove, et si je le perds je peux aller balayer dans la rue. En plus, il y a Julian qui vient ici demain soir et Candida qui croit que je...

La référence à Julian attira aussitôt leur attention (puisque Julian signifie sperme).

– Mon Dieu, oui ! Mais qu'est-ce qu'on va faire ? La fête, c'est demain soir. Et personne n'aura envie de faire l'amour à un truc pareil ! déclara Sam de manière significative en me faisant une couronne de mousse sur la tête.

Tel l'agneau sur l'autel du sacrifice, j'essayai de discuter ma rancœur avec le grand prêtre.

– J'ai l'impression que, pour vous deux, je ne suis rien de plus qu'un attrape-sperme, gémis-je.

Mais je fus ignorée, ou plus exactement aplatie par la logique de char d'assaut de Sam.

– Mais pourquoi tu as accepté d'aller chez le coiffeur de Candida, d'abord ? D'après ce que tu nous as dit, pourtant, ce n'est vraiment pas le genre de femme à qui une personne normalement constituée a envie de demander conseil, pour ce qui est de l'apparence.

– Alors, c'est ma faute, maintenant ? lançai-je. Écoutez, c'est sérieux. Oubliez ma coiffure une minute, et les capotes, et cette saloperie de pipette. Pour moi, il y a plus important que votre zygote, croyez-moi ! On menace de crier sur tous les toits que je suis homo !

– Que tu es quoi ? demandèrent-elles ensemble.

– Homo.

Elles avaient l'air perdu. Comme sœur Bethléem lorsque nous lui avions demandé si elle avait déjà eu un orgasme.

– Allô, Jupiter, ici la Terre. Vous avez déjà entendu parler des homos, non ? Vous en faites partie, si vous vous rappelez bien.

– D'accord, d'accord, mais j'ai loupé quelque chose. Qui est homo ? demanda Sam.

– Eh bien, Candida pense que je suis lesbienne, énonçai-je lentement.

– La chienne choucroutée qui t'a fait faire cette coiffure ?

– Bingo. Je suis entrée dans son bureau pendant qu'elle était en train de se faire sauter par le clerc d'avocat et elle m'a prévenue que si jamais je le racontais à quelqu'un, elle irait dire à Warren que je suis homo.

– Ben, ne dis rien à personne, alors, conclut Sam comme si c'était réglé (elle envoya un jet de mousse froide sous l'eau avec la pipette). Tu vois, ça y est !

– Oh, bien sûr. Tu crois que c'est aussi simple ? Tu ne vois pas qu'elle me tient, comme ça ? Elle n'en a rien à faire. Elle ne peut pas m'encadrer ; tout ce qu'elle veut, c'est que je dégage du cabinet. Et cette coiffure, ce n'est que le début. Un avertissement, quoi. Candida n'est pas le genre de bonne femme à se laisser impressionner par la vérité. Elle peut utiliser cette histoire de lesbienne contre moi quand elle le voudra et, entretemps, rien ne l'empêchera de faire des allusions. Par exemple, l'incendie criminel à Hove. C'était un procès qu'elle m'a refilé et, en gros, elle m'a dit : « Gagne-le, sinon... ! »

– Sinon quoi ? demanda Charles.

– Elle ira raconter partout que je suis homo.

Quelque chose me dit que je ne défendais pas très bien ma propre cause.

– Mais tu n'es pas homo ! intervint Sam d'une voix flûtée avec une logique de droguée en plein trip.

Eh bien, les lobbies de lesbiennes avaient de la chance que Sam ne soit pas assise à la table des négociations.

– Tu ne comprends pas qu'elle pourrait foutre en l'air ma carrière au 17, Pump Court ? expliquai-je, exaspérée.

– Mais, même si tu étais homo, qu'est-ce que ça peut leur faire ? demanda Charles. Tu sais, là où je bosse, mes penchants ne sont un secret pour personne ! ajouta-t-elle en riant.

Je voyais bien qu'elles ne prenaient pas mes problèmes au sérieux, mais j'insistai.

– Ben, c'est justement ça le problème. Elle m'a parlé de toi. Figure-toi qu'elle a mené sa petite enquête sur toi. Elle a dit qu'ils étaient assez libéraux dans ton cabinet et que le fait d'être homo t'aiderait peut-être même à devenir juge. Mais ça ne marche pas comme ça à Pump Court. Si elle le dit à Warren, je suis dans la merde jusqu'au cou.

— Oui, oui, j'ai bien compris, Evvy, mais on en revient toujours au même point : tu es raide comme un gode-miché. Irréprochable. Une hétéro tout ce qu'il y a de plus banal.

— Ce que je suis bête. Comment n'y ai-je pas pensé ? Bien sûr, je n'ai qu'à faire une analyse de sang et on verra tout de suite que je ne suis pas homo ! lançai-je sur un ton sarcastique. On voit bien que tu ne connais pas Candida, toi. Elle ne s'embarrasse pas de formalités. Pour elle, j'habite avec une homo, donc je suis homo.

— Et Sam, dans tout ça ? C'est mon gode de rechange, peut-être ?

— Ooooh oui, je t'en prie ! fredonna Sam en enlaçant Charles.

Je saisis un rasoir, qui n'avait servi qu'une fois ou deux, et je songeai à leur trancher la gorge, puis la mienne, dans une folie meurtrière/suicidaire. Mais ça ferait trop plaisir à Candida. Je me contentai donc de me raser les aisselles.

— Ce n'est même pas la peine d'en parler. Si Candida apprend que Sam habite ici aussi, elle dira qu'on fait ménage à trois. Ce qui signifie que Warren arrêtera de me donner du travail. Vous ne comprenez pas ? Candida se fout complètement que je sois homo ou pas. Le problème, c'est que je ne suis pas le genre de fille à m'abaisser devant elle, et elle veut que je dégage du cabinet. La coiffure, ça fait partie de son projet. Elle a certainement payé Stefan pour me faire ça, ou plutôt, elle lui a dit de sucrer ma facture. Maintenant, pour se débarrasser de moi, elle sait qu'il suffit de convaincre Warren que je suis homo. Autant lui dire que je suis aussi saine d'esprit que Jack l'Éventreur. Tu le sais bien, Charles, je débute dans le métier, et si Warren décide de ne plus me donner de boulot, il a toutes les cartes en main. Je n'aurai pas assez de clients pour continuer. Warren est la source de tous mes dossiers ; c'est le Nil, la Tamise. S'il ferme le robinet, je suis... je suis...

Je levai les yeux vers elles avec un regard qui, je l'espérais, traduisait bien mon désespoir.

– Baisée ? suggéra Sam. Mais de toute façon, le premier problème à régler, c'est toujours ta coiffure.

Je me sentis aussi incomprise que la victime d'un viol qui va porter plainte au poste de police. J'avais rempli tous les formulaires, je leur avais montré tous mes bleus, mes vêtements déchirés, et tout le monde continuait à se demander si ce n'était pas moi qui l'avais un peu cherché. Tout ce que j'avais réussi dans ma vie semblait vouloir s'écouler par le trou de la baignoire avec l'eau du bain. Je plongeai sous la mousse en pensant que la meilleure chose qu'il me restait à faire était de me noyer. Ça attirerait peut-être leur attention.

Sam tenait le miroir grossissant quand j'émergeai – celui qui nous servait pour extraire les points noirs. L'évidence de la folie des six heures précédentes était incontournable. Si Julian s'était montré un peu distant jusqu'à présent, cette coiffure était parfaite pour achever de lui congeler la libido. Dans le miroir, j'aperçus le reflet d'une castratrice.

– Tu vois ce que je veux dire, Evvy ? remarqua-t-elle à juste titre.

– Oui, c'est indiscutable, ma fille, approuva Charles. Le jury n'aurait même pas besoin de délibérer. Il n'y a qu'une sentence possible !

– Qu'on lui coupe la tête ! s'écrièrent-elles.

Nous nous coupions souvent les cheveux les unes aux autres. Pour la coiffure blonde de Charles, une bouteille de décolorant et une paire de ciseaux Remington suffisaient. Le dégradé de Sam avait été conçu par Nicky Clarke, mais à la limite je pouvais lui rafraîchir. Quant à mon carré, c'était... oublions le passé.

Au sortir du bain à la lavande, il était déjà une heure moins vingt du matin. Nous décidâmes, après quelque débat (mais une fois de plus je faisais de la figuration), qu'elles me couperaient les cheveux court comme Charles.

Au bout de dix minutes, Sam m'envoya une rasade de napalm.

– Ah, au fait, Julian t'a téléphoné, tout à l'heure, dit-elle l'air de rien en taillant dans le nouveau moi. Il voulait s'assurer que tu n'étais pas homo.

Je tournai vivement la tête et manquai de m'étrangler avec une mèche de cheveux. Les ciseaux dérapèrent douloureusement sur mon oreille gauche.

– Quoi ? criai-je tandis que le sang coulait sur mon épaule.

Je regardai autour de moi avec incrédulité, recherchant une moitié d'oreille gisant par terre au milieu des mèches de l'ancien moi. J'étais saisie par le désir irrépressible de l'envoyer à Julian.

26

Hove ou ne pas Hove ?

Julian s'intéressait à moi. Ce fut la première chose qui me vint à l'esprit quand Sam arriva dans ma chambre avec un cappuccino à six heures du matin. Après tout, se renseigner sur la sexualité de quelqu'un, c'est l'équivalent fin XXe siècle de s'enquérir de son statut marital.

Assise au bout de mon lit dans sa nouvelle robe de chambre blanche nid-d'abeilles de chez Conran, Sam me rappelait une madone. Je sus alors qu'elle ferait une bonne mère ; toute sa silhouette transpirait la fécondité.

Elle frotta ma tête quasiment chauve d'un geste affectueux.

– Désolée pour ton oreille, Evvy.

Je portai la main à mon oreille et sentis le grand pansement que nous y avions collé. On aurait dit une piqûre de guêpe. Nous avions finalement décidé de ne pas mettre d'eau oxygénée. Mais une fois à la lumière du jour, l'iode était une erreur manifeste.

– Ce n'est rien, dis-je en souriant.

Depuis qu'elle m'avait dit que Julian avait appelé, j'étais d'humeur magnanime.

– Tu ressembles à une camionneuse qui s'est bagarrée ! s'exclama Charles en s'appuyant contre l'encadrement de la porte.

Je lui jetai un oreiller.

– Ce n'est pas ce qu'elle a envie d'entendre, espèce de garce, répondit Sam pour me défendre.

Sa robe de chambre s'ouvrit et j'aperçus un fragment de son cache-cœur Tom Gilbey, celui sur lequel était inscrit « pleurez, trous du cul », destiné à « tous les connards du marché des obligations », avait-elle expliqué un jour. Ses seins bronzés étaient tout juste visibles – disons qu'en gros ils ressortaient de manière obscène. Je vis que Charles les avait remarqués aussi, à sa manière de dévorer Sam du regard. Je m'installai dans l'oreiller qui me restait et commençai à siroter mon cappuccino en regardant le spectacle.

– C'est toi, l'espèce d'idiote qui a fait ça ! rétorqua Charles en envoyant l'oreiller à Sam.

Il manqua mon café de peu.

– Et qu'est-ce que ça peut te faire, espèce d'imbécile égoïste ?

J'avais déjà eu l'occasion d'assister à une de ces séances de préliminaires, espèce de ceci, espèce de cela... Il pouvait y en avoir encore pour un moment avant qu'elles n'en viennent à se rouler par terre. Alors j'engloutis mon café et me dirigeai vers la douche.

Dans le miroir, je compris que Charles avait raison. Je ressemblais tout à fait à une camionneuse qui venait de se bagarrer. Il ne me manquait plus qu'une barbe pour me sentir tout à fait à l'aise au bar à touffes du bas de la rue, où les lesbiennes se réunissaient, en chemisier et en jean. Manifestement, tout ça faisait partie du plan de Candida : elle avait demandé à Stefan de me donner l'air d'une homo avant de répandre la calomnie. Comment avais-je pu lui faire confiance ?

Je ruminais l'ultimatum de Candida sous la douche, puis devant ma garde-robe. J'optai pour mon tailleur Jil Sander couleur café, dont la discrétion convenait à un tribunal de province, et qui était assorti à mon pansement. Je jetai un rapide coup d'œil à mon horoscope, mais il n'y avait pas la moindre annonce d'un triomphe, seulement les impénétrables avertissements habituels sur des choses à emmagasiner en soi. Et ils appellent ça une prédiction ? Et puis, qu'est-ce que ça voulait dire, d'abord, « emmagasiner » ? Ils me prenaient pour quoi, un silo ? Et quelles choses, de toute façon ? Du liquide ? De la cellulite ?

Moi, quand je regarde mon horoscope, je veux de bonnes vieilles prédictions solides. Comme par exemple : « Ne sortez pas dans la rue aujourd'hui, vous risquez de vous faire écraser. » « Ne vous faites pas couper les cheveux aujourd'hui, car ce sera catastrophique. » Ou encore : « Vous allez faire l'amour avec l'homme dont vous êtes complètement zinzin depuis que vous avez croisé son regard », ou : « Les jurés vont rendre le verdict dont vous rêviez. »

Avant de partir j'essayai ma perruque devant la glace, pour voir si elle cachait mon pansement. Pour avoir une chance de gagner ce procès, il fallait que les jurés évitent de faire une analogie avec le style camionneuse homo.

Alors que je me débattais avec mon sac à la recherche de la boîte de ma perruque, je redécouvris la grande enveloppe de Giles. C'était peut-être ça que j'emmagasinais ? Je regardai ma montre. Sauve qui peut ! Il était sept heures et demie ! Je fourrai l'enveloppe dans le no man's land de mon attaché-case. Encore une douche froide qui me tombait dessus.

J'arrivai dans le désordre de tailleurs et de sacs à main de la gare Victoria juste à l'heure de pointe. Plusieurs sans-abri étaient encore allongés sur les bancs devant la gare, hébétés et disloqués, à moitié sortis de leur sac de couchage. Quelques-uns s'étaient amicalement rassemblés le long du mur pour siroter des canettes de bière. Ils me regardèrent d'un air compréhensif. L'un d'eux me tendit un *Big Issues* et je me sentis obligée de l'acheter. Je me dis qu'ils étaient peut-être comme ces Irlandaises qui vendent de la bruyère et qui vous jettent un sort si vous ne leur en achetez pas.

Je lui tendis une pièce d'une livre et lui dis généreusement de garder la monnaie. Mais quand je saisis le journal, il ne le lâcha pas.

– Si ça ne vous fait rien, je vais le garder. C'est mon dernier, vous comprenez, expliqua-t-il.

Était-ce mon jour de malchance, ou quoi ? N'étais-je donc même plus capable d'acheter dignement un *Big Issues* ?

– Bonjour, la bagarreuse ! m'apostropha le contrôleur avec sympathie lorsque j'arrivai sur le quai.

Fantastique ! Mes parents seraient ravis. Douze ans de la meilleure éducation catholique que peuvent offrir des dollars australiens, une mention très bien à Oxford, une bourse pour l'école d'avocat, un travail dans un cabinet réputé. Et un surnom que tout membre du monde criminel m'envierait. L'assurance est une chose fragile et sensible, et mon ego m'encourageait à porter plainte contre ma coiffure pour dommage provoqué avec intention de nuire.

Je changeai de train à Brighton et me retrouvai dans le même compartiment qu'un avocat. Il m'adressa un sourire paternel avant de s'asseoir en face de moi. J'aurais sans doute dû lui dire quelque chose ayant trait au réseau de relations, mais je commençais à être passablement angoissée. Et pas seulement au sujet de l'incendie criminel de Candida.

Je pensais à de plus grands problèmes pour me distraire, tels que la faim dans le monde, le sida, la crise de la vache folle, les honoraires des jeunes avocats et comment j'allais m'habiller ce soir-là. J'étais aussi impatiente que le type en rollers sur le point de faucher un piéton en plein Hyde Park.

J'étais assez décidée pour la robe Versace que Giles m'avait offerte juste avant notre rupture. Rouge sang de pigeon et moulante comme un préservatif. C'est Giles qui l'avait teintée lui-même. Et alors... n'était-ce pas pure justice poétique que de séduire Julian dans la robe que Giles m'avait achetée ?

Puis je passai par la phase de trac post-assurance. Et si Julian ne me trouvait pas séduisante ? D'ailleurs,

210

comment pouvais-je l'être avec une coiffure pareille ? J'aurais pu mettre une perruque, mais le souvenir de la moumoute de Warren repoussa plus ou moins cette brillante idée. J'essayai de visualiser mon reflet dans ses beaux yeux verts. Et s'il venait me déclarer qu'il ne détestait rien de plus au monde que les grandes minces en robe moulante rouge avec les seins de Tante Kit et une coiffure de camionneuse ?

Je doutais de mon phénotype et bientôt je doutais de gagner ce procès. Soyons sincère, le doute accompagne les hommes comme les accrocs accompagnent les sous-vêtements bon marché. Si vous voulez rester en sécurité, les filles, ne fréquentez pas des top models. Épousez un vieillard triste et impuissant qui vous adore juste parce que vous lui adressez la parole.

J'essayais de ne pas me faire trop d'illusions sur Julian mais, malgré tout, je ne pouvais m'empêcher de le voir comme un dieu. C'est comme ça, entre les hommes et moi. S'ils me plaisent un tant soit peu, ce qui est rare, je veux les mettre sur un piédestal et les aduler dans leur intégralité. Et plus je me rabaisse, plus ils veulent que je me rabaisse. Pourquoi faisais-je une telle fixation sur lui alors que je le connaissais à peine ? C'était peut-être une brute finie qui oubliait de rabattre le siège des W.-C. et qui, au lit, appelait ses copines « bébé ». Je tressaillis à cette idée.

C'était tellement fascinant, tellement synthétique de désirer un homme dont je ne savais rien ! Julian avait une personnalité de latex que je pouvais pétrir et modeler comme un fantasme. Il était tout à fait possible qu'il n'y ait même pas un véritable être humain sous le carcan de mon imagination !

L'avocat en face de moi plia son journal et se leva. Nous arrivions en gare de Hove ; devant sa silhouette imposante, je ne pouvais imaginer que cet homme soit assailli par le moindre doute. Sans le connaître, j'étais capable de lire à travers lui comme les gros titres de son journal. Une véritable sécurité sociale.

Il portait son inoffensive masculinité comme des boutons de manchettes. Le patrimoine génétique humain avait cessé de produire des hommes comme lui depuis cinq décennies. C'était le rescapé d'une époque où les hommes étaient des hommes et où les femmes les épousaient et mouraient d'envie d'avoir des enfants avec eux.

Julian et ses pectoraux appartenaient à une race d'hommes qui échappaient à toute logique génétique, le type d'hommes qui offraient à peine plus que du sexe sans risque. Mais Dieu que je mourais d'envie d'avoir des orgasmes avec lui !

Je dégringolai pour ainsi dire de mon clitoris quand l'avocat me parla.

– Voulez-vous que je vous aide à porter quelque chose ? demanda-t-il.

« Juste mes appétits charnels, si ça ne vous dérange pas », eus-je envie de répondre.

27

L'affaire du criminel en pull tricoté main

J'essayais de positiver. « Je dois gagner ce procès, je dois gagner ce procès », scandais-je en mon for intérieur tout en montant quatre à quatre les marches du tribunal, pressée de me coller la perruque sur la tête. Il fallait que je gagne ce procès si je voulais que ma carrière ne se résume pas à une affaire classée (jeu de mots volontaire). Mais avant tout, quand j'accueillerais Julian le soir même à la porte dans une robe style appel au viol, j'étais déterminée à ce que la joue que j'offrirais à ses lèvres soit celle d'une gagneuse.

Mon client était à l'origine d'un incendie criminel, mais son avocat avait insisté pour qu'on utilise le terme poli de « voie de fait » (vous savez, le crime du contribuable hypothéqué). On dit que c'est le crime le plus symptomatique du stress du millénaire. Bien à l'abri dans sa bulle, le conducteur moyen peut, selon les psychologues, faire preuve d'une agressivité dont il n'est pas doté en temps ordinaire.

Je suis d'accord jusqu'à un certain point. C'est vrai, prendre le taxi me tape presque toujours sur les nerfs, surtout quand je vois mon compte en banque se vider au profit de celui du chauffeur. Mais ce n'est rien comparé à l'agressivité qui s'empare de moi lorsque le métro a du retard ou quand j'avale des pilules contre le rhume des foins. Comment ça s'appelle, déjà, quand on pète les plombs à cause des antihistaminiques ?

Et j'étais là, moi qui n'ai même pas le permis de conduire, à me battre pour un homme qui souffrait du stress du millénaire. Je décidai que ce serait là mon cheval de bataille, tout en cherchant mon client et son avocat parmi la foule. Voie de fait... Nous y avions tous succombé un jour. Ça nous était familier.

Et puis, ça plairait aux jurés. J'entendais d'ici les applaudissements au moment où le juge prononçait l'énoncé des faits. Il y aurait un article dans les magazines spécialisés *Counsel* et *Bar News*, bien entendu ; tout le monde parlerait de moi au Temple. Je donnerais le ton pour tous les procès de voie de fait à venir... Rêve, ma fille, rêve ! Ce qui risquait plutôt de se passer, c'est que Candida me demanderait d'être demoiselle d'honneur le jour où elle épouserait son duc fou et extravagant.

En balayant du regard la tête et les épaules des criminels et des témoins de Hove, je réalisai que ce n'était pas un spécialiste en coup de boule ni un gangster de l'East End que je cherchais, mais le moins sympathique de tous les malfaiteurs : le criminel de la classe moyenne. La première chose qu'apprend un avocat de la défense, c'est que le criminel de la classe moyenne est le pire de tous.

Ils ne connaissent pas le jeu du crime, voyez-vous ; ils ne respectent pas les règles du jeu. Quand ils se font épingler, ils ne disent pas : « C'est un bon flic », mais : « Comment osez-vous ? C'est un scandale ! » Ils se racontent avec indignation qu'après tout ils ont fait ce que tout conducteur de Saab ayant subi une queue de poisson à l'embranchement de Worthing aurait fait.

Ils pensent qu'il est impossible aux conducteurs de Saab ou de Volvo de faire partie un jour de la race des criminels. Mais ils oublient que les criminels, eux, appliquent la politique de la porte ouverte. Pas de code vestimentaire, pas de préjudices liés à la race, à la couleur ni au sexe : enfreignez la loi et vous êtes bon. C'est aussi simple que ça. Donnez-moi Keith de Shepherds Bush quand vous voulez.

Tous les suspects habituels des tribunaux étaient rassemblés : auteurs de larcins, voleurs de voiture, vandales et voyous ; ils discutaient avec amis et famille en attendant leur heure. Dès l'entrée, je fus saisie par l'opacité de la fumée de cigarette et les minables odeurs du crime provincial, mais quand M. Roberts me fit signe dans la foule, il semblait sortir tout droit d'une publicité de savonnettes. Il sentait le feu de bois. Avec son gros pull tricoté main et un sourire qui me donna le sentiment de ne m'être jamais brossé les dents convenablement, il me faisait penser à un heureux milliardaire.

– C'est très ennuyeux, tout ça, dit-il en me serrant la main.

Je n'imaginais pas Keith de Shepherds Bush dire une chose pareille.

– Ce n'est pas grave, monsieur Roberts, nous avons tous fait ça, dis-je tant pour le réconforter que pour essayer mes arguments.

Il eut l'air horrifié. C'est vrai, on n'a pas forcément envie de savoir que l'avocat qui nous défend est, lui aussi, un maniaque agressif au volant.

– Enfin... ce n'est pas vraiment ce que j'ai voulu dire. Je ne me suis jamais fait arrêter, en fait. Mais je veux que vous sachiez qu'il m'est arrivé d'être passablement énervée un vendredi soir que je traversais Knightsbridge en taxi et, en plus, je prenais des antihistaminiques. Eh bien, euh...

Les vers d'un poème de Sylvia Plath, « Ariel », me vinrent à l'esprit. J'aurais voulu dire à cet homme que je le trouvais tyrannique. Que je voulais me libérer de lui et de son dossier. Je lui suggérai de songer à plaider coupable. Je pensais que, de cette manière, Candida ne pourrait rien me reprocher. Mais, au regard qu'il me jeta, je compris qu'il n'allait pas me libérer comme ça.

– Vous pensez sincèrement que je devrais plaider coupable ? souffla-t-il.

Puis il me regarda de la même façon que cet Américain qui avait juré, dans les années soixante, de bombarder l'Indochine jusqu'à ce qu'elle soit revenue à l'âge de la pierre.

– Eh bien, ma chère, c'est tout bonnement risible, s'écria-t-il tristement.

Quelques vandales s'amassèrent autour de nous, espérant de l'action.

C'est quoi, ce « ma chère » ? me dis-je en pensant « si je n'étais pas en train de jouer mes compétences professionnelles d'avocate, je t'aurais déjà envoyé mon talon aiguille dans les narines, face de crabe ».

– Si vous plaidez coupable, votre peine sera moins lourde, expliquai-je sans espoir.

– Ma chère, je me permets de vous rappeler que mon casier judiciaire est vierge. Je ne vous ai pas engagée pour que vous me fassiez un cours sur la réduction des peines. Je vous paie pour que vous me fassiez acquitter ! Maintenant, quand Mlle Raphael m'a annoncé qu'elle envoyait une débutante, je n'ai rien dit. Mais je n'ai pas non plus à supporter qu'un larbin de l'école d'avocat qui sent encore le lait vienne me suggérer de plaider coupable parce que ça lui facilite la tâche.

Il avait prononcé les derniers mots en serrant les dents, comme les gangsters quand ils se demandent où ils vont cacher le corps de leurs victimes. Je me sentais mal.

Pour que j'aie encore un peu plus l'impression d'être habitée par l'esprit de Sylvia Plath, son avocat, Barbara Hocks, une femme agitée en robe sombre Laura Ashley et chaussures de confort, surgit entre nous en me demandant de l'appeler Babs.

– Babs ?

– Oui, nous sommes assez informels, ici. Après tout, nous ne sommes pas des criminels.

Elle me donna une petite tape sur l'épaule en riant légèrement.

– Babs ? répétai-je. Comme pour Barbara ?

Je baissai les yeux vers elle. Elle mesurait une bonne

trentaine de centimètres de moins que moi, mais elle était quand même trop grande pour que je la piétine.

– Oui, comme je vous l'ai dit, nous formons une équipe assez peu formaliste, ici.

Une équipe de quoi ? Je n'osai pas demander. D'adeptes de la secte Moon ?

Mais elle s'était déjà lancée dans le récit d'une scène d'un cauchemar banlieusard surréaliste.

– Edward est un homme tout à fait respectueux des lois, vous vous en rendez compte. C'est mon voisin. Un membre du Rotary Club. Il n'est pas comme ces filous qui demandent l'aide judiciaire. Il ne veut pas de discours techniques sur les peines et les sentences. Il a besoin de soutien.

Edward approuva énergiquement. « Au moins, il n'en est pas encore à me demander du feu », me dis-je pour me remonter le moral.

Je les regardai tour à tour en jaugeant mes possibilités de fuite. Je pourrais peut-être dire à Candida que je n'avais pas réussi à les retrouver, que je les avais perdus. Ils oublieraient sans doute qu'ils m'avaient vue un jour – comme un vaisseau fantôme qui passe dans la nuit. Babs babillait toujours.

– Donc appelez-moi Babs et M. Roberts, Edward, et allons prendre un petit café au distributeur pour discuter informellement des tactiques à adopter.

– Ah, j'y suis, dis-je en les regardant l'un après l'autre comme un prisonnier affolé qui essaie de savoir lequel de ses ravisseurs tient le fusil. J'ai pris le mauvais couloir et j'ai atterri au cours de travaux pratiques de scientologie, c'est ça ?

Babs et Eddie se mirent à rire à gorge déployée.

– J'aime bien, ça. Un bon sens de l'humour, acclama Edward.

– C'est mieux comme ça, dit Babs. Beaucoup mieux qu'un discours sur les peines, susurra-t-elle.

– Beaucoup mieux, répéta Edward en écho.

C'est le mot « informel » qui avait tiré la sonnette d'alarme. L'informel, c'est quand on relâche les barrières sociales formelles qui divisent et gouvernent les individus. J'aime à penser que je suis aussi capable d'absence de formalisme que n'importe qui. Bon sang, je suis australienne, c'est nous qui avons inventé le concept. Et pourtant, l'absence de formalisme, c'est la dernière chose que l'on souhaite à une fille entourée de hordes de criminels violents et dérangés sans compter quelques adeptes d'une secte bizarre de scientologie. J'en voulais, des barrières, moi : des barbelés, des chiens de police et des gaz lacrymogènes si nécessaire.

À onze heures, ce fut notre tour. À ce moment-là, M. Roberts, pardon Edward, avait l'air raisonnablement lucide au sujet de ce qui s'était passé le jour où il avait jugé utile de brûler l'investissement phallique de cinquante mille livres d'un parfait inconnu. Cet acte lui avait semblé tout à fait rationnel, compte tenu du fait que le conducteur de la Jaguar lui avait sans égards fait une queue de poisson à l'embranchement de Worthing.

Si j'avais eu des doutes en lisant le dossier, ma vocation pour cette affaire était dans les choux maintenant que j'étais en face de mon client, et de Babs, qui lui caressait la manche du tricot d'un geste rassurant depuis le matin. Mais mes doutes n'étaient pas partagés par M. Roberts. Sa vocation d'homme en pull tricoté main incapable de faire du mal à une mouche restait indiscutée.

Comme je partais au vestiaire, il m'adressa un de ces regards d'homme d'affaires sur le point de signer un gros contrat. Il me fit même un petit signe de la main qui ressemblait à un salut. Qu'est-ce que je voulais prouver ? Cette affaire était comme mes cheveux. Une machination. Candida m'avait refourgué un procès tout à fait ingagnable en me disant que, si je ne gagnais pas, elle se verrait peut-être obligée de ruiner ma carrière. C'est ce qu'un boxeur poids coq appelle un combat contre un poids lourd, c'est-à-dire une situation impossible. Je n'avais plus pied. Je ne faisais pas le poids.

« Une situation à offrir aux martyrs », aurait dit Grand-Mère. Mais le martyr, c'était moi. Entre Edward Roberts, Babs et Candida, mon avenir était à peu près aussi sûr que celui des pandas.

Je commençai à avoir pitié de moi-même. Qui m'en aurait voulu ? La veille au soir, mes meilleures amies ne s'étaient même pas donné la peine de faire semblant de prendre au sérieux mon drame avec Candida. Pour elles, toute cette histoire n'était qu'une vaste rigolade. J'étais tentée d'écrire au luxueux *Tatler*.

Ce magazine devait revenir à la réalité avant qu'il ne vienne à l'esprit d'une amie négligée de le bombarder. J'étais persécutée par une femme coiffée comme Margaret Thatcher, et pour elles ce n'était qu'une bonne blague. Mais moi, je savais que j'étais vraiment en danger. L'expérience m'avait appris que lorsqu'une femme enchoucroutée décide de se battre, elle se bat toujours en traître. Babs et Edward le prouvaient bien.

Amanda Maddocks aussi s'était battue en traître à la maternelle. Elle avait les plus longues tresses de l'histoire de la maternelle de St Johns, jusqu'à ce que je fasse mon entrée en scène avec des nattes qui reléguaient les siennes au rang de couettes. Le problème, c'est que Mandy n'était pas le genre de fille à dire adieu à la popularité aussi facilement.

Elle avait dit aux bonnes sœurs que j'avais essayé de la persuader d'avorter. « Fiche-moi la paix ! aurais-je dû lui dire. J'ai cinq ans. Où est-ce que je trouverais l'argent pour un avortement ? » Elle avait lu le mot dans un de nos manuels de préparation à la confession, *Les cent un péchés que vous avez peut-être commis la semaine dernière*. C'était sur la première liste des péchés de la maternelle de St Johns.

Mandy ne savait pas plus que moi ce que ça voulait dire, mais ce détail n'empêcha pas sœur Claire d'amplifier mon crime à la réunion parents-instituteurs. « Il y a actuellement une inquiétante tendance à l'avortement à la maternelle », avait-elle annoncé à une assemblée de parents confus qui ne comprenaient pas plus le terme d'avortement que nous. Les péchés de nos parents se cantonnaient à quelques pensées lubriques, un brin de vanité et un blasphème par-ci, par-là le samedi soir. À Kirribilli, au début des années soixante-dix, les gens ne se marchaient pas vraiment dessus pour aller se faire avorter.

Mais, à la fin de cette année-là, je fus également accusée de masturbation et de sodomie, et je crois qu'à cette époque tout le monde y était allé de sa petite recherche en matière de péché. Alors, ça faisait jaser. Finalement, le jour où je me confessai pour la première fois et où j'énumérai tous mes petits méfaits (égoïsme, désobéissance, etc.), le curé dit « Continuez ».

Je fus finalement traînée devant le conseil d'établissement. Mais pas à cause de diffamation de Mandy. À ce moment-là, j'avais décidé de lui jouer de sales tours moi aussi.

28

Différentes parties de mon corps
commençaient leur tournée d'adieu

L'avocat que j'avais rencontré dans le train était le procureur général. Il s'appelait M. Worston et il avait des touffes de cheveux blancs qui lui sortaient nonchalamment des oreilles, mais malgré tout je l'avais trouvé sympathique d'emblée. Dans la bonhomie du vestiaire, il essaya de me convaincre d'inciter mon client à plaider coupable pour alléger sa peine. Je lui expliquai que rien ne m'aurait fait plus plaisir, mais que, malheureusement, mon client faisait confiance aux jurés de la classe moyenne en espérant qu'ils le jugeraient non coupable. Tout n'était que politesse, un peu comme enfoncer des aiguilles dans une effigie.

— Alors comme ça vous n'avez pas eu le courage de lui dire que le jury moyen peut tout aussi bien être constitué des files d'attente de chômeurs que des rangs de la classe moyenne ? s'enquit M. Worston.

— Si, si, je le lui ai dit. Il pense qu'ils comprendront encore mieux que les autres comment il a été forcé de brûler une Jaguar. Il ne nie pas l'avoir fait, bien entendu.

— Non ?

— Non ! répondis-je fermement avec une assurance que je n'éprouvais pas.

Nous faisions face au juge Neals, un homme d'âge moyen sans autre caractéristique que ses lunettes à la mode avec des verres bleus et sa position controversée sur les juges sur Internet. Dans mon milieu, il était connu sous le nom de juge Net. Il se plaisait à flageller l'ego des avocats à coups de rapports légaux de dernière heure.

Après chaque point brillamment argumenté de l'avocat général, le juge Neals levait la tête de l'écran de son ordinateur et déclarait que ce même point venait d'être refusé par la Chambre des lords à peine deux minutes plus tôt (na-na-na-nère !).

Le chauffeur de la Jaguar portait une chemise en soie vert grenouille qui jurait magnifiquement avec les lunettes bleues du juge Neals, ce qui m'encouragea quelque peu. Mais mon assurance ne devait pas durer. Devant la robe mauve et la perruque grise du juge Neals, je sentis un frisson de frayeur me parcourir le corps. Quelque chose me disait qu'il voyait d'un mauvais œil les conducteurs de Saab qui ne savaient pas tenir leurs bidons d'essence, même contre un homme vêtu d'une chemise vert grenouille.

M. Worston fit son réquisitoire avec le même charme suranné que je lui avais vu dans le train. L'histoire, telle qu'elle était racontée par le représentant du ministère public, était assez éloignée de la version de mon client au sujet de l'heure à laquelle il avait prétendument mis le feu à la voiture. Ce qui est une déviation majeure, je vous l'accorde.

Mon client maintenait qu'il y avait eu une altercation entre le chauffeur de la Jaguar et lui-même. Le ministère public niait tout échange de mots. M. Eric-avez-vous-vu-ma-chaîne-en-or Tarr disait avoir pris connaissance de l'existence du conducteur de la Saab au moment où il avait entendu sa voiture s'enflammer tandis qu'il regardait *Les Feux de l'amour*. En jetant un coup d'œil par la fenêtre, M. Tarr prétendait avoir vu mon client s'enfuir.

L'avocat général se montra diplomate. Il ne posa pas

de questions tendancieuses à ses témoins (le policier et le propriétaire de feu la Jaguar). Il ne récusa aucun argument, contrairement à moi. C'était inutile. Le juge Neals s'en chargea pour lui. Il avait deux objectifs dans cette affaire : le premier, aboutir à une rapide conclusion le jour même, et le deuxième, causer un maximum de dommage à mon ego.

Il ne prenait même pas la peine de lever ses lunettes bleues de son ordinateur. Il se contentait d'envoyer des roquettes dans ma défense comme s'il crachait des pépins de raisin, ce qui fait qu'en arrivant à ma conclusion j'étais à peu près aussi confiante que Hitler dans son bunker en 1945.

— Nous avons tous fait ça, dis-je en regardant mes jurés avec conviction. Lequel d'entre nous n'a jamais été en colère contre une voiture qui nous passe sous le nez dans une file d'attente ? Et puis, la vie du prévenu a été mise en danger par l'impatience de cette Jaguar.

Je prononçai le mot Jaguar avec un accent un rien aristocratique. Je sus que les jurés étaient d'accord au nombre de têtes que je voyais acquiescer : une, deux, trois, quatre, cinq, six, sept.

Mon assurance était sur le point de redresser nerveusement la tête lorsque le juge gémit languissamment :

— Quel baratin !

Le chauffeur de la Jaguar, tristement assis dans sa chemise en soie verte, leva son gros visage rouge, solennel et désespéré, à peine effacé d'homme qui a vu sa Jag partir en fumée. Il ressemblait vraiment à une grenouille ; je tirai sur ma robe et attendis que la vague de nausée se tasse.

— Mon client reconnaît qu'il a versé de l'essence sur la Jaguar, poursuivis-je. Il était en colère. Il reconnaît cela aussi. En revanche, mesdames et messieurs, il nie avoir délibérément jeté une allumette sur le véhicule. Et c'est là que vous intervenez. Je vous demande d'utiliser votre jugement.

Les jurés me regardèrent d'un air grave. Moi aussi !

Le juge baissa les yeux vers moi par-dessus ses lunettes bleues avec un claquement de langue.

– Continuez, mademoiselle Hornton, les jurés savent ce qu'ils ont à faire, lança-t-il aussitôt.

– Y a-t-il eu altercation ? repris-je.

Le juge en profita pour s'éclaircir la voix avant de m'interrompre.

– Bon, la victime nous a dit qu'il n'y en avait pas eu, mademoiselle Hornton. Mmm ?

À travers ses lunettes bleu ciel, il me lança un regard si méprisant qu'il aurait peut-être même réussi à déstabiliser Candida.

– Oui, Votre Honneur, mais, sauf votre respect, vous avez entendu la version du prévenu, et il insiste sur le fait qu'il y a eu altercation. Par ailleurs, cette affaire s'appuie totalement sur le témoignage de M. Tarr, étant donné qu'il n'y a pas d'autres témoins oculaires pour confirmer que l'altercation n'a pas eu lieu. Mais si la dispute a bien eu lieu, dis-je à toute vitesse pour éviter qu'on ne m'interrompe encore, est-il inconcevable que le prévenu, contrarié par l'altercation, se soit appuyé sur sa voiture avant d'allumer une cigarette pour se détendre ?

Le juge s'éclaircit de nouveau la voix.

– C'est une supposition, mademoiselle Hornton, du baratin et des suppositions. Je ne vais pas vous laisser gaspiller l'argent des contribuables ni faire perdre du temps à la Cour pour des suppositions farfelues.

Il scruta l'écran de son ordinateur comme s'il espérait y trouver un tuyau lui indiquant comment me miner encore un peu plus.

– L'incendie criminel est un acte grave, mesdames et messieurs, poursuivis-je courageusement.

– Évidemment que c'est grave. Nous ne les avons pas appelés au tribunal pour prendre le thé ! Mmm ?

Il regarda intentionnellement sa montre.

Je souris.

– Non, Votre Honneur, c'est un acte très grave.

Le juge grommela quelque chose comme « Eh ben, je suis bien content qu'on soit d'accord là-dessus ».

– Mon client reconnaît avoir versé de l'essence sur la voiture. Mais l'essence, ça peut se nettoyer avec un jet d'eau. Et répandre de l'essence, ce n'est pas un incendie criminel, expliquai-je.

– Ce n'est pas une poignée de main non plus, ricana le juge.

– Non, Votre Honneur. Il était en colère. Mais il nous arrive à tous de nous mettre en colère, mesdames et messieurs !

Là, c'est le juge qui était en colère. Il me dévisageait derrière ses lunettes de touriste comme si j'étais une hallucination dont il voulait se débarrasser.

– Après la dispute, persévérai-je, quand M. Tarr est rentré chez lui, M. Roberts nous a expliqué qu'il avait décidé de fumer une cigarette. C'est un concours de circonstances. Il avait oublié l'essence au moment où il a négligemment jeté l'allumette. Je suis sûre qu'il nous est arrivé à tous d'oublier quelque chose, mesdames et messieurs !

– J'espère en tout cas que vous n'avez pas oublié pourquoi nous sommes là, mademoiselle Hornton ? C'est un procès, pas de l'existentialisme d'élèves de terminale, nous rappela le juge Neals.

Je l'ignorai.

– Pensez-y. Cela aurait pu mettre sa vie en danger, insistai-je. Cela aurait pu arriver à tout le monde.

« Il y a certainement une meilleure façon de gagner de quoi m'acheter du mascara », soupirai-je entre mes dents en regardant les jurés sortir avec ma carrière qui leur collait aux semelles comme du chewing-gum.

Je me rappelai soudain une conversation que j'avais surprise au magasin vidéo alors que je louais *Trainspotting* pour la troisième fois.

Au milieu des films d'horreur, un détective privé expliquait à un type qu'il était payé pour engager une

« action directe » contre lui suite à une facture impayée. Au ton de la conversation, et à l'odeur de transpiration nerveuse dans l'air, je compris que le deuxième mec était assez effrayé par cette histoire d'action directe.

Et si Candida payait quelqu'un pour m'infliger un peu d'action directe, à moi aussi ? En voyant M. Roberts sourire d'un air menaçant aux jurés qui allaient délibérer, je pariai qu'il contribuerait sans doute à sa sentence. En me tournant vers Babs, qui fouillait dans des papiers sans aucun rapport avec l'affaire, je décidai que je ne pourrais pas non plus compter sur son soutien.

Mince, si ça se trouve, c'était tout le contingent de scientologie de Hove qui allait engager une action directe contre moi. Différentes parties de mon corps commençaient leur tournée d'adieu. Pourquoi avais-je donc accepté d'aller à Hove ? Quelle espèce d'imbécile étais-je pour défendre un homme qui n'avait même pas demandé l'aide juridique ? Cette histoire était de mauvais augure depuis le début : tout le monde bénéficie de l'aide juridique. Les petits malfaiteurs comme les géants de l'industrie. Pourquoi ne m'étais-je pas cachée à côté de la machine à café pour n'en plus bouger ? Avant que je ne me mette à pleurer, les jurés déclarèrent qu'ils étaient prêts à rendre leur verdict.

29

Début de panique chez mes organes vitaux

Surprise, surprise, le verdict joua en ma défaveur.

Mon client avait la même tête que si on venait de l'accuser d'avoir donné de l'héroïne à des enfants. Les mots « action directe » étaient écrits en gros sur son visage.

– C'est un scandale ! s'écria-t-il.

D'accord, il était en colère. Je comprenais, mais gardons le sens de la mesure, mon cher Ed. Ce n'est pas vous qui devez affronter Candida. Ce verdict était mauvais pour nous deux. Mais quelque chose me disait qu'il s'en tirerait avec une peine plus légère que moi. J'avais perdu le procès de Candida ! Et mes organes vitaux avaient bien raison de paniquer.

Le juge Neals le dévisageait sévèrement derrière ses lunettes bleues, avec un regard qui aurait transformé Méduse en pierre. Il fit un compliment sur ma défense, qu'il qualifia d'admirable. Lorsque j'inclinai respectueusement la tête, il fallut retenir M. Roberts.

– Traître, traître ! hurlait-il. Je ne vous donnerai pas un sou... C'est un coup monté ! fit-il, de l'écume aux commissures des lèvres.

Il ne prononça pas exactement les mots « action directe », mais le sous-entendu était clair.

Lorsque le juge Neals le menaça d'outrage à la Cour,

sa bouche s'ouvrit toute grande comme la gueule d'une vache folle et j'eus l'impression que je n'étais pas la première femme à avoir envie de lui faire avaler ses couilles.

– Monsieur Roberts, expliqua le juge, la défense que Mlle Hornton a assurée pour votre compte avait beau être admirable, les jurés ne se sont pas laissé émouvoir. Ils ont rendu un verdict avec lequel je suis tout à fait d'accord, si je puis me permettre. Vous avez dépassé les limites de la loi dans votre soif de vengeance à l'encontre d'un conducteur comme vous. Vous êtes un criminel, monsieur Roberts. Un malfrat de banlieue, et que tous ceux qui suivent votre exemple soient avertis ! L'affaire est mise en délibéré jusqu'au 14 août. Le prévenu est en liberté conditionnelle jusqu'à cette date.

Était-ce ce qu'on appelle un jour noir ? J'eus envie de demander au juge de taper les dimensions de mon cercueil sur Internet pendant qu'il y était !

Dans le vestiaire, M. Worston prenait les choses avec philosophie.

– Bon, on ne peut pas faire plaisir à tous les criminels tout le temps, dit-il.

Et Candida ? voulais-je crier. Je me demandais s'il serait capable de trouver un aphorisme aussi pertinent pour elle. Il y avait quelque chose dans son attitude qui me donnait envie de me confier à lui.

Nous déjeunâmes ensemble dans la salubre atmosphère du Grand Hôtel de Brighton, là même où avait eu lieu un attentat contre Thatcher quelques années plus tôt. Alors qu'un quatuor à cordes diffusait sa musique en fond sonore et que nous nous laissions séduire par le succulent fumet de bœuf du terroir qui planait dans le restaurant, je m'attendais qu'une bombe explose à tout moment.

M. Worston était un drôle de pince-sans-rire ; il eut au moins la politesse de m'épargner des commentaires du genre vous-ressemblez-à-une-camionneuse-aprèsla-bagarre. Je fis quelques remarques incompréhensibles au sujet de Stefan et de l'expression « très grungy », mais il ne releva pas.

– Ça finira bien par repousser, conclut-il d'un ton rassurant.

Nous évitâmes d'évoquer les rumeurs qui couraient au Temple à l'époque, et je me rendis compte que je n'avais pas parlé avec un homme comme ça depuis que j'avais juré de ne plus rien avoir à faire avec eux. Simon – M. Worston insistait pour que je l'appelle par son prénom – avait des yeux bleu clair qui scintillaient avec gentillesse quand il était amusé. Il me rappelait beaucoup mon père, ce qui me rendit quelque peu nerveuse au bout d'un moment.

Mon père a une obsession, voyez-vous : la manière dont les gens tiennent leurs couverts, et lorsqu'il ressent le besoin de corriger une erreur, peu importe le lieu et la personne. Il est ce qu'on appelle dans les restaurants de Sydney un « dîneur vertueux ».

Grand-Mère disait qu'il ne faudrait jamais l'inviter à dîner à Saint-Pierrot, comme elle désignait affectueusement le palais papal, si nous avions le bonheur d'épouser un jour quelques-uns des descendants illégitimes du pape.

Dans notre famille, nous tenions pour acquis le fait que tous les papes avaient eu des enfants illégitimes, et Grand-Mère rêvait que l'une d'entre nous en épouse un. Qui sait, il y en aurait peut-être même un qui serait avocat ? Je suppose que c'était l'équivalent catholique du mariage princier. Ma mère avait repris le flambeau à la mort de Grand-Mère.

Après mon arrivée à Londres, elle passait son temps à me téléphoner pour essayer de savoir si je n'avais pas rencontré de gentils Italiens, maintenant que j'habitais si près de Saint-Pierrot, etc. Mais c'est une autre histoire. Pour en revenir à mon père, quand il voyait quelqu'un mal tenir sa fourchette, peu lui importait l'identité du coupable et, qu'il soit prêtre, nonne ou juge, il accourait vers lui pour le corriger énergiquement à haute voix. « Fourchette rigide veut dire estomac rigide, et le seul gagnant, ce sera votre indigestion ! » tempêtait-il.

Dieu merci ce jour-là, Simon ne fit aucune observation de ce genre pendant notre déjeuner au Grand Hôtel. Pour être tranquille, je préférai tout de même commander des sushis et me débattre avec des baguettes.

Les vins étaient remarquables. Ma discrétion, qui est ce qu'elle est, ne s'améliora guère après deux bouteilles d'hermitage-la-chapelle. Comme mon père, Simon savait choisir ses vins. En quantité.

Lorsque le porto arriva, je me déboutonnai comme un marin soûl. Une minute, Simon chantait les louanges des surréalistes et, une minute plus tard, je fulminais contre ma démente collègue enchoucroutée et ses projets d'action directe.

– Une Portia, en quelque sorte, hein ? dit-il sans sourciller.

J'attendis que mes yeux convergent sur lui. Était-ce à moi qu'il s'adressait ?

– Ben, elle a une coiffure bizarre toute gonflée comme ça, fis-je en agitant frénétiquement les mains autour de ma tête comme pour chasser des pigeons acharnés.

– Comme dans *Le Marchand de Venise*, m'expliqua-t-il comme s'il s'adressait à une étudiante étrangère qui essayait d'apprendre la langue un jour de repos. On dirait bien que vous avez affaire à une Portia.

– Ah, comme chez Shakespeare ?

– C'est ça ! dit-il en riant. Comme chez William.

– Oui, c'est certainement une Portia, approuvai-je. Mais en fait, c'est surtout une Lucrèce Borgia, si on veut être plus ez... egz... ouh la... précis, bafouillai-je.

Il rejeta la tête en arrière et rit.

« Tra-la-lère, pensai-je. Jusqu'ici tout va bien. »

– Alors qu'est-ce que vous en pensez, Sim ? demandai-je haut et fort, avançant désormais avec assurance aux commandes du cercle des privilégiés.

– Eh bien, je ne suis pas en mesure de parler en

connaissance de cause ; vous comprenez, les Borgia n'ont pas encore fait leur apparition dans notre cabinet, gloussa-t-il. En fait, nous commençons seulement à embaucher des femmes depuis cinq ans. Mais nous en avons déjà quatre. Pas de Borgia parmi elles, que je sache, gloussa-t-il de plus belle.

Gloussez donc un peu moins, Sim, eus-je envie de lui dire. Quelque part, j'avais l'impression de ne pas réussir à faire comprendre aux gens la gravité de mon problème. Mais je voyais bien que Simon avait encore quelque chose à dire, alors je gardai ma remarque pour moi.

– Oui, à vrai dire, nous, les hommes, on se sent parfois un peu débordés. On accuse les femmes de nous faire barrage...

– Faire barrage ? beuglai-je.

Je me débattais désespérément pour sortir du labyrinthe du cercle des privilégiés. Ah, les hommes... ! Impossible de les prendre en défaut sur la prévisibilité, n'est-ce pas ? Juste quand on est sur le point de qualifier l'un d'entre eux d'être humain, ils fichent tout par terre. « On peut régler sa montre en fonction d'eux », disait Grand-Mère.

Nous avions dû nous jeter sous les sabots des chevaux au Derby, nous balader sans soutien-gorge et défiler avec des pancartes pour travailler, et maintenant que quelques-unes d'entre nous gagnaient la bataille, les hommes se mettaient à parler de discrimination. On fait barrage !

– Pauvre chéri, dis-je d'un ton moqueur que j'espérais très significatif et pas trop bafouillé. Toutes ces vilaines femmes qui essaient de jouer avec les garçons et qui abîment leurs beaux joujoux. Les pauvres petits...

Je suis vraiment très douée pour le sarcasme quand je suis lancée, voyez-vous.

– Je vois que vous êtes fâchée, Evelyn, mais si vous me permettez d'expliquer. Ce que j'allais dire, c'est que...

– Non, Sim, laissez-moi vous aider. Vous alliez dire que ce serait tellement plus civilisé si les femmes pouvaient garder le sens des proportions. Je veux dire, une femme-alibi par-ci par-là dans un bureau, c'est très bien, mais deux, c'est une foule, et trois, une véritable invasion...

Je terminai mon porto avant de réaliser que je n'avais plus rien à lui jeter dans la figure. Alors j'appelai impérativement le serveur pour qu'il m'apporte un cognac.

Certains convives pensaient sans doute que j'étais sérieusement ivre, mais ce n'était que le début. Et puis, sincèrement, avais-je une raison de rester sobre ?

– Evelyn, je crois que vous vous méprenez. J'allais dire que c'est peut-être ce que vous devriez faire. La prochaine fois que votre cabinet veut embaucher un nouvel avocat, prenez une femme et faites barrage à toutes les Portia, ou les Borgia, en l'occurrence.

– Oh !

– Je suis désolé de vous avoir donné l'impression d'être amer au sujet du nombre de femmes dans notre cabinet. Ça ne pourrait pas être plus loin de la vérité. La vérité, c'est qu'elles sont sacrément assidues et, à mon avis, le barreau est un ridicule bastion de vieux privilégiés depuis trop longtemps.

Je me méprenais ? Belle méprise en effet. Énorme méprise qui venait de me tomber lourdement sur la tête.

– Aïe !

– Pardon ?

– Oh, j'ai juste dit aïe. Ce n'est rien, juste un peu de maquillage qui dégouline. Je reviens dans une seconde. Et on peut peut-être garder le cognac pour la prochaine fois, non ?

En allant aux toilettes, j'entendis deux jeunes filles de Liverpool discuter.

– À mon avis, on ferait mieux de commencer par jeter un coup d'œil aux chiottes.

Excellente idée, en effet. Dommage que je n'y aie pas pensé plus tôt. Pourquoi n'avais-je donc pas décidé de jeter un coup d'œil aux chiottes avant de foncer comme une dératée enragée ? Je m'étais copieusement ridiculisée.

Aux toilettes, je me demandai comment je réussirais à revenir auprès de ce bon vieux Sim. Il était vraiment d'un autre monde, un monde où les hommes descendent les valises des femmes dans le train. Merveilleusement ignorant de la magie noire de Candida. Si ça se trouve, il pensait qu'« action directe », c'était le nom d'un lobby écolo qui voulait interdire les produits français sur le sol anglais !

Comment avais-je pu me montrer aussi stupidement agressive ?

– Tu perds la boule, ma fille, murmurai-je à mon image dans le miroir.

Une des deux jeunes de Liverpool qui se séchait les aisselles sous le séchoir électrique me regarda et acquiesça.

Bon, d'accord, je me lamentais sur mon sort, mais si je ne prenais pas mon destin en main intelligemment, autant que je me jette ici et maintenant dans les cabinets.

Je savais ce que j'avais à faire, comme j'avais su ce que je devais faire avec Mandy Maddocks. Si quelqu'un devait engager une action directe, c'était moi !

Les après-midi de canicule, les bonnes sœurs nous autorisaient à prendre un quart d'heure de repos pour profiter de la douce discipline du travail manuel. Ou plus exactement de l'art de la manipulation des ciseaux, dans mon cas.

Ces souvenirs me revenaient à l'esprit alors que je me passais une main sur ma coupe camp de concentration grâce à Stefan. Mandy s'asseyait toujours devant moi. Un jour où j'avais fini plus tôt, je méditais sur la dernière accusation de bestialité que Mandy avait faite à mon égard. Une mouche bourdonnait paresseusement autour de mon nez.

« L'oisiveté est mère de tous les vices », m'avait rappelé sœur Claire tandis que Mandy rejetait une de ses tresses par-dessus son épaule. C'était tentant. Le nœud rouge au bout de sa natte claqua de façon fort séduisante sur le bord de mon bureau. C'était comme si les ciseaux s'étaient mis à bouger tout seuls. Une fois que la natte était tombée par terre dans un petit bruit mat, je reconnus que j'avais succombé à la tentation. Mais le mal était fait.

Mon action directe était méchante et efficace. Ce fut le dernier péché que Mandy mit sur le compte de mon âme.

Je me frottai le crâne et conspirai.

30

La robe Versace fait tapisserie dans mon armoire

Il était quatre heures et demie quand nous partîmes pour la gare. M. Worston insista pour que je voyage en première classe avec lui, et je ne me fis pas prier. J'en avais fini avec la deuxième classe. J'étais en train de changer de point de vue sur beaucoup de choses, ce qui n'était pas sans rapport avec la quantité d'alcool que j'avais ingurgitée au déjeuner.

Mais malheureusement, la British Rail, elle, n'en avait pas fini avec les retards. Vingt minutes après le début de notre voyage, au deuxième whisky soda, le train s'immobilisa.

– Nous regrettons... crachouilla le haut-parleur.

« Merde, vous êtes anglais, vous pouvez bien supporter ça », semblait sous-entendre le ton utilisé.

Ils pensaient que nous allions garder notre calme sans broncher. Mais à en juger par les plaintes collectives qui montaient dans la première classe et les jurons collectifs qui fusaient dans le reste du train, on avait l'impression que la British Rail s'était trompée sur son public. L'Union européenne nous donnait des idées. Ces banlieusards avaient voyagé, ils connaissaient Inter-Rail. « Vivement la privatisation », entendait-on sinistrement murmurer dans notre wagon. Je sentais un nouveau type de « voie de fait » flotter dans l'air. Et ça s'appellerait « crime ferroviaire ».

Simon prenait le retard avec philosophie, mais il n'avait pas une paire de cils recourbés comme des griffes de siamois qui l'attendaient à la maison, lui. À mesure que les minutes se transformaient en heures, nous retombions dans un silence humide. Nous recherchions quelque distraction en fouillant dans nos perruques, robes et rubans roses. Et c'est à ce moment-là que je tombai sur l'enveloppe de Giles qui sommeillait dans mon sac, maudite, depuis vingt-quatre heures. Je finis par succomber à la tentation et l'ouvris.

Il y avait des photographies et une note écrite sur le papier à lettres de son cabinet. L'en-tête du papier à lettres du cabinet St George retint certainement le regard de Simon car il se pencha vers moi.

– Tiens, qui est-ce que vous connaissez, là-bas ? C'est là que je travaille, expliqua-t-il.

Je sentis un nœud s'entortiller autour de mes poumons. Dieu que j'avais été bête. Évidemment, il connaissait Giles !

– Giles Billington-Frith. C'est disons... un vieil... en quelque sorte un...

« Un salaud fini », avais-je envie de dire.

– Vous connaissez Giles ! s'exclama-t-il comme si je venais d'avouer que j'avais rencontré les trois jeunes bergers de Fatima. Un bon garçon, ce Giles. Rien de tordu chez lui, c'est pour ça que je l'apprécie.

Cet homme était dérangé, ça ne faisait pas de doute. Toute mon affection et ma confiance pour M. Worston s'évanouirent avec la même rapidité que mon enthousiasme pour le réseau ferroviaire britannique. Je focalisai mon attention sur les champs desséchés qui frémissaient dans la chaleur du soir ; comme une métaphore de ma vie sentimentale. Pas de mauvais angle chez Giles ? Mais c'étaient des angles de cinq degrés, oui ! Ce type était à lui tout seul un couteau qui plongeait dans l'épine dorsale de l'humanité. C'était une équerre isocèle qui tailladait dans la chair tendre de mon amour pour lui. C'était une vipère, avec des dents plus aiguës que toutes les armes de Satan.

– Ah bon ? fis-je en souriant gentiment. Je crains de ne pas le connaître assez pour le recommander aussi chaleureusement.

– Non ? Eh bien vous pouvez me faire confiance. D'ordinaire, j'aime garder une certaine distance avec mes collègues. Ce n'est pas parce qu'on travaille ensemble qu'on doit devenir amis.

Bon, nous étions au moins d'accord là-dessus ; il n'avait pas l'intention de se faire des amis au 17, Pump Court. Entre Alistair et ses photocopies de main, Duncan et sa tendance pugilistique face aux juges, et Candida, avec son projet de ruiner ma carrière, j'aurais mieux fait de m'acoquiner avec Jock, le vendeur de *Big Issues*.

– Giles est un vrai gentleman, poursuivit Monsieur Naïf comme une bande magnétique de gare. Ce n'est pas qu'on se voie beaucoup, remarquez. Mais j'ai énormément de respect pour Giles et pour sa famille. J'ai connu son père à Oxford ; nous étions à l'université ensemble. Non, vraiment, ce sont des gens charmants. Oh, ils ont eu des problèmes, comme dans toutes les familles. Mon Dieu, j'ai les miens aussi. Et les filles, ce sont parfois les pires, croyez-en mon expérience.

« Qu'est-ce qu'il raconte ? » me demandai-je un instant. Mais je ne posai pas de question, pensant que le silence était encore le meilleur moyen de mettre fin à ce panégyrique. M. Worston serait parfait pour écrire la nécro Giles une fois que je l'aurais tué.

Je lus la lettre. C'était une simple note pour dire qu'il était tombé sur les photographies que nous avions prises ensemble. Pour je ne sais quelle raison démente, il avait pensé que j'aimerais les avoir moi aussi. « Pas autant qu'une fiole d'arsenic », me dis-je sombrement. Je jetai un coup d'œil distrait aux photos. Les clichés des jours que j'avais chassés de ma mémoire. Des jours où nous trouvions que nos drôles de poses étaient drôles. Il y avait une photo de Giles tout nu avec son col d'avocat. Je l'avais prise dans sa chambre à Islington. J'avais envie de lui planter des aiguilles dans les testicules. Je cherchai quelque chose de suffisamment pointu dans mon sac. Au moment où je prenais une épingle de nourrice sur ma robe pour transpercer sa virilité, mon visage se mit à me brûler et ce sentiment bien connu refit surface : j'avais l'impression qu'un guérisseur mystique me plongeait la main dans la poitrine et m'écrasait le cœur. Je fourrai les photos dans mon sac et partis rechercher un peu plus de whisky.

Trois heures plus tard, un autre message d'excuse fut diffusé pour expliquer que la chaleur faisait fondre les rails. La colère se propagea dans tout le wagon. Le soleil commençait à disparaître à l'horizon, jetant de longues ombres romantiques sur les plaines du sud où j'étais allée en randonnée avec Giles trois ans auparavant.

Nous étions partis un jour d'automne. Giles avait emprunté à un ami une Citroën orange assortie à la couleur des feuilles du petit matin glacé. Comme il faisait trop froid pour sortir de la voiture, Giles m'avait fait l'amour sur le siège avant et il avait failli s'empaler sur le levier de vitesse en jouissant.

Quand nous étions sortis du véhicule – tout courbatus de nos cabrioles charnelles –, nous nous étions approchés d'un groupe d'enfants qui venaient de trouver une pointe de flèche. Avec tout le sérieux de leurs douze ans, ils avaient demandé à Giles ce que c'était. Il leur avait raconté une histoire interminable et tout à fait improbable sur une guerre entre les Pictes et les Bretons d'Angleterre.

J'avais manqué étouffer de rire. En regardant les garçons au visage tout barbouillé de boue, les yeux écarquillés d'émerveillement, je l'avais aimé comme jamais auparavant. Maintenant je regrettais de ne pas m'être emparée de la pointe de flèche pour le lacérer à mort.

Le temps que le train redémarre en cliquetant dans l'obscurité, j'avais perdu tout espoir d'arriver à la maison avant Julian. « Il est certainement déjà là, me dis-je pitoyablement. Chez moi, dans toute sa splendeur

Armani… tandis que ma robe rouge Versace fait tapisserie dans mon armoire. »

Dix heures sonnèrent avant que nous n'arrivions à la gare Victoria – rien que des balayeurs et des clochards endormis pour accueillir notre retour à la civilisation. Les sombres menaces proférées par mes compagnons de voyage, qui promettaient de porter plainte contre la British Rail et de voter pour la Ligue AntiRail aux prochaines élections, étaient retombées. Mais le réseau ferroviaire du sud-est avait mené sa petite enquête. Ils savaient bien que les heures d'ennui et le whisky à volonté auraient raison de nos velléités de bagarre. L'ennui avait tué notre révolution dans l'œuf. Nos rêves de vengeance banlieusarde étaient aussi dénués de vie que les derniers sandwiches qui traînaient sur le chariot, tout comme mes espoirs d'union avec Julian, d'ailleurs. « Sois réaliste, ma fille, il a certainement trouvé une autre robe rouge à inséminer, maintenant », me dis-je.

31

Ras le bol de me faire marcher dessus !

À chaque pas je m'enfonçais un peu plus dans la certitude de ne pas être d'humeur à faire la fête. Même de loin, je n'avais rien du prédateur sexuel que Charles et Sam voulaient faire de moi. Mon ensemble était tout froissé, mes bas étaient filés et mon maquillage dégoulinait.

Le vacarme de notre musique et des sirènes de voiture se livraient une féroce concurrence dans le square. Le bruit sourd de la batterie avait déclenché les alarmes. On aurait dit que les voitures appelaient à l'aide.

Il y avait une juxtaposition languissante entre notre soirée et la partie de poker au rez-de-chaussée de l'immeuble. De gros hommes en tricot de corps et caleçon jetèrent un regard noir par-dessus leur jeu tandis que je cherchais mes clés dans mon immense sac. Deux filles pliées de rire, qui ne portaient pour tout vêtement que quelques paillettes et qui tenaient des raquettes de tennis, ouvrirent bruyamment la porte alors que j'étais toujours accroupie par terre en train de fouiller dans le bric-à-brac de mon sac. Elles se délectèrent à la seule vue de ma confusion prostrée ; leur rire retentit jusqu'à la porte du jardin.

Ce n'était pas l'impact que j'avais compté avoir ce soir-là.

Je montai les escaliers avec un sentiment d'épouvante, regrettant de n'être pas allée retoucher mon rouge à lèvres aux toilettes de la gare. Dans mon ensemble Jil Sander, que Sim avait tant complimenté, je faisais l'effet d'une clocharde à côté de mes invités (des femmes pour la plupart, il faut bien le dire), dont l'attirail vestimentaire était des plus légers. Elles sortaient de partout.

Uniquement vêtues des derniers parfums, d'un cordon de cuir ou d'une paillette discrètement disposée ici ou là, et des omniprésentes Doc Martens, elles s'appuyaient sur les rampes, s'allongeaient sur les escaliers, fumaient joints et cigarettes, buvaient verre sur verre, se caressaient et s'embrassaient. Une parodie hédoniste et moderne des joueurs de poker du rez-de-chaussée, en quelque sorte. Je voyais déjà le comité des résidents se pointer ; d'après le règlement, nous n'étions pas autorisés à recevoir plus de vingt invités à la fois. Ouh la la !

Pendant que je négociais mon chemin au milieu des membres étendus et des cigarettes, il était certain que ces files de figurantes sorties tout droit d'un film de Fellini voyaient en moi le comble de l'amusement des années quatre-vingt-dix. Allez les clowns, rangez vos nez rouges.

– E-v-e-l-y-n ! s'époumona Charles sur l'air du dernier hymne à la mode que crachait l'acoustique quadriphonique de notre appartement. Sammy, c'est Evvy ! criait-elle à travers la foule.

Toutes les lesbiennes mi-nues de ce côté de la Tamise étaient là. Quant aux hommes, car il y en avait tout de même quelques-uns, ils étaient pour la plupart rassemblés en petits groupes. Blottis dans les coins entre gens de la même espèce, avec des costumes pas très différents du mien.

De la tête aux pieds, Charles était vêtue de peinture dorée.

– Evvy, mais où étais-tu donc ? demanda-t-elle comme si j'avais été portée disparue pendant des années.

Je souris faiblement, comme pour dire « oui, ton amie est de retour ».

Elle fumait une cigarette, ce qui était étonnant, compte tenu des récentes remontrances de Sam qui parlait de purifier le monde pour l'arrivée du bébé – fête ou pas fête. Elle avait trop bu. Je cherchai Sam du regard ; je m'attendais à la voir fondre sur ce bâtonnet de nicotine comme un ange vengeur, mais Sam et ses accessoires de grossesse étaient absents.

– Alors, qu'est-ce qui s'est passé, chérie ? poursuivit-elle. Oh la la ! Tu as vraiment une sale gueule ! Tiens, donne-moi ton attaché-case. On a failli appeler la police. Sam n'arrêtait pas de me dire « appelle-les, allez, appelle-les ! ». Mais en fait, c'était juste parce qu'elle pensait qu'ils... tu sais... qu'ils avaient de quoi inséminer, tu vois. Elle n'a pas tellement de chance, ce soir. La fête n'est pas vraiment un succès côté sperme. On dirait que tout le monde court après, en ce moment. C'est vraiment la denrée du siècle. L'an dernier, c'était l'ecstasy ; cette année le sperme ! Sam est en pétard. Alors on dirait qu'elle compte vraiment sur toi, ma fille ! Qu'est-ce que tu bois ?

C'est à ce moment-là que je la vis.

Pas Sam, que j'aperçus, couverte de peinture dorée elle aussi, en train de parler à Julian sur le balcon. Ils avaient l'air de s'entendre comme larrons en foire. La garce ! Enfin, elle jacassait aussi avec des clones-lesbiennes à demi nues. Mais ce que je vis surtout, c'était Boucle-d'Or, celle des bonnets A. Celle qui avait transformé l'homme de mes rêves en gros salaud.

Une vague de nausée nostalgique me submergea tandis que j'étais transportée dans une autre époque, un autre endroit. Deux ans plus tôt dans cette maison d'Islington.

Quand j'avais vu cette silhouette endormie dans le lit de Giles, j'avais fait demi-tour et je m'étais enfuie. Quand j'avais vu ses cheveux, étalés sur l'oreiller comme les serpents de Méduse, j'avais eu peur que mon cœur ne retrouve jamais sa place dans ma poitrine.

J'avais eu peur de ne jamais pouvoir faire face à la douleur.

« Mais c'est de l'histoire ancienne », me dis-je en arrachant le verre que tenait Charles. Je traversai la pièce, trébuchant ici et là sur une jambe pailletée, renversant un verre ou deux sur mon passage.

Après l'avoir trouvée dans le lit de Giles, sous ma couette, j'étais partie en Australie pour lécher mes plaies et me remonter le moral en écoutant des artistes noirs chanter des paroles du style fais-leur-voir-de-quoi-tu-es-capable. Sérieusement, j'allais mal. Dire que je vivais dans le monde occidental et que des gens fabriquaient de faux passeports, et entreprenaient de périlleux voyages pour venir y habiter ! Moi, j'aurais volontiers échangé ma place avec une personne de la liste noire de Kadhafi.

Je venais de passer deux ans à panser mes plaies, à oublier ce salaud. Et maintenant, après cette journée de merde, après les putains de clients de la classe moyenne en pull tricoté main de Candida, et quatre heures passées à attendre que les chemins de fer se reprennent en main, je compris en un éclair que l'heure de l'action directe avait enfin sonné.

En traversant la pièce vers elle, je me dis que j'en avais ras le bol de me faire marcher dessus. Je bafouillais comme une aliénée et ma colère, ou plutôt ma sacrée soif de vengeance, descendait en moi par à-coups. Je n'en pouvais plus d'être la victime. Mais, plus exactement, j'étais folle de rage qu'elle soit à ma soirée, qu'elle boive mon champagne et qu'elle soit superbe alors que j'avais l'air (et pas seulement l'air) de sortir des *Misérables*.

Beaucoup de choses se produisirent en même temps. Une fois que j'avais fendu la foule comme Moïse, Charles me cria quelque chose. Sam s'aperçut de ma présence et Julian de mon existence. Je me rendis vaguement compte que quelqu'un s'écartait pour me laisser passer, et que quelqu'un d'autre tombait sur la chaîne en fuyant mon approche. La musique s'arrêta.

Mon verre de Pimms, avec sa limonade, ses bouts de glaçons et de concombre, entra en contact avec le visage de Boucle-d'Or et presque simultanément son poing gauche entra en contact avec mon œil droit. Pas de gants.

Les amis de Boucle-d'Or, qui quelques minutes plus tôt riaient à chacune de ses blagues, perdirent tout intérêt pour elle.

– Putain de merde, on se casse ! cria l'un d'eux tandis que je me roulais par terre avec Boucle-d'Or dans un torride méli-mélo de poings, de tétons, de dents et de jambes.

À ce moment-là, tandis que je lui arrachais des touffes de cheveux à partir de la racine et qu'elle m'enfonçait les dents dans l'épaule en m'écrasant le sein gauche avec le talon, je me dis que j'avais le dessus. Mais je me trompais. Le kick-boxing est un sport de gens honnêtes. Boucle-d'Or avait utilisé intelligemment son temps, elle avait appris à se bagarrer dans les bacs à sable à la maternelle. Et moi j'avais gaspillé le mien à monter et descendre les escaliers avec des livres sur la tête sous l'œil vigilant de sœur Conchilio.

Le féminisme était absent au rendez-vous. Nous étions là, sœurs par les organes génitaux – guerrières de la même cause –, à nous battre comme des chiffonniers. Les suffragettes se seraient retournées dans leur tombe si elles avaient pu nous voir. Pensez donc ! L'ironie de la situation était immense ! Que des décennies de bataille pour la mammographie doivent se conclure par une mastectomie sur ma personne, de la mâchoire même d'une consœur !

Charles et Sam traînèrent Boucle-d'Or hors de ma portée et Julian souleva ce qui restait de moi. Quand Boucle-d'Or eut recraché les restes de ma réduction mammaire, elle commença à me hurler sans discernement toutes sortes d'invectives.

Vous devez comprendre à quel point tout cela était inattendu. Jusqu'alors, j'avais considéré Boucle-d'Or comme une chose passive : une dormeuse. Le côté généreusement actif du personnage m'avait en quelque sorte eue par surprise.

Mais je retrouvai mon souffle pour lui crier des obscénités dans des langues dont tout chrétien fraîchement ressuscité serait fier, à grands coups de jurons et de blasphèmes.

Oui, pour expliquer clairement les choses, la victime, c'était moi. Et elle, c'était l'accusée. Lorsque j'avais pris la décision de lui jeter mon verre à la figure, j'avais plus ou moins imaginé un scénario dans lequel elle deviendrait toute rouge et elle s'enfuirait de la soirée comme un prêteur sur gages conduit hors du temple par le Christ.

Mais pas qu'elle me donne un coup de poing, ni qu'elle se retrouve sur moi, et encore moins qu'elle effectue la réduction mammaire que j'avais envisagée de faire pratiquer par un grand chirurgien californien une fois que je serais juge.

On nous retenait toutes les deux par-derrière, et nos jambes continuaient à battre furieusement l'air.

— Mais vous ne comprenez pas, balbutiai-je de façon incohérente. C'est elle, la salope que j'ai surprise dans le lit de mon mec. Espèce de salope, va ! Sale garce ! Vous ne comprenez pas que c'est elle qui était sous ma couette ?

Je savais que je ressemblais à M. Roberts à sa sortie du tribunal de Hove. Pendant ce temps, Boucle-d'Or se contentait d'envoyer des insultes directes qui, simples et dépourvues de détails, touchaient la note juste dans le scandale. Tout le monde savait ce qu'elle voulait dire : elle avait été agressée par... par une hommasse qui n'avait pas encore retiré son pansement depuis sa dernière bagarre. Tout le monde savait ce qu'elle ressentait.

Il fallait se rendre à l'évidence, j'avais perdu la sympathie de la foule.

— Je n'arrive pas à croire que tu aies fait ça ! hurla Sam, m'accablant de tout son désespoir.

Avec du recul, je dois reconnaître qu'il était impossible que la soirée retrouve la frivole insouciance qui régnait avant mon explosive intervention.

Je suppose que c'était également l'avis de Julian car, avant que j'aie le temps de dire ouf, il me conduisit vers la sortie sur son épaule.

Finalement, j'étais dans les bras de l'homme que j'aimais, mais je n'avais pas prévu que ce serait en m'expulsant de ma propre soirée !

32

Depuis deux ans, je ne m'étais pas trouvée aussi près
d'un homme et mes hormones ne s'y trompaient pas

Jetée par-dessus l'épaule de Julian avec autant de dignité qu'un sac de pommes de terre irlandaises atteintes de mildiou, je regardais les restes de la soirée me fermer la porte au nez. Je savais que j'étais dans la mouise et je savais que Julian ne comprenait rien à ce qui venait de se passer. Je dirais même mieux : s'il avait une once de matière grise, il refuserait d'en savoir plus. Et si j'avais eu une once de honte ou de fierté ou de quoi que ce soit qui empêche de se rendre complètement ridicule, je me serais tue et je me serais faite toute petite. Mais voilà. Comme je dis toujours, je n'étais pas devenue avocate pour renoncer.

– Vous ne comprenez pas, Julian, c'est elle ! La chienne ! Remmenez-moi là-haut ! implorai-je. Mais c'est elle qui était sous ma couette, bordel de merde. Je veux y retourner. Je veux la finir, cette salope.

Mes petits poings tambourinaient son dos en vain. Mes paroles résonnaient dans les escaliers. Julian avançait comme un homme qui portait sur l'épaule cinquante-sept kilos de poids mort en talons aiguilles. Encore un souvenir humiliant à allonger sur le divan du psy, quand je pourrais m'en offrir un.

Pour finir, le visage de Mme Cockerel, l'infirmière de l'appartement n° 5, surgit au-dessus de nous.

– Mademoiselle Hornton. Mademoiselle Hornton. J'ai deux mots à vous dire !

Julian continua à descendre. Mme Cockerel nous suivait d'un pas lourd dans ses chaussures plates. On aurait dit toute une équipe d'écraseurs de mouches criant de cette manière infatigable que j'avais appris à éviter en véritable experte.

– Mademoiselle Hornton ! Je veux vous parler ! vociférait-elle sur son ton « je vais vous faire un lavement, que vous aimiez ça ou pas ».

C'était le ton qu'elle utilisait depuis quarante ans sur les malades et les infirmes de l'hôpital Guys.

– Je vais porter plainte, mademoiselle Hornton. Je vous préviens, je ne vais pas me laisser faire.

– Prends un suppositoire, grande gueule ! cria la voix de Sam qui apparut soudain dans la cage d'escalier, nue comme un ver jusqu'aux ovaires, si l'on excepte la peinture dorée. Tu ne t'es jamais laissé faire de ta vie. Espèce de grosse vache beuglante !

Les portes claquèrent. Des propos qui donnaient à réfléchir.

Le temps que nous arrivions en bas, Julian était essoufflé. Il me posa et prit ma tête entre ses mains, comme je rêvais qu'il le fasse depuis qu'il m'avait aidée à me relever, dans les cellules de Old Bailey. Il avait encore mis du parfum Armani, mais je sentais le machisme de ses phéromones en dessous. Depuis deux ans, je ne m'étais pas trouvée aussi près d'un homme et mes hormones ne s'y trompaient pas.

– Bon, mademoiselle Hornton, commença-t-il de sa voix langoureuse de Minitel rose. De deux choses l'une. Soit je vous ramène là-haut pour que vous fassiez des excuses à cette pauvre fille que vous avez attaquée...

– Mais vous ne comp...

Il m'interrompit en posant un doigt sur mes lèvres. Oh, c'était trop parfait. Je tombai en pâmoison, grisée par la seule anticipation de sa prochaine caresse.

– Soit... reprit-il.

Je levai solennellement les yeux vers lui, comme je

les levais vers mon père quand il hésitait à me donner plus d'argent de poche.

– Je vous emmène chez moi et je vous fais l'amour, conclut-il.

Chez lui ! Je me pâmai encore un peu plus. C'était sans doute un endroit tout à fait exotique. Il aurait aussi bien pu suggérer la Thaïlande ou l'île Moustique. Mais il ne me laissa même pas le temps de répondre « Oui, s'il vous plaît ». Il savait lire dans mes yeux. Il m'embrassa.

C'était un de ces baisers mouillés, à pleine bouche, comme en reçoivent les héroïnes des films de Hollywood. Mes jambes se dérobaient, mais il me tenait.

Il sentait ce que devait sentir un sauveur un soir d'été après avoir volé au secours de sa belle. Cet homme était un sexe ambulant, comme on dit parfois dans les petites annonces de rencontre dans les journaux. Je me sentis défaillir dans ses bras au moment où sa langue fouillait ma gorge. « C'est incroyable, pensai-je, je suis réellement en train de vivre une de ces expériences extracorporelles. » Mais c'était juste la porte derrière moi qui s'ouvrait pour laisser entrer un nouveau convive.

Nous agîmes de façon honorable (il était temps que je change de conduite) en nous poussant sur le côté. J'étais toujours en train de me pâmer d'amour comme un vaudou en transe dans les bras de Julian, qui dut jeter un coup d'œil sur l'intrus car il se dégagea de moi et sourit à l'individu comme s'il le connaissait.

– Bonsoir !

« Oh, Seigneur ! » criai-je au fond de moi-même en me retournant. C'était Giles. Mais je retrouvai suffisamment mes esprits pour me lancer dans une tirade sarcastique, au pied levé, sacrément intelligente comme seule une ancienne élève de Lorette peut en être capable.

– Giles ! m'exclamai-je d'un ton flagorneur. C'est si gentil d'être venu !

Giles avait l'air gêné. Si ma bagarre vengeresse s'était soldée par un cuisant échec, je comptais bien me rattraper maintenant. Giles paressait nerveux ; c'était donc un bon début.

– Eh bien, je... on m'a invité.

– Vraiment ? Comment ai-je pu oublier ?

Je me fis un pense-bête mental pour me rappeler de pendre Sam et Charles par les pieds et de leur mettre du Michael Jackson à fond.

– Merci d'être venu, Giles, repris-je. Il y a ta bonne qui t'attend là-haut.

– Ma bonne ?

Il avait l'air perdu. Il se passa la main dans les cheveux, comme il avait l'habitude de le faire quand il travaillait.

Je ne desserrais pas les dents, toujours cramponnée à Julian.

– Ah, c'est pas ta bonne à tout faire ? Mais peut-être que tu l'appelles ta moitié ? Ou ta poule ? Ta poupée ? Ou peut-être quelque chose de plus féministe postmoderne... comme ta partenaire ?

Je parlais de plus en plus fort. Ma langue sardonique ne s'arrêtait plus. On aurait dit que Giles allait se mettre à pleurer.

– Ah, ne me dis pas que tu l'appelles ta maîtresse ? Ou laisse-moi deviner, ta fiancée ? C'est un peu dégoûtant, Giles. Je suis déçue. Comme c'est ringard, très années soixante-dix.

Julian s'était libéré de mon étreinte et essayait d'ouvrir la porte tout en me retenant. Je le repoussais comme un prévenu repousserait un garde du Securicor. Mais là, c'était moi qui étais dans le box des accusés et je dirais ce que j'avais à dire, nom d'une pipe.

– Eh bien, je ne sais pas comment tu as choisi de l'appeler, fulminai-je, mais en tout cas elle t'attend. J'espère que vous serez très heureux ensemble une fois que vous lui aurez remis sa perruque en place.

– Sa perruque ?

– Giles, tu as vraiment du mal à suivre, ce soir ! criai-je avec plus de véhémence qu'ils avaient sans doute jamais vu de leur vie.

Julian était incontestablement gêné. Il dodelinait de la tête avec l'air d'avoir sérieusement besoin d'une opération d'ordre ostéopathique. Il se demandait s'il était trop tard pour dire qu'il ne m'avait jamais vue de sa vie. Giles était rouge et agité.

– Je ne comprends pas ce que tu veux dire, Evelyn. Quelle perruque ?

Julian se ressaisit de nouveau et se mit à utiliser ses biceps pour me manœuvrer vers la sortie. Je calai un pied et une main dans l'embrasure de la porte.

– Sa perruque ! Tu vois, j'ai eu envie de la scalper quand je l'ai vue sur mon territoire pour la deuxième fois de ma vie. Dommage que je ne l'aie pas fait il y a deux ans !

Mais Julian triompha et m'entraîna dehors comme une poupée de chiffon.

– Vous êtes vraiment en forme pour la bagarre, ce soir, hein ? dit-il en riant un peu plus tard dans la voiture qui nous éloignait de Notting Hill. J'ai l'impression que vous connaissez notre ami l'avocat général bien mieux que je ne le pensais. Ou était-ce purement chimique ?

Je sentis le fard rouge de la honte me monter le long de la nuque. Avais-je réellement crêpé le chignon à l'une de mes propres invitées ? Avais-je réellement humilié un collègue du barreau qui venait jouir de mon hospitalité ? Mais qu'est-ce qui m'arrivait ? Je n'avais plus qu'à porter des pulls en tricot et à brûler des Jag, pendant que j'y étais.

Seigneur Dieu, imaginez que je me sois comportée comme ça dans un pays arabe !

Merde, on m'aurait battue sur la place publique, ou bien on m'aurait coupé le bras droit, ou les oreilles ou... mais si j'avais vécu dans un de ces pays, ils m'auraient sûrement fait subir tout ça depuis des années.

J'avais copieusement contribué à salir le nom des Hornton. Les cendres de ma grand-mère devaient s'agiter dans leur urne. Quant à sœur Conchilio, je n'osais même pas y penser. C'était indigne d'une ancienne élève de Lorette.

Ce n'était pas pour ça que mes parents avaient payé quand ils m'avaient emmenée dans la dernière école australienne à donner des cours de maintien.

Le type de la British Rail avait raison, j'étais une cogneuse. Mais, pour le moment, j'étais assise à côté de l'homme dont je rêvais depuis le jour où je l'avais rencontré ! Et en plus, il venait de dévoiler au grand jour son projet d'ouvrir ma ceinture de chasteté. Si jamais il existait un moment propice pour laisser de côté les problèmes et oublier le passé, c'était bien ce moment-là.

— Je crois que j'ai vraiment perdu la tête, tout à l'heure ! commençai-je.

Julian sourit.

— Je crois aussi. Mais je vais vous dire, je n'aurais voulu manquer ça pour rien au monde ! dit-il en riant. Je m'étais bien trompé sur vous.

Comme nous disions quand on nous attribuait le rôle de l'âne dans la crèche à l'école, c'est « embarrassant ! ».

— Oh, s'il vous plaît, ne dites pas ça, Julian. Ce n'est pas dans mon caractère. Mais, enfin... croyez-moi, il y a une histoire derrière tout ça. Une longue histoire, et ça ne fera jamais un best-seller.

— Ça a quelque chose à voir avec votre nouvelle image ? demanda-t-il.

— Pardon ?

— Votre nouvelle coiffure, expliqua-t-il en passant ses longs doigts sur ma tête comme une bénédiction. Un sacré look que vous avez là.

— Ne m'en parlez pas. J'ai trop honte. Vous vous imaginez que j'ai dû aller au tribunal de Hove comme ça aujourd'hui ?

Il riait.

— Calmez-vous. C'est pas mal. J'aime bien, moi. Ça fait un peu original, un peu... garçon manqué !

– Pas trop grungy ?

– Grange quoi ?

– Rien. Vous êtes sûr que ça me va ?

– Sincèrement, j'adore.

– C'est grâce à Candida.

– Certainement, répondit-il.

Sa mâchoire se serra. Ça y était : je voulais épouser cet homme. Avoir des enfants de lui et... non, peut-être pas exactement, mais c'est ce que voulait Sam, en tout cas. Je voulais recueillir son sperme dans une douzaine de préservatifs. En parlant de ça, je n'avais pas la moindre capote sur moi. Dieu merci nous étions en 1996. Dans les années soixante, j'aurais été dans le caca. Et j'étais pratiquement certaine que Julian était homme à savoir où se trouvaient les distributeurs de préservatifs.

Pleurez, ovules pleins d'espoir, pleurez !

Peu après nous étions sur Clerkenwell Road, non loin de mon cabinet. Les rues étaient complètement désertes. Un jour, Giles avait dit que c'était l'un des rares endroits à Londres où il se sentirait en sécurité après minuit avec une affiche « crack gratuit » sur le dos. La journée, de neuf à cinq heures, la rue grouillait de l'enfer des employés, mais là, on aurait dit que quelqu'un avait jeté une de ces bombes à neutrons qui tuent les matières organiques sans démolir les immeubles.

Si j'avais mis en scène des thrillers, j'aurais filmé les assauts et les meurtres dans cette rue ; bien qu'en réalité il n'y eût personne à assaillir ni à tuer, personne à voler ni à violer. Un peu mort, comme coin. Mais que diable faisions-nous là ?

Je regardai Julian, mais ses yeux ne quittaient pas la route. C'était un homme fort et silencieux. Si j'avais été en train de dormir, j'aurais cru que je faisais pipi dans mon sommeil. Mon hypophyse crachait cette oxytocine qui faisait saillir la pointe des seins comme rien au monde. Mon utérus bondissait comme celui de la Vierge

Marie dans les Béatitudes. Inutile de le nier, le désir me tenait par la carotide.

En fait, j'aurais pu passer le reste de ma vie à étudier la courbe de sa mâchoire et à essayer de comprendre comment sa pomme d'Adam pouvait me donner autant conscience de mon point G.

33

Les yeux fermés, je le reniflai
comme une ligne de coke

Peu de temps après avoir rompu avec Giles – et encore, rompre était sans doute un euphémisme, voler en éclats ou briser en mille menus morceaux était plus proche de la réalité – bref, deux ans plus tard, j'étais toujours en train d'extraire les échardes de mon cœur. Mais petit à petit tous les morceaux avaient fini par sortir. Le véritable dommage avait été causé à mon assurance en tant qu'individu sexuel.

Non que Giles fût mon premier amour– ça non, cet honneur était revenu à Joseph Mendez. Son père était chirurgien à l'hôpital du Prince-de-Galles. Un jour, Joseph m'avait aidée à découvrir mon anatomie et mon hymen n'avait pas survécu.

Le problème, avec le sexe et le catholicisme, c'est la confession. Pas la partie « pardonnez-moi mon père pour mes péchés », non c'est facile, ça. Trois *Je vous salue Marie* et un *Notre Père* et le tour est joué. Je parle de la confession post-coïtale. « C'était aussi bon pour toi que ça l'a été pour moi ? Tu as joui ? Je t'ai emmenée au septième ciel ? »

La réponse à chacune de ces questions était un retentissant NON !

Mais qu'est-ce qu'ils espéraient, à se tortiller sur moi,

à s'enfoncer en moi comme s'ils cherchaient à me perforer un rein ? Je veux dire, je n'étais pas contre une certaine promiscuité, allons, je suis une fille moderne. Une aventure d'une nuit n'est pas forcément une aventure pour la vie. Mais, ne nous voilons pas la face, j'en avais déjà marre avant qu'on en vienne à la cigarette d'après l'amour.

J'avais essayé d'être à la hauteur de leurs attentes : je savais que je devais aimer qu'on me sonde au plus profond de mon intimité. Sur les conseils de *Cosmopolitan*, j'essayais de me montrer créative. Je faisais l'amour entre deux portes. Je faisais l'amour sur des mines. Dans des draps en satin, sur des matelas à eau (beurk), en string et dans toutes les positions du Kamasutra. J'avais essayé des surfeurs, des culturistes, des professeurs. Et c'était la première chose au sujet de laquelle je ne pouvais rien demander à la Vierge Marie. J'étais désespérée.

Il y avait un club de l'orgasme et je n'en faisais pas partie. J'avais lu des livres, posé des questions à mes copines et à des médecins compatissants. J'en avais même parlé à ma mère.

– Maman, tu as déjà eu un orgasme, toi ?

– Oh non. J'ai toujours eu une santé de fer. De mon temps, nous ne nous préoccupions pas des infections comme maintenant. On mangeait mieux, je pense.

– Non, maman, un orgasme ce n'est pas une infection, il me semble que ça a rapport avec le plaisir sexuel.

– Ah, le plaisir. Oui, je me souviens. Ne détestes-tu pas les taches de sperme sur les draps ?

– Maman, avais-je répondu, tu es censée croire que je suis toujours vierge, n'oublie pas.

Il n'y avait rien à faire. J'étais sur la liste noire du club O. Mais qu'est-ce que je faisais de travers ?

Puis Giles était arrivé. Il avait ouvert les vannes du barrage. J'avais compris tout à coup ce que voulaient dire les lettres du courrier du cœur. Orgasme. Tout, de clitoris à cellulite, s'était subitement mis à avoir un sens.

Mais à peine avais-je accompli l'exploit (trois ans

d'épanouissement sexuel) que bang, le barrage s'assécha. Et qu'on ne me dise pas que la masturbation, c'est pareil ! Non, masturbation et mâle, ça commence par la même lettre et je ne peux pas avoir recours à l'un sans penser à l'autre. Je venais d'apprendre à vivre avec la sécheresse et là, pour la première fois depuis deux ans, la pluie tombait.

Julian se pencha sur moi pour détacher ma ceinture de sécurité et m'embrasser. Je tremblais de tous mes membres.

– Tu as froid ? demanda-t-il, son haleine chaude soufflant tendrement sur mes doigts.

– Non, ça va.

– Sûr ?

Il me regardait droit dans les yeux.

– Je dois répondre tout de suite ? dis-je en claquant des dents.

Chaque mot que nous échangions était lourd de sous-entendus. C'était profond.

Platon aurait pu étudier nos répliques pendant des années qu'il n'en aurait pas compris la moitié. Puis il m'embrassa encore à pleine bouche ; les yeux fermés, je le reniflai comme une ligne de coke. Il me porta, bouche contre bouche, jusqu'à sa porte d'entrée.

Julian habitait dans un de ces lofts de Clerkenwell où les plafonds vont jusqu'au ciel. Décoration minimale/ aliénation maximale.

Au milieu de ce vaste espace, je me sentis aussi petite et faible qu'à l'église le jour de ma première communion.

Nous n'allâmes pas beaucoup plus loin que la porte d'entrée. Nous n'en eûmes pas le temps. Il referma la porte et nous déshabilla tous les deux, tout en continuant à m'embrasser. Il était l'efficacité faite homme. Il aurait dû laisser tomber le droit pour écrire un manuel du style « comment déshabiller quelqu'un sans cesser de l'embrasser ». J'achèterais tous les exemplaires.

Il déboutonna, dégrafa, tira et arracha jusqu'à ce qu'il ne me reste que mes bas et mon porte-jarretelles, et que lui-même se retrouve nu.

Son corps musclé était aussi chaud et lisse que le sol luisant. J'en rêvais depuis le jour où j'avais posé les yeux sur lui. Comment avais-je pu renier les hommes ? Giles avait une lourde responsabilité dans cette affaire. Nous nous regardions du coin de l'œil pour nous découvrir, mais nous n'arrêtions pas de nous embrasser. Sourires, murmures et gémissements accompagnèrent tous les clichés sexuels. Mais c'étaient nos clichés, et nous leur fîmes honneur à tous.

Il se débrouilla pour enfiler un préservatif en cours de route. Je m'en rendis compte quand, après qu'il m'eut soulevée et plaquée contre le mur, je saisis son pénis. Un vrai boy-scout !

J'avais l'impression d'être Alice et que je tombais dans le puits, à part que c'était dans le pays des merveilles du plaisir que je tombais. Ma libido faisait des plongeons et des vrilles avant de se fracasser contre mon point G à deux cents à l'heure.

Après la première fois, nous nous écroulâmes par terre, tout frémissants.

– Bel appart, haletai-je.

– Content que ça te plaise, répondit-il.

Nos concepts de la conversation étaient primitifs, ou quoi ? Avec du recul, nos paroles ressemblaient à celles des mauvaises publicités pour Nescafé où la communication se basait sur les regards et les sourires forcés.

– Je pourrais avoir un verre d'eau ? demandai-je, la bouche sèche.

Il sourit et se leva, me laissant jambes ouvertes sur le sol de l'entrée. Je levai les yeux et, devant ses fesses qui s'éloignaient dans le couloir, je dus me pincer pour m'assurer que je n'étais pas morte et parachutée au paradis.

Son absence durait une éternité, alors je me relevai tant bien que mal et partis à sa recherche.

Je le trouvai à la cuisine, là où j'aime voir mes hommes. C'était une de ces installations mortuaires en inox qui vous collent des migraines quand il fait soleil. Mais la nuit était chaude et les surfaces fraîches luisaient sous la lumière tamisée comme des bijoux. Il me tendit un verre d'eau et chassa du revers de la main un cheveu récalcitrant qui me tombait sur l'œil.

– C'était plutôt intense, dit-il en me serrant contre sa poitrine glabre.

– Mmmm, répondis-je.

Il roulait mes seins entre ses doigts, je n'avais pas grand-chose à dire. Le flux et le reflux de ma libido me défiaient sur le plan linguistique.

34

Faut-il préférer un homme à ses copines
sous prétexte qu'il a su trouver votre point G ?

Je disais encore mmmmmmmm dix minutes plus tard sur le banc de la cuisine, puis vingt minutes plus tard sous la douche, puis une heure plus tard sur le lit de la mezzanine qui surplombait la ville. Nous en étions à écouter du Marlene Dietrich pendant que Julian s'appliquait à lécher le Taittinger qu'il m'avait versé sur les poils pubiens.

Cette nuit-là je connus son loft sous toutes les coutures bibliquement parlant. À l'aube, j'avais faim de quelque chose d'un peu plus comestible que Julian. Je le tirai de ses méditations post-coïtales et l'envoyai à la cuisine en inox.

Vautrée dans les nuages de draps blancs, rassasiée et bienheureuse, j'aperçus la pile de préservatifs à côté du lit. Dire que dans ces prophylactiques nageaient plus d'un millier de vies potentielles qui n'auraient jamais la moindre chance.

Il y avait quelque chose de religieux à envisager la chose sous cet angle, peut-être même quelque chose de criminel. Chaque préservatif était noué, et ce sont ces nœuds qui me donnèrent les premiers remords de conscience.

« Fais un nœud dans les capotes, et donne-les-moi ! »

avait dit Sam. Sa voix résonnait dans ma tête. Puis cette saloperie de culpabilité catholique dégringola à bras raccourcis sur mes jeux inoffensifs comme un ange vengeur. En dépit de notre pacte, je n'avais aucunement l'intention de lui donner le sperme de Julian. À moins que... ?

Sam et Charles avaient ni plus ni moins sauvé ma vie post-Giles. Elles m'avaient donné l'espace et l'amitié nécessaires pour continuer à vivre.

Elles m'apportaient de l'aspirine quand j'étais malade, plantaient des aiguilles vaudou dans des poupées de Giles quand j'allais mal, mais surtout, elles m'avaient fait comprendre que je valais mieux qu'un homme capable de tromperie. Elles m'avaient redonné confiance en moi comme seules les amies savent le faire.

Jamais je n'aurais survécu à l'école d'avocat sans Charles qui restait debout jusqu'au petit matin pour m'aider à réviser tous les cas de jurisprudence, toutes les décisions de justice.

Sam nous apportait le café par seaux. Et si j'avais encore une sexualité opérationnelle, je pouvais les remercier. C'était à elles que je le devais, et moi, qu'est-ce que je faisais ? Je foutais en l'air leur soirée de collecte de sperme en me bagarrant.

Sam était une amie dans le besoin. Dans ces préservatifs nageaient les graines de son bonheur futur. Allais-je vraiment les jeter dans les toilettes ? Mon devoir de catholique n'était-il pas de donner à Sam ces spermatozoïdes chargés de potentiel zygotique ? Les bonnes sœurs ne m'avaient pas moralement programmée pour affronter ce genre de situation. Qu'aurait dit sœur Conchilio au sujet du gaspillage de sperme ? Seigneur, je regrettais de ne pas avoir suivi de cours de théologie.

Julian apparut, une tasse d'espresso et un grand bol à la main.

– De quoi tu as envie, français ou italien ? demanda-t-il en souriant.

La réponse se tenait devant moi en pectoraux ondulants et biceps luisants. Oui, oui, oui ! Mille fois oui ! Je tirerais la chasse sur les préservatifs de Sam pour cet adonis.

Mais en avais-je le droit ? Devais-je préférer Julian à mes copines, sous prétexte qu'il avait su trouver mon point G ? Julian entrechoqua légèrement le bol et la tasse.

– Allô, allô, ici la Terre !

– Pardon, c'était quoi, la question ?

– Français ou italien ?

– Désolée... euh espresso, répondis-je en me retournant, absorbée par mon débat intérieur.

Il en ressortit que, soit je gardais le sperme de Julian et j'étais heureuse, soit je le donnais à Sam et je ferais deux heureuses.

Mais tout cela n'était qu'éventualités.

Soit je disais à Julian ce que Sam voulait, avec l'éventualité qu'il pense que j'étais une folle furieuse mûre pour l'asile ou une sorcière récolteuse de semence au cœur de pierre.

Soit je jetais les préservatifs dans les toilettes, avec l'éventualité qu'elles pensent que mon amitié était aussi semi-translucide que le sperme.

Julian revint avec un plateau chargé de caféine. Honnêtement, y avait-il quelque espoir pour qu'il dise « Formidable, c'est une façon géniale d'utiliser tout ce sperme qui serait perdu, sinon » ?

– Tu as l'air fatiguée, ma chérie. Je t'empêche de dormir ? demanda-t-il en s'allongeant à côté de moi.

Je lui passai les bras autour du cou et me laissai tomber sur son torse glabre.

– Non, et moi, je t'empêche de dormir ? demandai-je en laissant glisser ma main de son pénis épuisé à son cou. Mais tu n'as pas de poils du tout, dis-je distraitement.

– Je me les fais épiler à la cire, répondit-il d'un ton neutre.

– Ah bon.

J'essayai de ne pas succomber à la critique. Après tout, c'était son droit, et j'entendis au fond de moi une voix d'ordinateur me dire qu'il ne fallait pas porter de jugement.

– Je déteste les poils, continua-t-il.

– Ah ?

Je voulais lui donner l'impression que ça ne m'intéressait pas. Nous nous attardions sur le sujet alors que je voulais en sortir. On ne pouvait pas revenir à mmm ? J'en étais couverte, moi, de poils. Je passais une bonne partie de mes heures de loisir à épiler, raser et décolorer mon torse et mes membres poilus, et ça poussait toujours.

– Je trouve juste que c'est... le pire tue-l'amour qui soit, insista-t-il.

Comment ça, le pire ? Et la cellulite, alors ? J'abordai un autre sujet de conversation car cette conférence sur les poils commençait à attaquer mon assurance.

– Sam et Charles veulent un bébé ! dis-je doucement en me pelotonnant contre sa poitrine sans poils.

– Je sais. Sam me l'a dit hier soir. Elle est vraiment super, comme fille. Elles sont tellement... bien, ensemble. J'ai d'autres amies lesbiennes qui sont dans ce cas, elles veulent à tout prix un enfant. En fait j'ai rempli les papiers pour faire partie des donneurs qui renoncent à la responsabilité et aux droits sur leur sperme. C'est de ça que je parlais avec elle quand tu es arrivée. Je lui ai même proposé de coucher avec elle. Enfin, comme je le lui ai dit, ça ne mange pas de pain.

Je m'assis.

– Ça ne mange pas de pain ? répétai-je sans vraiment voir ce que venait faire un quignon de pain dans l'histoire.

Je n'avais pas les idées très claires.

– Ouais, quoi, où est le problème ? Si ça se trouve, moi, j'aurai besoin qu'on me prête un ventre un jour. Mais elle m'a dit qu'elle préférait ne pas aller si loin avec un homme. Elle m'a montré cette espèce de pipette, dit-il en riant. Ouais, c'est vraiment une valeur sûre, ces deux-là.

Il avala une gorgée de café au lait.

– Une valeur sûre ?

Mon utérus avait commencé à se mettre en boule. Julian était-il en train de me dire qu'il aurait été aussi heureux de coucher avec Sam qu'avec moi ? C'était une meilleure affaire, peut-être ? Ou n'avait-il couché avec moi que parce qu'il voulait rendre service à Sam ? Et qu'est-ce que ça voulait dire, qu'il aurait peut-être besoin qu'on lui prête un ventre un jour ?

Imaginez un peu, nous avions fait l'amour toute la nuit ; c'était merveilleux, d'une intimité rare, et, pour ma part du moins, je pensais que nous avions atteint au divin ici et là. Et voilà qu'il disait que « ça ne mangeait pas de pain » de coucher avec ma meilleure amie.

Julian m'enfonçait allégrement dans mon malheur.

– Ouais, je comprends ce qu'elle veut dire, dit-il d'un air méditatif. Quand elle annonce qu'elle ne veut pas coucher avec un mec. Beaucoup d'homos sont comme ça. Pas moi, personnellement. Je ne suis pas comme ça. Ne te méprends pas, hein. Je ne suis pas vraiment bi, mais c'est vrai que c'est sympa aussi de faire l'amour avec une femme de temps en temps !

Il riait.

Je m'écartai de sa poitrine. L'espace d'un instant, je crus que j'allais entreprendre une action vengeresse sur ce torse, avec un couteau ou quelque chose du genre, histoire de ne pas m'attacher à lui davantage.

Julian était lancé sur son sujet.

– Mais il y a beaucoup de pédés qui ne sont pas aussi ouverts que moi. J'ai des amis qui prétendent qu'ils aimeraient mieux coucher avec un gorille qu'avec une femme.

Raide comme la justice, je regardais autour de moi, à la recherche de quelque chose de très lourd ou de très tranchant. Qu'était-il en train de me dire ? Étais-je censée me sentir flattée ? Parce que j'étais juste au-dessus du gorille dans son barème ? D'accord, je suis un peu poilue, mais je m'étais peut-être trompée en me croyant nettement supérieure aux primates ?

Et puis, il y avait un mot qui ressortait ici et là dans sa conversation et qui me glaçait le sang : homo.

– Ton manque de discrimination est tout à ton honneur, dis-je amèrement.

Calé sur ses oreillers carrés, Julian sirotait son café au lait en se vautrant dans sa politique d'ouverture sexuelle.

– Mmmm, fit-il en souriant sans la moindre honte. Mais reconnais tout de même que c'était bien, cette nuit. J'en ai peut-être même fait un peu plus parce que c'était avec toi, dit-il sur le ton du compliment équivoque.

Comment avais-je pu être aussi bête ? Il avait beau avoir la poitrine lisse, métaphoriquement parlant il était aussi poilu que tous ces torses, chemise ouverte et chaîne en or massif. Je venais d'offrir les orifices sacrés de mon corps à un homo macho !

J'avais l'impression d'être le Petit Chaperon rouge tout nu au lit avec le grand méchant loup. Que vous avez la poitrine douce... Oh, je la fais épiler... pour mieux t'humilier, mon enfant !

J'aurais sans doute dû le frapper, ou lui jeter mon café, ou le noyer dans son sperme, mais j'étais vidée, exténuée. Même pas un degré de plus que le gorille sur l'échelle de Richter de la séduction. Alors je sortis sans bruit dans le couloir avec la ferme intention de récupérer mes vêtements. Comment avais-je pu être aussi idiote ? J'allai aux toilettes où, devinez quoi, le siège était relevé.

Finalement ils laissent tous le siège en l'air, et moi, ils me fichent par terre.

Eh bien, ils ne le feront plus. Où diable avais-je la tête, de toute façon, pour faire passer l'ego de Julian avant son sperme ? Les dés étaient jetés. Je faisais une croix sur les hommes. Pour ma part, la seule chose digne d'intérêt chez les hommes, c'était leur semence.

Une fois habillée, j'allai ramasser le fruit des reins glabres de Julian. Au moins, Sam serait heureuse.

Julian essaya de se rattraper quand je lui dis au revoir.

– Ne crois pas que tu ne me plais pas, Evelyn. Je t'assure. Allez, on s'est bien amusés tous les deux, non ? gloussa-t-il.

Il était debout dans la faible lumière du matin qui passait par la porte ouverte.

Jamais je n'avais eu autant envie de castrer un homme. Mais j'avais les mains pleines de préservatifs et je refoulais mes larmes. J'étais en train d'expérimenter une fusion totale de mon ego.

– Absolument, Julian. Je ne m'étais pas amusée comme ça depuis mon dernier frottis. Tu ne te débrouilles pas trop mal, pour un homme. Mais sincèrement, je te remercie pour le sperme. Je suppose que tu es en parfaite santé... avant que je fasse cadeau de tes petites graines à Sam ?

Il était là dans son peignoir en nid-d'abeilles pour échapper à la fraîcheur du petit matin. Pendant que je préparais ma sortie, il s'était enduit le torse d'huile d'amande douce. Comment cette parodie de la virilité avait-elle pu me séduire ?

– Bien sûr, je lui ai montré mon bilan hier. J'ai les résultats du test H.I.V. dans mon portefeuille, répondit-il.

– Tu les as toujours sur toi, hein, Jules ? me gaussai-je.

Le sensible homo new age dans toute sa splendeur !

– Je pense que c'est tellement mieux quand tout le monde est sûr de soi, tu ne trouves pas ? demanda-t-il sans la moindre trace d'ironie.

– Joli choix de mots, Julian. Je me sens beaucoup plus sûre de moi, maintenant. Bonne épilation. Je referai peut-être appel à tes services un jour !

35

La question du libre arbitre et tout le foutu bordel

Je me retrouvai sur St Johns Street à cinq heures du matin à attendre un taxi. C'était aussi inhumain que le loft de Julian. Quelque trois kilomètres plus tard j'étais sur le Strand, où les sans-abri dormaient devant chaque porte telles des sentinelles romaines. Bonne adresse, non ? Les victoriens, dont l'époque fut si pauvre et miséreuse, en auraient sûrement été jaloux.

– Eh, vous n'auriez pas une petite pièce ? me demanda un tas de carton.

C'est peut-être ce qu'aurait dû faire Sam. Elle se serait plantée au coin de la rue avec sa pipette pour interpeller les hommes génétiquement convenables.

« Vous n'auriez pas un peu de sperme ? »

Les rues grises paraissaient exténuées comme après une rude nuit. « Tu es trop vieille pour ce Londres-là », pensai-je. Trop vieille pour ce style de vie. J'aurais vingt-cinq ans la semaine suivante et j'étais fatiguée. Fatiguée de l'inhumanité de ce monde rongé par les soucis, fatiguée de cette ville qui se blottissait derrière des cartons et des échafaudages. J'avais envie de pleurer.

Mais qui serait dupe ? Pleurer pour quoi ? Qu'avait fait Julian, finalement, à part offrir son aide à un couple de filles qui voulaient du sperme, quand des milliers d'autres ne lèveraient pas le petit doigt ? Était-ce donc si grave ? Non, c'était l'amour moderne. Ça ne méritait pas une petite tape amicale sur l'épaule, ça ?

Peut-être que c'était moi. Peut-être que j'avais trop investi dans ce qui ne serait jamais qu'une aventure d'une nuit. Après tout, j'avais voulu coucher avec lui. Seigneur Dieu, j'aurais vendu mon âme pour passer une nuit avec Julian. Avait-il vraiment fait quelque chose de mal ?

La réponse était incontestablement oui ! Il avait fait une chose que je me promis de ne plus jamais laisser aucun homme me faire : me donner l'impression d'être un pis-aller. Certes, un degré au-dessus du gorille, mais assurément quelques échelons au-dessous de l'homme. Presque tout valait mieux que ça.

Je revins à la civilisation de Notting Hill après un voyage silencieux en taxi. Là, régnait une atmosphère de spectacle terminé. Le camion des poubelles faisait sa tournée. Quelques égarés, quelques petites mottes d'humanité rentraient à la maison, déambulant avec insouciance dans les rues désertes. La lumière de l'aube était toute rose et brumeuse, ce qui me donna l'impression d'entrer dans un rêve. J'avais trop investi en Julian. Et j'avais tout perdu.

Les filles étaient sur le balcon, emmitouflées dans leur sac de couchage. Apparemment personne n'avait fermé l'œil de la nuit.

— Salut ! criai-je, espérant que l'infirmière du dessous allait appeler la police.

J'en avais assez d'encaisser sans rien dire.

Elles restaient étrangement silencieuses, mais comme je n'avais pas mes clés je dus les appeler une nouvelle fois.

— Vous pouvez m'ouvrir ?

Pas de réponse, mais Sam se leva et rentra. Charles baissa les yeux sur moi un peu comme si j'étais une étrangère abjecte. Ça ne faisait pas partie des mille et une humeurs que je lui connaissais. « Elles doivent vraiment m'en vouloir pour hier soir », pensai-je, penaude.

Heureusement je savais que j'avais de quoi arranger ça dans les petits sacs humides que je rapportais.

Sam était toujours recouverte de peinture dorée. Je tendis les bras vers elle pour la serrer contre moi.

– Ne me touche pas, tu vas avoir plein de peinture sur tes habits, dit-elle avcc à peu près autant d'énergie qu'une victime de la famine.

En découvrant notre appartement, j'eus l'impression que les gens que j'avais vus avec des pancartes devant la gare Victoria avaient raison : la fin du monde était arrivée, finalement. Et je l'avais passée en train de coucher avec un homo hypersensible new age. Notre appartement si spacieux, aux plafonds si hauts, ressemblait à une décharge à ordures dessinée par le conseil municipal. Verres, bouteilles et restes de nourriture peu ragoûtants sur des assiettes en papier concurrençaient serpentins, chaussures, cendriers retournés et quelques reliquats humains endormis çà et là.

Il y avait même quelques strings en paillettes sur les dossiers de chaise. Une bouteille de champagne ressortait fort impoliment d'une des chaises en forme de vulve ; ça voulait tout dire. Notre petit nid avait été profané. Pas une femme de ménage de ce côté de la Tamise n'aurait voulu s'attaquer à ce bazar.

– Alors, Sam, comment ça va ? demandai-je en retirant mes chaussures avant de me diriger vers l'évier pour prendre un verre d'eau. Putain, quel bordel. On va passer au moins une semaine à ranger, non ? fis-je d'un air que j'espérais indifférent.

Sam haussa les épaules avec une petite moue résignée.

– Écoute, Sam, je suis désolée pour la bagarre, hier soir. Je t'assure, je suis v-r-a-i-m-e-n-t très embêtée. Je ne pensais pas que ça dégénérerait comme ça. C'est vrai, j'ai vu Boucle-d'Or et j'ai ressenti une incroyable envie de lui jeter mon verre à la figure. Je n'avais pas l'intention de me battre. Sincèrement, je pensais qu'une fois que je lui aurais balancé mon verre de Pimms, ce serait... ce serait terminé. Je suis... euh... désolée ?

Mais Sam ne répondait pas. Elle avait le même sourire courageux que le jour où Charles ou moi avions cassé un de ses verres en cristal de Bohême. Une action radicale était nécessaire.

– Regarde, j'ai le sperme !

Je levai fièrement les préservatifs dégoulinants comme si c'étaient des faisans que je rapportais de la chasse.

Elle parut revenir à la vie.

– Oh, Evelyn, il ne fallait pas, roucoula-t-elle en me les arrachant des mains. Non, vraiment, il ne fallait pas. Tu es géniale, je t'adore, je t'adore, je t'adore ! (Elle me serra contre elle malgré la peinture dorée.) Les anges chanteront tes louanges. Et oublie la bagarre. Ce n'est pas le problème. Mais on a quelque chose d'assez terrible à t'apprendre, en fait. Il s'est passé un truc affreux hier soir...

Elle serra mon bras. Mon père avait fait le même geste au moment où ma grand-mère était morte. Je regardai les marques dorées qu'elle avait laissées sur ma peau. Qu'est-ce que ça voulait dire, un truc affreux ? Quelqu'un était mort ? Pas Charles. Elle était calme, mais bien vivante, là-bas sur le balcon. N'est-ce pas ? Je paniquais.

– Qu'est-ce qui s'est passé ? Qu'est-ce qui s'est passé ? hululai-je.

Charles arriva, encore toute dorée de la veille.

– Alors, c'était comment ?

– Regarde, ma chérie ! criait Sam en sautant dans tous les sens avec les préservatifs. Evvy nous a rapporté du sperme. Vite, vite ! Il faut qu'on se dépêche. Écoute, Evvy, ne t'inquiète pas, je t'en parlerai plus tard. Tu vas chercher la pipette, Charles ?

Elle était toujours emmitouflée dans son sac de couchage. Elle me passa la main dans les cheveux.

– Alors, c'est le retour du grand chasseur blanc ?

– Qu'est-ce qui s'est passé, Charles ? Qu'est-ce qu'il y a ? Sam m'a pris le bras comme si quelqu'un était mort et vous êtes bizarres toutes les deux. Vous avez quelque chose à me dire ?

La voix de Sam brisa le silence.

– Alors, Charles, elle vient, cette pipette ? Dépêche-toi, je suis prête. Evvy, c'est génial, il est encore tiède.

Charles partit à la cuisine.

– Personne n'est mort. Mais on a quelque chose à te dire. Quelque chose qu'on a appris après ton départ. Après ton... crêpage de chignon.

– Oh, mon Dieu. La mère Cockerel n'a pas appelé la police, au moins ? Oh merde, je suis vraiment, vraiment désolée.

– Non, pas la police, pas la mère Cockerel. Écoute, je vais juste aider Sam. Je reviens tout de suite. Ne t'en fais pas, d'accord ?

J'allai dans ma chambre pour me changer. Mon atta-ché-case attendait tristement la prochaine affaire au milieu du lit. Je repensai tout à coup à Candida. Peut-être qu'il n'y aurait pas de prochaine affaire. Je devrais l'affronter lundi matin et assumer la perte de son pro-cès. J'étais prête à parier qu'elle réagirait à peu près aussi bien que M. Roberts avait réagi au verdict.

Je devais peut-être commencer à rechercher un autre cabinet ? Ce ne serait pas facile. Je n'avais pas de clien-tèle à proprement parler, si ce n'était Keith de Shep-herds Bush, qui allait certainement récidiver d'ici peu. Il m'enverrait sans doute un client par-ci, par-là. Des cambriolages, des vols de voiture, quelques meurtres. Mais pouvais-je compter sur la loyauté de Keith ?

J'avais du mal à croire que je raisonnais comme ça.

J'ouvris l'attaché-case d'un coup sec et en sortis un tas de papiers en vrac et la boîte de ma perruque. Ma robe était si froissée que j'allais être obligée de la porter au pressing. Des photographies s'étaient éparpillées par terre. Je les ramassai et jetai un coup d'œil sur nos visages souriants, à Giles et à moi, sur nos lieux de prédilection. C'étaient pour la plupart des photos que nous avions prises au cours de week-ends prolongés chez lui à Londres – avant l'automne –, lorsque la vie était encore facile, et jolie et gaie. Je sentis les larmes me monter aux yeux mais je les retins. Et c'est en rangeant les photos que je la vis... elle !

Boucle-d'Or, cette salope de tous les diables ! Giles était donc insensible à ce point-là ? J'aurais mieux fait de le boxer aussi la veille, celui-là. Elle était assise sur le canapé de Giles et elle riait tout ce qu'elle savait avec son regard insipide. Pas de doute. Ah, ce qu'elle avait l'air fière d'elle, avec ses petits bonnets A ! Mais pour l'amour du ciel, qu'est-ce qui lui avait pris de m'envoyer ça ?

Rien de tordu ? N'était-ce pas ce que Worston avait dit ? Le couteau qu'il me plongeait dans la poitrine faisait un angle d'au moins vingt degrés !

Charles passa la tête dans l'embrasure de la porte.

– Je vais faire une camomille à Sam. Tu en veux ? Elle va rester au lit les jambes en l'air pour... tu vois bien... ne pas perdre de sperme.

– Oui, s'il te plaît, dis-je en fourrant les photos dans mon sac. Je viens t'aider.

Je la suivis à la cuisine et lavai quelques tasses. Les placards étaient vides, l'évier était plein.

– Il faut qu'on nettoie les verres. La boîte de location vient les récupérer à onze heures, annonça-t-elle, à moitié à moi, à moitié à la bouilloire.

– Alors, qu'est-ce qui s'est passé, hier soir ? demandai-je. Je suis vraiment, vraiment désolée, tu sais. Comme j'ai dit à Sam, je ne pensais pas que ça irait aussi loin.

– Ce n'est pas à moi qu'il faut dire ça. C'est à Caroline.

Caroline ? Aïe, elle avait un prénom ? Ça faisait mal. Mais je trouvai déloyal de la part de Charles de l'appeler par son prénom, même si elle en avait un. Nous l'avions toujours appelée Boucle-d'Or. C'était une salope, qui couchait sous ma couette. Qui couchait avec mon homme. Boucle-d'Or, l'intruse.

– Caroline ? dis-je sur un ton malin. C'est comme ça qu'elle s'appelle, cette garce ?

– Oui, Caroline. Elle s'appelle comme ça.

Puis Charles tourna la tête vers moi, et je vis qu'elle était en colère.

– Qu'est-ce qui te permet de juger les gens aussi facilement ? lança-t-elle. Tu vas aller jusqu'où, là ? À juger la moralité de gens que tu n'as jamais rencontrés de ta vie ?

Oh, c'était magnifique !

– Où tu as lu ça, Charles ? Sur le dos d'un paquet de corn flakes ? ricanai-je. Tu ne veux pas me faire un cours sur la question du libre arbitre et tout le foutu bordel, pendant qu'on y est, non ?

– Oh, je ne sais pas, Evelyn.

La bouilloire siffla. Charles éteignit le gaz et versa l'eau dans la théière. Puis elle me regarda droit dans les yeux avec l'air d'avoir envie de me gifler.

– Ah, tu es tellement intelligente, tu comprends tout, hein ? Et tu te prends pour une avocate ? Tu n'as donc jamais entendu parler des erreurs d'interprétation ?

J'avais l'impression que, quelque part sur la ligne, ma tentative d'amendement s'enlisait.

– Qu'est-ce qui se passe, Charles ? Je ne comprends plus...

Charles me prit dans ses bras et me serra fort contre elle.

– Oh, laisse tomber. Ce ne sont pas mes oignons. Tu as Julian, maintenant. J'aurais mieux fait de ne rien te dire.

– Julian est homo, murmurai-je.

– Mon Dieu... Evvy... Je suis désolée. Merde... mais tu... les capotes ?

– Il est homo, pas impuissant. Il peut faire l'amour avec une femme. Tu parles, avec des gorilles aussi, à la limite. Ce mec est un adepte de la sexualité aveugle.

– Oh merde ! s'exclama Charles.

– Bon, alors qu'est-ce que tu me disais à propos de...

celle dont on taira le nom, et de l'erreur d'interprétation ?

Puis elle dit quelque chose qui me fit l'effet d'un
tatouage sur la conscience.

– C'est la sœur de Giles.

36

Overdose de drogues catholiques avec violente
attaque de culpabilité due à la méconnaissance
d'un drame de la vie

Il me fallut un moment pour assimiler ce que je venais d'entendre. « Sa sœur ? » répétais-je comme une incantation bouddhique, qui finirait sans doute par m'apporter l'illumination si je la reprenais suffisamment longtemps.

Sa sœur ? Comment avais-je pu me tromper à ce point ? J'essayai de me souvenir de mes deux courtes visites à sa famille dans le Gloucestershire. Je revis une vague image d'un piano à queue avec des photographies de la famille. Il ne m'était jamais venu à l'esprit que sa sœur puisse être dans son lit.

Apparemment, Giles et sa sœur avaient discuté avec Sam et Charles après ma dramatique sortie. Elle savait qui j'étais quand je lui avais jeté mon verre à la figure. Elle m'avait certainement vue en photo, elle aussi.

– Sa sœur ? Mais pourquoi ? demandais-je encore et encore.

Incapable de comprendre la réalité après deux années d'erreur.

– Comment ça, pourquoi ? Pourquoi c'est sa sœur ?

– Mais non, pourquoi il ne m'a rien dit ? implorai-je.

– Tu ne lui en as pas laissé la possibilité. Tu as déménagé, tu as disparu du continent. Avoue, Evelyn, tu as dramatisé.

— Tais-toi ! criai-je, les mains sur les oreilles.

J'avais l'impression que j'allais exploser sous la confusion comme un cocktail Molotov.

Je n'allais pas assumer toute la culpabilité aussi facilement.

— Mais putain, il m'a évitée pendant des semaines. Il m'a menti, il trouvait des excuses pour ne pas me voir. J'ai cru qu'il avait une M.S.T. ou un truc du genre, ou qu'il était peut-être devenu impuissant. Je suis même allée faire un bilan à la clinique. Ils m'ont enfoncé cette espèce de bite en ferraille... Mais pourquoi il m'a fait ça ? Pourquoi il ne m'a rien dit ? Pourquoi c'est toujours bizarre, les rapports avec les sœurs ? Ils n'avaient quand même pas...

— De rapports incestueux, tu veux dire ? Non. Mais ça ne t'est jamais venu à l'idée que ça pouvait être elle qui n'avait pas envie qu'il t'en parle ? Tu es vraiment bornée. Tu ne comprends pas, Evelyn ? Tu as fait une erreur d'interprétation... tu es avocate, pourtant, bordel de merde. Tu n'as jamais entendu parler de la présomption d'innocence, du libre arbitre et de tout ce foutu bordel ?

— Tu n'arrêtes pas de dire ça. Oui, je suis avocate, et alors ? C'est pour ça que je devrais savoir pourquoi les autres me mentent ? Hein ? Hein ? Parce que c'est ce qu'il a fait, entre autres, il m'a menti.

— Il ne t'a pas menti, il avait quand même le droit de ne rien dire, merde !

— C'est pareil.

— Non, ce n'est pas pareil, et de toute façon c'était son droit à elle de ne rien dire ni de rien faire qui aurait pu se retourner contre elle. Elle était toxico à l'époque.

— Elle était quoi ?

Charles avait l'air fatiguée. Elle s'assit sur mon lit, où j'étais allongée sans bouger depuis la première onde de choc.

— Elle était accro à l'héroïne. C'était ce qu'on peut

appeler le canard boiteux de la famille. Apparemment, elle a débarqué chez Giles sans crier gare la veille que tu arrives pour le week-end. C'est certainement la première fois qu'il avait annulé un de vos week-ends. Elle vivait en Thaïlande depuis deux ans. Elle était malade quand elle est revenue. Très malade. Elle ne voulait pas que le reste de la famille le sache. C'était une vraie tragédie, apparemment. Une grosse affaire. Son copain avait été arrêté pour trafic de drogue. Il était thaïlandais, il a été exécuté depuis.

– Il est mort, tu veux dire ? dis-je, la gorge serrée.

J'avais planté des aiguilles dans la statuette vaudou d'une fille dont le copain avait été tué ?

– Exécuté. Toujours est-il que Giles lui a prêté son lit. Elle était enceinte de trois mois, elle était en manque et elle faisait une dépression... tout ça dans son lit. En plus, Evelyn, elle venait de se faire avorter le soir où tu es arrivée sans prévenir. Giles pensait que... bon, tu es catholique, tu vois... et tu avais tes examens, il voulait que tu réussisses. Il devait t'en parler une fois qu'elle irait mieux et que tu aurais terminé tes examens. Apparemment, l'état de manque, ça ne faisait pas partie de vos sujets de conversation. Merde, Evelyn, tu t'es gourée sur toute la ligne. C'est vraiment un mec bien, tu sais.

Charles était en colère ; elle parlait d'une voix contenue, tour à tour émouvante et sarcastique. Je ne pouvais pas supporter ce qu'elle était en train de me dire, et encore moins la manière dont elle me le disait. Si j'avais entendu les trois sommations, ça m'aurait fait le même effet.

– Je me suis gourée ? balbutiai-je. Tu veux dire que j'ai passé deux ans à oublier un homme qui ne m'a pas trompée ?

– Mais merde, à la fin, Giles n'est pas une infection virale. Il t'aimait, il m'a dit qu'il t'avait demandée en mariage ! Tu ne lui as vraiment laissé aucune chance, hein ?

J'avais l'impression de me noyer. Qu'est-ce que j'avais fait ? Était-il possible que j'aie agi de manière aussi autoritaire et rigide envers un homme qui aidait sa droguée de sœur à se remettre sur pied ?

Je faisais une belle overdose de drogues catholiques avec violente attaque de culpabilité due à la méconnaissance d'un drame de la vie. Comment avais-je pu être jalouse d'une fille dont le copain avait été condamné à mort ? Leur bébé, c'était un junky avant même de naître... Un avortement ? Et moi qui courais dans tous les sens comme un poulet à qui on vient de trancher le cou, qui plantais des aiguilles dans des effigies ? Nom d'un chien, j'avais vraiment montré à Yahvé une chose ou deux au sujet de la juste colère.

– Oh, Charles, qu'est-ce que je dois faire ? pleurnichai-je, saisie par le désespoir.

Je perdais la raison. Je me mis à pleurer comme une madeleine, inconsolable.

Charles me prit dans ses bras.

– Oh, Evvy, ma pauvre. Je t'ai fait de la peine ?

J'acquiesçai, le visage baigné de larmes. Elle rit et m'embrassa sur le front.

– Allez, ne t'en fais pas, on va arranger tout ça demain. On ira à la cour d'appel s'il le faut et on fera annuler ta condamnation, d'accord ?

Je ris à travers mes larmes.

– Charles ? fis-je d'une toute petite voix.

– Oui ?

– J'ai peur.

– Ne t'inquiète pas, tu as deux des meilleures avocates de Londres qui travaillent sur ton dossier. On va aller dormir et après on s'occupera de ton appel. Tu sais... « S'il vous plaît, Votre Honneur, j'ai cru qu'il avait une maîtresse, hein, alors j'ai laissé le champ libre. Je sais que j'aurais dû lui donner une chance, mais j'étais jeune, Votre Honneur. Je n'étais pas encore sortie de l'école d'avocat. Donnez-moi une chance, Votre Honneur ! » Il ne pourra pas résister.

Elle me sourit et remonta la couette sur ma tête.

– Il faut que j'aille voir Sam maintenant. Je te réveille

282

dans quelques heures. Qui sait, si ça se trouve, tu l'as mise enceinte !

Elle m'envoya un baiser en l'air, comme faisait ma mère quand j'avais un rhume. Jamais je ne m'étais sentie aussi petite... ou aussi coupable.

– Au fait, Evvy, murmura-t-elle. Rappelle-toi, quoi qu'il arrive, on est là. On sera toujours là pour toi.

37

Le deuil d'Islington

La maison de location de matériel vint récupérer les verres à midi. Charles me réveilla en brandissant une paire de lunettes de soleil et un espresso.

– Tiens, tu vas en avoir besoin ! dit-elle en me tendant des lunettes Agnès b. C'est Sam qui m'a dit de les acheter, elle trouvait que tu les méritais bien.

Elle avait mis sa robe des lendemains de fête difficiles, une création Gucci d'un rouge scandaleux.

– En quel honneur tu t'es habillée comme ça ? Ce n'est pas carnaval, si ?

– Non, c'est rouge sang, comme mon humeur ! expliqua-t-elle en se laissant tomber sur le lit.

Elle était éblouissante... trop éblouissante. Je sombrais dans le delirium tremens rien qu'à la regarder. Je chaussai les lunettes.

– Secoue-toi la carcasse, ma fille, on part à la cour d'appel, annonça-t-elle en ouvrant ma penderie. Tu vas mettre du noir parce que tu es en deuil, mais bien moulant parce que tu veux des résultats ! ordonna-t-elle, un doigt dominateur pointé vers mes affaires.

Pulp chantait « *We're all sorted for Es and whizz* » sur un rythme psychédélique qui me tambourinait dans la tête. Charles s'assit au bout de mon lit et se mit du rouge à lèvres orange en se regardant dans un poudrier.

– Sam reste au lit pour que ça ne ressorte pas ! déclara-t-elle.

J'avais l'impression que ma tête était suspendue au-dessus d'un ravin. J'avais du mal à me concentrer sur ce qui se passait.

– La cour d'appel ? Mais c'est samedi ! Et qu'est-ce qui ne doit pas ressortir ?

– Le sperme, pardi !

Ma tête se cogna contre la réalité avec un bruit sourd. Bien sûr, c'était cette histoire de bébé. Le sperme de Julian. Doux Jésus ! Je m'enfonçai sous la couette.

– Mais avec le sperme, ce n'est pas la quantité qui compte, si ? Je croyais que c'était la qualité, moi.

– Ouais, justement, elle ne veut pas que ce soit la qualité qui se barre. Dis-moi, j'ai trouvé ce rouge à lèvres dans la poubelle de la salle de bains. La couleur est géniale, c'est à toi ?

Je regardai le tube.

– Ah oui ! C'est celui que j'avais le jour où j'ai pris de l'ecstasy, ça me rappelle de mauvais souvenirs. Tu peux le garder.

– Je t'avais pourtant prévenue de ne pas en prendre avant le petit déj' ! dit-elle en riant. Bon, parlons peu, parlons bien, on doit faire appel, nous, alors debout et au boulot.

Je sortis la tête de la couette et je me retrouvai nez à nez avec des photos de Giles et de moi collées partout sur les murs de ma chambre. C'étaient les dernières photos qu'il m'avait envoyées.

Charles sourit.

– Tu apprécies mon petit collage ? J'ai fait ça pendant que tu dormais.

Ce qui était révélateur, c'est que toutes les photos montraient des yeux, contrairement à celles que j'avais gardées après notre rupture, où tous les yeux étaient transpercés d'aiguilles.

– C'est du positivisme ! expliqua-t-elle en riant.

– Je ne peux pas, Charles. Je ne peux pas.

Je joignis le geste à la parole en me remettant la tête sous la couette.

– Mais si, tu peux, il faudra bien. Pendant deux ans on t'a supportée, avec tes humeurs et tes « tous les hommes sont des salauds ». Je veux régler ce problème... maintenant !

Elle souleva ma couette d'un geste vif.

– Moi, j'ai ma copine qui essaie de tomber enceinte, j'ai un procès d'assises où je défends un mec accusé d'avoir bouffé un chien... Mais je n'ai pas envie d'en parler, déclara-t-elle en me jetant la couette sur la tête comme pour m'étouffer. J'ai juste envie de retrouver un appart calme et tranquille quand je rentre du boulot. Et puis, si tu es très sage, je te dirai ce que j'ai fait pour toi hier.

Je m'assis. La curiosité avait eu raison de moi.

– Qu'est-ce que tu as fait pour moi ?

– Je t'ai rendu un petit service.

C'était inquiétant.

– Quel genre de service ?

– Oh, rien de bien sorcier. Disons que j'ai fait quelque chose qui devrait te redonner une certaine sérénité.

– Sérénité ? m'écriai-je.

C'était sérieusement alarmant. La sérénité, c'était ce qu'Albert m'avait promis en me vendant l'ecstasy. Je m'étais juré de ne plus jamais laisser qui que ce soit me rendre ma sérénité. C'était en quelque sorte une des pierres angulaires de ma vie. Fini, la sérénité !

– Tu peux juste te taire et me faire confiance ? Crois-moi, tu seras éternellement reconnaissante. Disons que c'est une récompense pour avoir été notre donneuse par procuration. Mais je ne te raconterai rien tant que tu n'auras pas réglé ton problème avec Giles. Un point, c'est tout, ma petite chérie.

Elle sourit si gentiment que je crus que sa bouche allait s'envoler.

– S'il te plaît, Charles. Je suis sûre qu'il ne veut plus me voir, maintenant. Je suis mal, je ne peux pas, gémis-je d'un ton suppliant.

– Bon, alors, au moins, tu vas aller t'excuser auprès de Caroline pour hier soir. J'aime bien cette fille et tu l'aimeras aussi. Ils habitent toujours ensemble dans le même appart à Islington avec des amis, et j'ai tout arrangé. On lui offre des fleurs, tu t'excuses à genoux et après on va manger à l'Orb, le resto chic d'Islington. On se prendra des margaritas glacées pour se remonter ! Divin. C'est une journée parfaite. Allez, debout, maintenant ! Hop, à la douche. Tout de suite !

– Bénis soient les pacificateurs, marmonnai-je d'un ton sarcastique en titubant vers la salle de bains.

Après avoir ingurgité le contenu de l'armoire à pharmacie et rejeté la majeure partie de ma garde-robe – à l'exception d'une petite robe noire si serrée et si moulante que j'avais peur de ressembler à un bout de fibre optique –, nous partîmes plaider l'implaidable. Je continuai à harceler Charles pour savoir quel genre de petit service elle m'avait rendu.

– Ooooh Charles ! Tu sais que je déteste les surprises.

Mais elle ne desserra pas les dents.

– Tout vient à point à qui sait attendre, mon petit, dit-elle mystérieusement.

Mais je ne pouvais empêcher l'inquiétude de grandir en moi.

C'était Charles qui avait eu l'idée d'acheter des fleurs. C'était moi qui avais eu celle d'acheter des roses blanches. C'était une erreur d'en prendre autant. Le fleuriste de Piers Gough ferma le magasin derrière nous, tandis que nous étions en train de nous battre avec nos fleurs. Nous avions l'air de deux putes avec nos robes archicourtes, nos lunettes de soleil et nos roses. Les voitures s'arrêtaient.

– Vous tournez un film ou quoi ? demanda le chauffeur de taxi en se garant le long du trottoir.

– Oui ! répondit Charles de sa plus belle voix de la haute. C'est nous, l'équipe de tournage, et on est en retard.

Nous dûmes abandonner une partie des roses pour pouvoir nous tasser dans le taxi, et nous avions malgré tout l'impression de nous retrouver dans une serre sur-chauffée. Il y avait une circulation épouvantable.

C'était le jour du rassemblement annuel du Parti de la liberté kurde à Hyde Park ; c'était aussi le jour du concours annuel de cornemuse organisé par le Festival de musique des Highlands, et tout ce petit monde débordait sur les rues autour du parc.

Ils avaient tous l'air éreinté. Nous fûmes témoins d'une douzaine de brèves altercations en avançant au pas sur Bayswater Road. Notre chauffeur annonça que c'était la faute des politiques libérales d'immigration.

– Absolument ! On n'aurait jamais dû laisser entrer ces joueurs de cornemuse écossais, plaisanta Charles.

Mais son humour n'était pas du goût de notre chauffeur, qui referma la vitre de séparation en râlant sur ces putains de cocos du cinoche

En arrivant à Kings Cross, j'avais l'impression que nous descendions le Nil en felouque sans un souffle d'air. Je crois qu'il vint à l'esprit de tout le monde, y compris à celui du chauffeur, que nous n'arriverions peut-être jamais à Islington. Les fleurs commençaient à répandre leurs pétales comme des larmes.

Des Arabes étaient tombés en panne au beau milieu de la circulation devant Kings Cross et ils avaient décidé de pousser leur voiture jusqu'à destination dans leurs sandales de plage. Leurs djellabas blanches ressemblaient à des voiles. Il y avait à peu près trois cents conducteurs qui étaient littéralement couchés sur leur Klaxon. Dieu merci, notre chauffeur était au-dessus de ça.

Au bout d'un moment, il décida de nous donner une deuxième chance ; il ouvrit la vitre de séparation pour avoir un peu de compagnie.

– Vivement que l'IRA se remette à bombarder Londres... y en a marre de ces putains de bouchons, maugréa-t-il.

Charles et moi avions trop chaud pour penser aux

implications morales de sa remarque, alors nous approuvâmes.

J'avais la tête comme une marmite, moins à cause de la gueule de bois que de la culpabilité. « La culpabilité, c'est la première force motrice de toutes les formes de vie moralement saines ! » nous rappelait souvent Grand-Mère.

Je supportais toute cette culpabilité dans l'espoir d'annuler le tort que j'avais causé. J'avais aimé un homme qui baissait le siège des W.-C., qui connaissait ma taille, qui riait de toutes mes plaisanteries (même celles que je ne trouvais pas drôles !). Et moi, je lui avais tourné le dos en lui prouvant qu'il m'inspirait autant de confiance que le bœuf britannique.

Mais qu'est-ce que j'allais bien pouvoir dire pour me racheter ? M. Roberts de Hove possédait un dossier en béton comparé au mien.

Le pollen des roses commençait à me faire pleurer, ce qui ne faisait qu'aggraver mes craintes et ma détresse généralisée. Ma robe moulante noire collait à ma maigre charpente comme un linceul de Cellophane. Je ne me rappelais pas à quand remontait mon dernier repas. Ah, si, hier à Brighton avec M. Worston ; j'avais l'impression que ça faisait des semaines. Je regrettais le temps où j'étais bien nourrie.

Je jetai un coup d'œil à Charles à travers les roses.

– Qu'est-ce que je vais dire ?

– Si tu essayais « désolée » ? proposa Charles d'un air distrait (elle était en train de se vernir les ongles). Tu n'as qu'à dire ce qui te vient à l'esprit... ça ne peut pas être pire que tout ce que tu as déjà dit.

Elle souffla sur ses ongles pour les sécher.

Elle avait raison, évidemment, mais nous ne dîmes plus rien, il faisait trop chaud ; même notre souffle transpirait. Ça me rappelait l'été en Australie, quand il faisait si chaud que j'avais l'impression que mon chapeau d'école allait me fondre sur la tête et que mes chaussures resteraient collées sur le bitume de la cour. C'était encore pire pour nos quatre religieuses qui gardaient leur voile noir. Pas de ces robes qui remontent jusqu'au tibia pour nos sœurs. Elles avaient une solide vocation de serge et de laine qui leur descendait jusqu'aux pieds, et elles priaient constamment pour que quelques-unes d'entre nous l'aient aussi.

« La vocation, avions-nous l'habitude de chanter. Les sœurs l'ont, les prêtres l'ont, les moines, les cardinaux et même les papes l'ont. Ayons-la aussi, ayons une vocation ! »

Une fois, nous avions voulu jouer un tour aux religieuses. Nous étions plusieurs à être allées leur dire que nous avions la vocation. Nous avions fait de notre mieux pour ne pas rire en leur mentant solennellement, et nous nous retrouvâmes dans de beaux draps.

Nos religieuses étaient aux anges. Nous étions désignées pour effectuer les tâches spéciales, comme dresser l'autel, repasser les vêtements sacerdotaux, ou faire briller les ostensoirs. Parfois, les sœurs parlaient même de nous en disant « les Vocations ». Et nous faisions comme s'il s'agissait d'un groupe de musique soul de Noires américaines.

Au cours des semaines suivantes, le fardeau de notre supercherie avait commencé à peser lourd. Nous nous étions finalement senties obligées de reconnaître notre péché devant le curé à confesse, mais il avait pris la chose avec un certain flegme.

– Le Seigneur agit de façon mystérieuse, avait-il dit en riant.

C'est alors que certaines d'entre nous avaient commencé à avoir des doutes. Nous avions peut-être réellement la vocation ? Et si nous avions la vocation et que nous l'ignorions, que se passerait-il ?

Caroline ouvrit la porte. C'était dans cette maison que je l'avais trouvée endormie deux ans auparavant, et que j'avais fui comme la peste noire.

– Oh, encore toi ! s'exclama-t-elle, comme si j'étais

une jeune fille au chômage qui venait vendre des torchons.

Le chauffeur et Charles étaient en train de décharger les fleurs du taxi.

– Je suis venue m'excuser, commençai-je d'une voix que je voulais pleine de regrets.

– C'est ça, d'accord, eh bien, restons-en là.

Elle referma la porte.

– Qu'est-ce qui s'est passé ? demanda Charles qui apportait le dernier bouquet en haut des escaliers.

– Je me suis excusée, elle a dit restons-en là et elle a claqué la porte.

– Ah. Bon, j'essaie.

Charles appuya sur la sonnette. Elle frappa à la porte. Elle appela Caroline. Ma robe remontait et une centaine de roses blanches fanaient autour de moi. C'était le chant du cygne. C'était mon finale. J'aurais peut-être été mieux dans le rôle d'Ophélie : me tailler les veines et flotter dans Islington sur un lit de roses. J'avais déjà fait pire : j'avais jeté un mec qui avait l'habitude de rabattre le siège des W.-C.

Caroline nous parlait à travers la porte entrebâillée, mais elle avait mis la chaîne de sécurité.

– Écoute, je n'ai pas envie de te voir. Et, à mon avis, Giles se passe très bien de toi. En plus, il n'est pas là. Alors tu prends tes fleurs et tu pars, sinon j'appelle la police.

Charles pointa son nez par la porte entrouverte.

– Caroline ? Salut... c'est moi... Charles... la fille dorée... la copine de Sam. Allez, donne-lui une chance ! Elle a agi comme une conne, mais elle le sait... elle avait tout compris de travers. Elle le sait, maintenant... imagine ce qu'elle ressent ? Prends au moins les fleurs !

– Oui, prends au moins les fleurs, suppliai-je.

J'en avais marre de ces fleurs.

– Je ne plaisante pas, répondit-elle d'un ton sec. Giles et moi, on a beaucoup parlé. On va acheter une maison ensemble. Et il ne veut plus se faire piéger.

Eh, une minute, là. Ce n'était pas le script que j'avais

292

accepté de lire, ça. « Piéger » ? Pardon ! Moi, je penchais plus du côté de la vocation. Je voulais laisser tomber ma vie pour lui, porter un voile. Peut-être même prendre le temps de faire un enfant ou deux quand nous pourrions nous payer une nounou.

– Mais c'est le problème de Giles, ça, non ? demandai-je.

– De toute façon, il n'est pas là pour en parler, mais je sais bien ce qu'il dirait, moi. Va te faire foutre.

Elle claqua la porte.

Comment rester en mesure
quand personne ne joue votre chanson ?

Quand cette porte se referma, je soupçonnais le destin d'essayer de dire « ça suffit ». Le marteau de la vie venait de frapper le pupitre. La sentence était tombée. Le destin avait claqué la porte au nez de notre plan.

Comme disait Grand-Mère : « Écoute bien la musique, Evelyn : ils ne jouent pas ta chanson. » Le carnaval était fini ; l'heure était venue de remettre mon anorak et de partir.

Trois minutes plus tard, nous étions toujours devant la porte. Je vis le rideau bouger. Grandiose : elle allait peut-être appeler la police et on m'emmènerait dans une explosion de gloire, d'aveux en public et de chiens renifleurs. Le soleil me brûlait le dos. Même mon vernis à ongles était en train de fondre.

– Bon ! dit finalement Charles.

– Bon, c'est tout, quoi. Je me sens bête, soupirai-je avec un de ces sourires résignés que je faisais habituellement à deux heures du matin quand je savais qu'il n'y avait plus rien d'intéressant à la télévision.

– Tu rigoles ?

Manifestement, Charles n'était pas d'humeur à lâcher prise. Avec sa robe éblouissante et ses talons gare-à-vos-couilles, je la comprends, en fait. Elle n'était pas vêtue pour la résignation et, à bien y regarder, moi non plus. Je ressemblais à un soldat d'Henri V à la bataille d'Azincourt ou à un fou furieux qui s'était roulé dans la boue avant d'avoir mangé un champ entier d'*Amanita muscaria*. J'étais prête pour la bataille.

Un nouveau sentiment m'envahit. Un sentiment que j'avais remarqué chez les femmes d'âge moyen qui jouaient aux machines à sous dans les pubs. Des femmes qui savaient que la Chance ne leur souriait pas et qui soupiraient : « Oh, et puis merde, je recommence quand même. » Un regard qui en racontait des encyclopédies et des encyclopédies sur les femmes et le destin. Un regard qui disait : « Ce n'est pas la Chance toute-puissante qui va me dire que je n'ai pas de bol aujourd'hui. » Un regard qui disait qu'elles allaient continuer à appuyer sur l'unique bras de ce bandit jusqu'à ce que la Chance veuille bien changer d'avis.

— Bon, qu'est-ce qu'on fait, alors ? demandai-je, espérant que Charles avait une idée.

— La garce ! s'exclama-t-elle.

— Je croyais que tu l'aimais bien, lui rappelai-je, histoire de la taquiner.

— Moi aussi, mais là, j'ai un doute. Quelle peau de vache ! Réfléchis, Evvy. Sans parler de ses problèmes, même s'ils étaient graves, c'est quand même à cause d'elle que tu as plaqué Giles. Si on regarde les choses en face, droguée ou pas, elle a bel et bien foutu en l'air quelque chose de sacré.

C'était un changement de tactique. Un changement qui me déchargeait d'une juste partie de ma culpabilité.

— Je vois. Alors, à ton avis, c'est elle qui culpabilise, maintenant ?

La culpabilité était une émotion que je connaissais bien. Si ça se trouve, je m'entendrais bien avec Boucle-d'Or, finalement.

— Peut-être, mais je soupçonne que c'est plutôt quelque chose du genre « j'exploite à fond le filon ». Elle ne s'est pas encore remise de ses problèmes. Hier soir, je la considérais comme la victime. Oui, franchement, tu as été un peu dure avec eux deux. Mais à la cruelle lumière du jour, vois-tu, plusieurs choses me sont venues à l'esprit. Premièrement, sa famille n'a toujours pas l'air de l'accepter. J'ai l'impression que le problème de narcotiques n'est pas exactement de l'histoire ancienne. Elle prend toujours de la méthadone, et en plus elle subvient à peine à ses besoins avec sa paye d'intérimaire au cabinet où bosse Sam. Sam était vachement mal à l'aise, elle avait peur que tu croies que tout ça, c'était un coup monté, mais elle ne savait pas du tout qui était cette fille. Oui, elle ne se balade pas avec une étiquette « Boucle-d'Or » sur le front. Elle a certainement invité Giles qui, soit dit en passant, l'aide toujours financièrement. Alors elle fait la belle pendant que Giles n'a personne d'autre dans sa vie pour s'en mêler. Si j'étais de nature cynique, je me demanderais si c'est vraiment dans son intérêt que vous vous réconciliiez, Giles et toi.

Le fait de penser que j'avais un ennemi derrière cette porte, que la vipère était encore dans mon jardin, me tomba dessus comme une coulée de boue chaude.

– Alors tu dis merde au libre arbitre ?

– Merde.

– Bon, on ne va pas coucher là, lui rappelai-je car je commençais à avoir envie de me damner pour un Bolino.

– Non, tu as raison, on a besoin de se rafraîchir les idées avant de mettre la deuxième étape en action. À l'Orb ! s'écria-t-elle d'un air décidé comme si c'était un appel aux armes. C'est l'heure des margaritas glacées.

Créature multiorgasmique, promise à un bel avenir
et entretenant de saines relations interpersonnelles,
j'avais le sentiment d'être une vraie merde

Monter la côte jusqu'à l'Orb était plus pénible que
nous ne l'avions prévu. C'était le jour du marché et la
foule, après une matinée de flânerie parmi les antiquités
et les bric-à-brac de Camden Passage, avait l'air trou-
blée par notre présence. J'avais déjà vu ce regard de
totale désapprobation... dans les yeux du juge de Hove,
qui le portait bien mieux derrière ses lunettes bleu ciel.

Nous passâmes devant la maison de Joe Orton sur
Noel Road, l'appartement où il avait été tué par son
amant, Kenneth. Je repensai subitement au meurtrier.
Un lieu de crime paraissait attirer beaucoup de monde,
ce qui ne portait certainement pas atteinte à la classe
de l'endroit. En fait, c'était un coin plutôt miteux, dans
le temps. Si ça se trouvait, l'acte sanglant de Kenneth avait même donné un certain cachet au quartier.
Ça prouvait bien que le crime payait, au moins au
niveau du marché de la propriété.

La rue était propre et prospère ; des BMW et des
Porsche y étaient garées. « Splendide stuc George III :
quatre chambres, deux salles de bains ; site criminel
célèbre et authentique. La chambre n° 2 donne sur le
patio où Joe Orton fut massacré à coups de marteau par
son amant. »

J'avais des idées de meurtre. D'accord, je sais que c'est un péché capital, mais accuser l'autre est une pulsion plus facile à satisfaire que la culpabilité. L'assassinat de Boucle-d'Or (même Charles s'était remise à l'appeler comme ça) avait quelque chose de tentant. Après tout, avec mes connaissances légales, j'étais capable de planifier un crime parfait, quelque chose de sophistiqué et de professionnel comme par exemple défoncer sa porte à coups de hache et tuer Boucle-d'Or de manière un peu lourdingue dans le couloir. Mais je savais que ça me poserait des problèmes pour devenir juge.

Aux regards que nous jetaient les passants, nous sentions bien que nous n'étions pas la respectabilité incarnée, avec nos bouquets de roses. Nos visages dégoulinaient dans le cou, le parfum s'évaporait dans l'air étouffant, les fleurs perdaient leurs pétales, les épines nous rentraient dans la chair, abîmant nos mains manucurées. Nous prîmes la décision de nous en débarrasser.

Il fallait agir subrepticement, afin d'éviter l'approbation de ces citoyens dotés d'un certain sens de la communauté. Cependant nous étions à Islington, et il n'y avait pas la moindre poubelle en vue. Alors nous jetâmes les fleurs sur le trottoir et continuâmes notre route comme si nous n'avions jamais vu ces roses blanches de notre vie.

J'étais un peu triste. Nous attendions tellement de ces fleurs quand nous les avions achetées... elles étaient notre bannière dans la courageuse quête que nous avions entreprise pour redresser les torts des deux années passées. Maintenant, elles n'étaient plus que compost, au demeurant fort coûteux.

En nous installant enfin au bar de l'Orb, nous étions liquéfiées, gélifiées. Les minables jeunes gens à moitié moches du monde de la politique, du journalisme et du droit s'étaient rassemblés pour soigner leur gueule de bois à coups de doubles espressos ; ils grignotaient des salades et jacassaient politique. Depuis le début, il nous avait paru évident que le barman ne nous appréciait pas.

– Alors, ces margaritas glacées, vous les voulez avec ou sans glace ? lança-t-il d'un air distrait.

– C'est une question piège ? répondis-je.

Il nous regarda comme si nous étions sorties tout droit de notre campagne et que nous roulions en Volvo. Et lui, c'était comme s'il sortait tout droit d'un night-club de Soho et qu'il attachait ses amants à leur lit avec des lanières de cuir. Il portait toutes sortes de badges Gay Pride et un tee-shirt sur lequel était écrit « Cuir = Amour ». Nous n'étions pas son phénotype de consommateur.

– Je vous laisse le temps de réfléchir, dit-il sur un ton menaçant.

Il ne se retourna pas quand nous hurlâmes de rire, telles des filles à un défilé de chippendales.

Mais il ne revint pas non plus pendant ce qui parut un millénaire à ma bouche sèche. J'avais l'impression d'avoir mâchouillé des mégots toute la nuit, et je voulais mon verre, avec ou sans glace. Nous l'appelâmes.

– S'il vous plaît, s'il vous plaît ! cria Charles d'une voix aiguë, comme une adolescente dépourvue de tout sens politique.

Il parut nettement agacé.

– Alors, vous vous êtes décidées ?

– Sans glace, s'il vous plaît, gazouillâmes-nous en essayant de l'éblouir de mon rayonnant sourire.

– Alors, deux margaritas glacées sans glace ? répéta-t-il.

– Quatre, c'est possible ? demanda Charles.

– Quatre ?

Il avait l'air d'avoir envie de nous frapper.

– Oui, on a soif, expliquai-je.

Il partit. Nous gloussions. Le bar était rempli d'hommes et de femmes d'Islington d'un chic délavé.

– Ça alors, dit Charles en les passant en revue. Je les connais presque tous, soit parce que j'ai été contre eux, soit parce que je les ai défendus. Tiens, ça me rappelle le petit service que je t'ai rendu.

– Quel service ?

J'avais complètement oublié. C'était pire que je ne le pensais.

Notre barman revint.

– On ne fait pas de margaritas glacées sans glace, annonça-t-il d'un ton ferme.

– Ah, quel dommage ! dit Charles avec une moue. N'est-ce pas dommage, Evvy ? me demanda-t-elle avec un fort accent du sud des États-Unis.

J'étais d'accord, c'était vraiment dommage.

– Quel service ? répétai-je.

– Bon, quatre margaritas glacées avec de la glace, alors, répondit Charles.

Ça me paraissait être une solution assez rapide pour des filles qui avaient dormi trois heures.

Le barman nous jeta un regard furieux en s'exprimant avec une patience exagérée.

– Alors, je récapitule. Maintenant, vous voulez quatre margaritas glacées avec de la glace ?

« Ou tes couilles sur un plateau », entendis-je marmonner Charles.

– On croyait qu'il n'y avait que ça ? fit-elle remarquer.

– D'accord, soupira-t-il. Bon, il faudra attendre quelques minutes de plus, alors. Il faut que je retrouve votre dernière commande et que je la rectifie.

Sa lèvre supérieure se souleva à une commissure en tremblotant. Puis il tourna les talons d'un air offusqué.

– Mais pourquoi il ne nous dit pas directement qu'il nous déteste ? On dégage peut-être les mauvaises phéromones ? suggéra Charles en se baissant pour me renifler la taille.

Quelques individus d'une brigade de chiffons haute couture assis en face de nous nous adressèrent un sourire approbateur.

– C'est peut-être pour ça que Boucle-d'Or nous a foutues dehors ? Que le fleuriste m'a fait payer plus cher ? Que Julian a décidé qu'il était homo ?

— On doit l'agacer, dit Charles. Mais je pense qu'il plaisantait, au sujet de la glace. Je crois qu'il essayait de faire de l'humour. Et à son avis, comment on peut faire une margarita glacée sans glace, d'abord ?

— Je ne sais pas. Je vais faire un tour aux chiottes et quand je reviens je veux savoir ce que c'est, ce service !

Dans le miroir, je trouvai la clé de notre impopularité. Mon maquillage avait si bien fondu qu'il me faisait le masque sinistre de la comédienne en retraite des années vingt. Il était temps que je fasse valider tous mes points de fidélité Calvin Klein pour me faire offrir ce Week-End Spirituel-Corporel de Luxe. J'avais besoin de luxe et d'attention comme jamais. J'avais besoin de tonnes de margaritas glacées, avec ou sans glace, et j'avais besoin de Giles.

Mais comment avais-je réussi à me fourrer dans un pétrin pareil ? Avant, j'éprouvais des orgasmes en série avec un homme qui rabattait le siège des cabinets, et maintenant je couchais avec un homosexuel qui aurait été aussi heureux avec un gorille !

Et puis, il y avait le terrible facteur Candida. Elle voulait me faire une réputation de lesbienne au sein du Temple. Elle m'avait déjà imposé la coupe adéquate ! Maintenant, tout ce que j'avais, c'était la tête d'une actrice vieillissante qui ne joue que des petits rôles, et une amie qui avait rendu Dieu sait quel service ! Qu'avait donc fait Charles ? Comment les choses avaient-elles pu tourner aussi mal ? Même les barmen me méprisaient.

J'essayai de me remonter le moral. Après tout, j'étais une femme indépendante de la fin du XXe siècle. Je m'étais nourrie de Germaine Greer et de Gloria Steinam, nom d'un chien. Je pouvais faire des citations de Naomi Wolf. J'avais un rôle politique. J'avais connu l'orgasme. Je savais dessiner la carte qui menait à mon point G. J'avais une ceinture noire de kick-boxing. Je ne pouvais imaginer ne pas avoir droit à la parole.

Ma carrière était tout pour moi. D'accord je devrais certainement rester debout dans les transports en commun, mais je ne voudrais pas que les choses soient différentes. L'idée qu'il me fallait un homme pour me sentir entière était risible (même si je ne riais pas).

J'essayai de fredonner le célèbre *I will survive* par-dessus le bruit du séchoir électrique, mais sans succès. Il y avait un trou dans mon cœur et un vide dans ma structure hormonale qui ne voulaient pas disparaître. Créature multiorgasmique, promise à un bel avenir et entretenant de saines relations interpersonnelles, j'avais le sentiment d'être une vraie merde. Quelle vie de chien, quelle putain de vie ! Où était donc la sérénité qu'on m'avait promise ?

Mais j'étais réaliste aussi.

– Allez, ma fille, dis-je à mon image dans le miroir. Regarde les choses en face. Ton avenir est l'avenir de toutes les femmes. Reste sur tes deux pieds. Et le premier devoir d'une femme new age de la fin du XXe siècle, c'est d'affronter la vie, de se maquiller, de descendre ses margaritas, de payer ses factures. Et de faire une cure de Prozac.

40

Vous ai-je parlé des cuissardes vernies
et de la microminijupe Chanel ?

– Bon, récapitulons, répétai-je froidement. Tu es allée à mon bureau hier et tu as parlé au clerc d'avocat, Warren, en te présentant comme la maîtresse de Candida ?

Ma voix s'élevait à mesure que je réalisais l'énormité de la confession de Charles.

– Exactement ! fit-elle en souriant sans vergogne. Evvy... c'était mieux que la cour d'assises. C'est indiscutable, je me suis trompée de métier. Tu aurais dû me voir. J'avais mis mon petit bustier Vivienne Westwood, tu sais, celui où j'avais cousu des pompons au niveau des seins pour la fête de Noël, l'an dernier ?

– Oui, je vois bien... fis-je, la gorge nouée.

– Et mes cuissardes vernies, et ma minijupe Chanel ?

– Continue, m'entendis-je dire en avalant ma troisième margarita avant d'appeler le serveur pour qu'il m'en apporte encore une.

– J'adore cette jupe. C'est dommage que Sam ait passé la veste qui va avec à la machine. Je pense sincèrement que le bleu de Prusse me va bien... tu sais, avec ma couleur de cheveux, ça me donne un air absolument scandaleux...

– Viens-en au fait, insistai-je en m'asseyant sur mes

mains pour les empêcher de sauter à la gorge de Charles.

– Où j'en étais, déjà ? Oui, Warren, il est vraiment
très gentil. Il est beaucoup plus civilisé que notre clerc.
Henry est un gros porc, il n'arrête pas de bouffer et de
roter. Ça pue le vieux rot dans son bureau.

– Au fait, Charlotte ! Au fait ! insistai-je.

– Excuse-moi, je tourne autour du pot, mais le sus-
pense, c'est jouissif... tu vas m'adorer quand tu sauras
ce qui s'est passé.

Pourquoi avais-je l'impression qu'elle se trompait sur
l'humeur de son public ? Je souris courageusement et
lui adressai un signe de tête pour qu'elle continue. Je
ne faisais pas confiance à la langue anglaise pour rendre
justice à mes émotions. Nos boissons arrivèrent ; nous
bûmes cul sec toutes les deux.

– Alors Warren était là dans son petit bureau. Il était
tout seul. Remarque, il y aurait eu quelqu'un d'autre,
ça aurait été pareil : personne n'aurait pu me reconnaître, avec ce déguisement. Alors je me suis assise sur le
bureau, et je lui ai dit « Bon, Warren », avec mon accent
du sud des États-Unis, tu sais ? J'ai pensé que ça ferait
plus crédible s'il me prenait pour une Américaine.
« Vous voudriez bien donner ça à Candida ? je lui ai
demandé. Mais surtout, ne lui dites pas que vous m'avez
vue, mon chou. »

Elle avait appelé Warren « mon chou » ? Mes yeux
sortaient de leurs orbites. On allait sans doute me proposer le rôle principal dans *L'Exorciste IV*.

– Alors, j'ai dit : « Warren, entre vous, moi et l'écran
de l'ordinateur, je vous avoue que Candy ne va pas être
heureuse que je sois venue. Mais je crois que je peux
vous faire confiance, Warren. Voyez-vous, Candy est
une anale. Et elle est bien partie pour me faire un ulcère
du rectum. Je lui dis tout le temps : "Candy, chérie, ne
t'occupe pas de ce que pensent les autres." Je suis sûre
que vous êtes d'accord avec moi, Warren. "Enfin,
excuse-moi de respirer, mais on est en 1996, chérie ! Tu

ne vas pas t'occuper de l'avis d'un vieux coincé homophobe ?" Vous n'êtes pas d'accord, Warren ? » Et il a...

– Et il a quoi ? demandai-je, perdant mon sang-froid.

– Il a juste ravalé sa salive et il a regardé les poissons qui nageaient sur son écran. Mais tais-toi, laisse-moi finir. Ça devient intéressant.

– Ah, tu trouves aussi que jusque-là ce n'était pas intéressant... ronchonnai-je sur un ton sarcastique.

– Arrête un peu de râler. C'est pour toi que j'ai fait ça. Alors je lui ai dit : « Ce n'est pas parce qu'elle est homo qu'elle doit passer sa vie à se cacher à cause d'une poignée de bigots coincés du cul, hein Warren, mon chou ? »

– Et qu'est-ce qu'il a dit, mon chou ? questionnai-je, désormais trop soûle pour m'affoler (j'avais pris la précaution de boire aussi la margarita de Charles).

– Il était à moitié vert, il se balançait sur sa chaise.

– Oh, j'imagine bien, bafouillai-je, à moitié verte, en me balançant sur ma chaise.

– Alors je me suis lancée... et c'est là le meilleur, Evvy. J'ai dit : « Mais vous savez, Warren ? J'étais curieuse de vous voir, tous. Voyez-vous, Candy m'a tout raconté sur vous. » Et c'est là que j'ai eu les larmes aux yeux. Une diva, Evvy. Je suis faite pour le théâtre. J'aurais aimé que tu sois une petite souris. Warren m'a tendu son mouchoir et j'ai dit : « Oh, Warren, des fois je me sens tellement petite et minable à cause d'elle. Elle me parle tout le temps de ses fabuleux amis et de ses fabuleux procès. Juste pour que je me sente inférieure, vous savez. Et surtout, elle a l'air d'avoir le béguin pour cette Evelyn. »

– Tu as dit quoi ? m'écriai-je sans en croire mes oreilles. Oh non, tu n'as pas parlé de moi ?

– Tais-toi et écoute bien, c'est là que ça devient intéressant. Alors il a eu l'air vraiment interloqué, hein. Il avait la tête qui bougeait toute seule sur son cou, on aurait dit qu'il avait besoin d'une opération cosmétique urgente, mais en tout cas il a tout gobé. Alors je lui ai raconté que Candida en pinçait pour toi, que tu avais refusé ses avances et que maintenant elle était bien décidée à te faire payer. J'ai dit que, même si j'étais jalouse, ça me faisait de la peine pour toi. Là, il faisait oui de la tête d'un air solennel, il avait l'air de me plaindre et il feuilletait le magazine que je lui avais donné.

– Le magazine ? entendis-je crier une petite voix.

– Ah, je ne t'ai pas raconté ? C'est mon coup de maître, ça. C'était un exemplaire de *Skin Two*, tu sais, le magazine sado-maso. Je lui ai dit que Candy n'en manquait aucun numéro. J'ai vraiment sorti le grand jeu. J'étais toute triste et jalouse en lui montrant une grande mince avec les cheveux bruns au carré et des gros seins – qui te ressemble de façon troublante, entre parenthèses. Et je lui ai raconté que Candida trouvait qu'elle te ressemblait.

Charles rejeta la tête en arrière et rit fort bruyamment. Notre barman accourut en trombe.

– Je peux vous être utile ? demanda-t-il d'un air menaçant.

– Ça va être dur, bégaya joyeusement Charles.

Elle était sur sa lancée ; elle avait trop bu. Et à voir comment le barman parlait au patron en nous montrant du doigt, j'imaginais que nous n'allions pas tarder à nous faire sortir.

– Un magazine sado-maso ? Tu as donné un magazine sado-maso à Warren pour Candida ? répétai-je. J'y crois pas... ronchonnai-je.

Mais la triste vérité, c'était que j'y croyais.

– Ça m'étonnerait quand même qu'il lui donne le magazine, continua Charles. Je ne crois pas qu'il en parlera à Candida. N'empêche que, quand je suis partie, il était en train de le feuilleter sous son bureau.

– Ce n'est pas possible. Tu sais ce que tu as fait ? hurlai-je.

– J'ai sauvé tes miches, voilà ce que j'ai fait. C'est Sam qui a eu l'idée...

– Je n'en doute pas.

– On a bien vu que tu étais déprimée, l'autre soir. Quand tu es allée te coucher, on a discuté de ce qu'on pourrait faire pour t'aider. C'est Sam qui a eu l'idée. Et comme je n'avais pas à aller au tribunal, je me suis proposée... Tu nous avais dit que c'était ta carrière qui était en jeu, alors...

– En effet, coupai-je. Mais ça ne signifiait pas que je voulais que vous précipitiez les choses !

– Crois-moi. J'y étais, moi. Il a avalé toute l'histoire, du début à la fin. Une fois que son cœur se sera remis du choc, deux choses seulement lui resteront à l'esprit. Ou peut-être trois, en comptant mes pompons sur les seins. Premièrement, Candida est lesbienne en secret et, deuxièmement, elle essaie de faire de ta vie un enfer parce que tu as refusé ses avances.

– Mais elle couche avec Warren, lui rappelai-je.

– Et alors ? C'est une salope hypocrite qui s'est servie de lui. Il se fera certainement faire un dépistage H.I.V. Calme-toi, s'il te plaît ! Il a tout gobé, je te dis. Je l'ai bien vu. Il a tout avalé sans broncher.

C'est à ce moment qu'on nous demanda poliment mais fermement de partir.

En sortant, nous heurtâmes malencontreusement la table des partisans du New Labour en nous prenant les talons aiguilles dans les lanières de leurs sacs. Ils se conduisirent comme s'ils avaient été pris dans une fusillade.

Deux d'entre eux s'accroupirent les mains sur la tête. Charles hurla de rire et leur tomba dessus. Le patron vint la relever. Réalisant que le seul véritable danger auquel ils étaient exposés provenait des vapeurs alcooliques de notre haleine, ils devinrent méchants et sarcastiques.

– Vous n'avez jamais entendu parler de dignité ? se gaussa une brune aux traits tirés et au visage plein de grains de beauté.

La dignité ?

Charles et moi nous regardâmes d'un air faussement horrifié.

– On est trop jeunes pour la dignité ! glapîmes-nous en riant d'un air stupide.

41

En gros : « Je rentrerai quand même, connasse ! »

Nous nous étions perdues.

– Bon, il faut que tu frappes à la porte et, quand elle ouvrira, tu lui diras « pousse-toi, connasse, je viens te dire que je m'excuse », déblatéra Charles tandis que nous naviguions dans Islington.

Même après plusieurs margaritas, et chancelant encore sous le choc que m'avait causé Charles, j'étais sceptique quant au succès de son plan audacieux. Je le lui dis.

– Oui, tu as raison, admit-elle. Je ne voulais pas dire ça littéralement... mais plus généralement, quoi. Tu vois, plutôt du genre « pousse-toi, s'il te plaît ».

– « Pousse-toi, s'il te plaît » ?

– Bon, si ça se trouve, c'est Giles qui ouvrira, de toute façon. Et là, tu n'auras qu'à te mettre à pleurer comme une madeleine et à lui raconter la vérité.

– La vérité ?

C'était un programme aussi vaste que vague.

– Ouais... dis-lui que tu l'aimais tellement que tu as fait une crise de jalousie. Que c'est à cause de ton sang catholique passionné. Déballe tes sentiments, quoi.

Il était assez tard dans l'après-midi et il n'y avait personne dans la rue pour nous indiquer la route. De grandes ombres à donner la chair de poule s'étalaient sur le trottoir ; elles me rappelaient un film sur la Pâque juive qu'on avait vu à l'école. J'avais été chassée de la Terre promise à cause d'une erreur bête, et il n'y aurait pas de pardon. Ah, pauvre de moi ! Je vivais une tragédie... J'aurais bien écouté du Lee Harvey ou du Nick Cave ou même du Charlie Watts, bref de la musique suicidaire ; c'était exactement ce qu'il me fallait.

D'un pas mal assuré, nous descendîmes vers Duncan Terrace, là où nous avions jeté nos roses. Nous étions en train de déraper dans les caniveaux et de trébucher sur des poubelles et des tuyaux quand nous aperçûmes Giles de l'autre côté de la rue. Au début, je crus que j'hallucinais, mais je reconnus le jean Armani que je lui avais offert trois Noëls plus tôt et je me dis qu'il avait connu de meilleurs étés. Dieu que je mourais d'envie de l'emmener faire les magasins !

– Giles ! Giles ! Giles ! m'époumonai-je, croyant qu'il allait être absolument ravi de nous voir.

Mais, apparemment, il ne voulait rien savoir. Il poursuivait sa route, comme s'il avait l'habitude d'être assailli par des filles soûles en robe trop courte. Grand, même tête baissée, jamais il n'avait eu l'air si vulnérable ; le portrait idéal de la victime, aurait dit mon professeur de kick-boxing.

– Giles ! Par là ! Salut ! nous égosillions-nous inlassablement.

Il marchait toujours.

De l'autre côté de la rue, j'aperçus une autre de mes connaissances qui avançait vers Giles avec son chien. Cet homme ne présentait pas les signes d'un individu thérapeuthiquement correct. En fait, il avait l'air aussi heureux de tomber sur son avocat général d'un jour (le type en perruque qui avait essayé de l'envoyer en prison une semaine plus tôt) que je l'avais été en tombant sur Boucle-d'Or la veille au soir.

Je le regardai avancer en étudiant son langage corporel. À ce moment-là, à peine une dizaine de mètres séparaient Keith de Giles. À sa façon de marcher vers

Giles, le front luisant sous le soleil, quelque chose me disait que Keith avait quelque chose derrière la tête.

Durant les quelques secondes suivantes, plusieurs événements se produisirent simultanément. Tout d'abord, je dessoûlai. Je me souvenais même du nom du chien de Keith.

Ensuite, Charles comprit qu'il se passait quelque chose ; elle se tut et cessa de trébucher. Je voyais bien que Giles ne savait pas qu'il marchait tout droit vers quelque chose qu'il pourrait regretter toute sa vie. En admettant que « vie » soit le terme appoprié. Ce fut sans doute un accès de tension post-menstruelle qui me poussa à attirer l'attention de Keith avec une telle frénésie.

– Eh, t'as déjà vu un chien aussi moche ? m'écriai-je.

J'avais l'impression d'être un de ces grands metteurs en scène hollywoodiens devant un mur d'écrans qui ne diffusaient que violences et mutilations.

Keith se tourna vers moi.

Giles comprit qu'il y avait danger.

Vomi regardait Charles comme les chats regardent les oiseaux.

Charles, qui marchait à reculons sur un carré de gazon, se prit les talons dans l'herbe.

Et pendant tout ce temps, la distance entre les principaux protagonistes ne cessait de diminuer. La violence n'allait pas tarder à sortir de l'écran pour descendre dans la rue. C'est Charles qui précipita les événements quand ses jambes cédèrent : il n'en fallut pas plus à Vomi pour charger.

Charles se rattrapa vite fait et se mit à courir vers une Porsche. Keith s'élança tant bien que mal vers Vomi. C'était la première fois que je le voyais courir. On aurait dit un de ces cow-boys comiques qui ont appris à marcher sur un cerceau. Mais personne ne riait. Désemparé, Vomi flairait les alentours de la Porsche.

À ma grande surprise, je n'avais pas peur. J'étais virtuellement robotique, mais ça, c'était l'effet pilotage automatique des SuperŒstrogènes. Le temps s'étirait comme du chewing-gum. Même si je savais que le destin m'emmenait vers un virage en épingle à cheveux avant de me jeter dans les égouts de la vie, j'étais détendue et je remarquais tous les détails banals de ce drame à la Tarantino : le tatouage de Keith qui avait presque disparu sous un coup de soleil, le bandana de Vomi en léopard jaune canari.

Je remarquai que Giles avait la même expression que la première fois que je l'avais vu. La fois où je lui avais donné un coup de pied dans le ventre. Perdu, désarmé, avide de faire le bien, mais impuissant. C'est sans doute ce qu'avait dû ressentir Bodicée quand les Romains lui avaient cherché des noises. Elle s'était tournée vers les Celtes, mais subitement ils avaient un rendez-vous urgent chez leur manucure.

Finalement, ce sont toujours les femmes qui doivent intervenir. Jeanne d'Arc l'avait bien compris, et Aliénor d'Aquitaine, et Catherine de Médicis, et ces légions de femmes qui, tout au long de l'histoire, vécurent avec des hommes impuissants, incapables de reconnaître le danger, quand bien même il prendrait l'allure d'un camion d'explosifs en provenance de Belfast.

Keith me tira de mes méditations.

– C'est d'mon chien, qu'tu causes, pétasse ? vociféra-t-il.

Sans doute était-ce une question d'ordre rhétorique ? Il n'y avait pas d'autre chien dans la rue, mais peut-être que la mathématique de la situation lui avait échappé, alors je répondis affirmativement. À ce moment-là, Vomi en était à me lécher les pieds en haletant avec dévotion. Un sens de la loyauté mal placé, qui ne me vaudrait sans doute rien de bon.

Mais, comme je l'ai dit, tout arrivait en même temps.

À peine ma réponse était-elle sortie de ma bouche que Keith me tomba dessus.

Ce faisant, mon talon aiguille Manolo Blahnik (à deux cents livres – toujours acheter des chaussures de qualité) lui frappa le menton puis l'entrejambe.

Frappe ton agresseur avec tout ce que tu as. « Fais-lui

connaître la qualité de ton arsenal », insistait mon professeur de kick-boxing. Et, comme disait Grand-Mère : « Il ne faut pas frapper un homme une fois qu'il est à terre. »

Keith atterrit au beau milieu de notre couronne de roses. Etalé jambes écartées comme l'homme anatomique de Léonard de Vinci. Il arborait un air noble qu'il ne retrouverait sans doute jamais de sa vie, étendu parmi les fleurs abîmées tandis que Vomi lui léchait la figure.

Le calme revint tout à coup. La vie était de nouveau projetée sur un écran unique. Une tondeuse à gazon se mit en marche quelque part et deux Italiennes chics, qui causaient de leurs soldes avec joie et passion, firent un pas de côté pour éviter Keith comme s'il s'agissait d'un de ces excentriques Anglais.

Je n'avais pas encore saisi l'énormité de ce qui venait de se produire. Subitement je me retrouvai dans les bras de Giles, à inhaler les arômes érotiquement familiers que je m'étais efforcée d'abhorrer. J'avais l'impression de redevenir soûle.

– Oh, mais tu as vu ce que tu as fait ? Tu aurais pu te faire tuer, murmura-t-il entre larmes et baisers.

C'était un peu exagéré tout de même. Quoi, c'était moi ou pas, la ceinture noire de kick-boxing ? Keith n'était qu'un amateur violent qui était né abruti. Néanmoins, il était assez gratifiant de voir que les fruits de mon entraînement étaient encore mûrs.

– Ça va, répondis-je, espérant que Giles ne me lâcherait plus jamais, tandis qu'il essuyait le rouge à lèvres qui était collé sur mes dents.

– Vous vous connaissiez, toi et ta victime, là ? demanda Charles qui en était encore à chercher combien faisaient deux et deux, perchée sur le capot de la Porsche.

– Ah, pardon ! Keith Conan, Charles. Charles, Keith, mon premier procès à Bailey, expliquai-je tout en observant sur son torse le lent mouvement de la respiration.

– Quel homme ! Bon, eh ben, je suis bien contente

que ces fleurs aient servi à quelque chose, en tout cas !
s'exclama Charles en riant.

– J'espère qu'il va bien, soupirai-je à mesure que ma
culpabilité naturelle refaisait surface.

Mais Keith poussa un gémissement et la main sur
laquelle était tatoué TUER repoussa violemment le chien.

– Arrête, Vomi ! grogna-t-il en ouvrant un œil vers
moi. Ben merde, poupée, on était pourtant bien partis,
tous les deux...

– Oh, mon Dieu ! s'exclama Charles. Évidemment
qu'il va bien !

– Ouais. Y en a quand même qui ont la belle vie, hein,
grommela-t-il d'un air renfrogné. Merde, t'étais censée
me défendre. Espèce d'avocat pourri. C'est une conspiration.

Nous partîmes, laissant Keith se rouler une cigarette.

– Les fleurs étaient pour toi, expliquai-je, les yeux
plongés dans le regard bleu Méditerranée de Giles. Ou
pour Caroline, si elle les avait acceptées.

– Vous êtes passées chez moi ?

– Oui, mais on a eu l'impression de déranger, répondis-je en faisant la lippe.

– Eh bien maintenant, vous ne dérangez plus.

Il sourit, une mèche blonde dans les yeux.

Un peu plus tard, alors que Caroline était partie bouder dans son coin et que Charles était rentrée à la maison pour voir comment allait Sam, je discutai avec
Giles. En arrière-fond Blur plaisantait sur l'amour et la
vie et la puberté sous l'influence de substances chimiques. Je lui racontai ce que j'avais fait au cours des deux
années passées, c'est-à-dire le détester et lire des livres
sur la castration.

Je lui parlai de Sam et de Charles (non, je ne men-
tionnai pas la chasse au sperme), de l'appartement, de
mon cabinet, de Candida, combien elle me détestait et
comment, grâce à elle, je me retrouvais avec une coiffure aussi ridicule. Puis je lui expliquai que je l'avais

surprise avec Warren et qu'elle avait menacé de dire que j'étais homosexuelle.

– Homosexuelle ? s'écria-t-il avec incrédulité tandis que j'enfouissais mon nez dans sa poitrine.

– Oui, comme j'habite avec Charles...

– Mais tu... ?

– Non, je ne le suis pas, affirmai-je, ravie de voir qu'il accordait de l'importance à ma sexualité.

– Attends, attends. Tu veux dire qu'elle t'a fait du chantage en partant d'une fausse supposition ? demanda-t-il d'une voix teintée de colère.

– Oui, Candida adore les fausses suppositions, raillai-je.

– Elle pourrait être rayée du barreau, déclara-t-il avec droiture.

C'était tout Giles, ça ; toujours innocent. Personne ne lui avait encore dit que nous étions au XXᵉ siècle.

– Oui, mais pas avant de m'avoir fait virer du bureau. C'est ce qu'elle veut depuis le début, à mon avis. Je crois qu'elle se fiche de savoir si je suis homo ou pas. Elle veut que je dégage et elle veut se servir de ma sexualité pour arriver à ses fins. Mon chef n'est pas fou des femmes, tu vois, et encore moins des lesbiennes. Dans le meilleur des cas, il arrête de me donner du travail.

– Mais puisque tu n'es pas homo, insista-t-il.

– Que veux-tu... soupirai-je en souriant.

Je levai les yeux vers lui avec un regard que j'espérais plein de désir.

Il prit mon visage dans ses mains.

– On devrait peut-être mettre fin à cette rumeur une bonne fois pour toutes, murmura-t-il.

– Charles s'en est déjà chargée, ajoutai-je en pouffant à l'idée de Warren en train de lire le magazine sado-maso.

– Pas comme moi, dit-il en me posant une main sur un sein.

J'étais en extase, allongée contre lui, attendant la fin du monde, ou le début des trompettes. Puis il me demanda qui était Julian. Je m'en serais volontiers passé. Ce n'était pas le moment de parler du sperme d'un autre homme.

– Ah, ça ? balbutiai-je. Ben,... en fait, oui, je rendais service à une copine. Des trucs de nana, quoi. J'ai juré de garder le secret, tu comprends... C'est ça, un pacte secret.

– Ça veut dire que tu as couché avec lui, alors ? se torturait-il, les yeux brillants.

Je crois qu'il voulait, lui aussi, se débarrasser de ce fardeau.

– Allez, Giles. Ce n'est pas parce qu'un mec touche le point G d'une fille qu'elle doit forcément tout lui dire, tu sais.

Il rit.

– Evelyn, tu commences à parler comme une féministe !

– Ah bon ? demandai-je avec enthousiasme. Tu trouves, vraiment ?

Je replongeai le nez dans sa poitrine.

C'est Grand-Mère qui serait contente.

5420

Composition P.C.A. - 44400 Rezé
Achevé d'imprimer en Europe (France)
par Maury-Eurolivres – 45300 Manchecourt
le 30 septembre 2002.
Dépôt légal septembre 2002. ISBN 2-290-30041-1
1er dépôt légal dans la collection : janvier 2000

Éditions J'ai lu
84, rue de Grenelle, 75007 Paris
Diffusion France et étranger : Flammarion